倡导诗意健康人生　为诗的纯粹而努力

2018年度诗歌理论选

主编○阎志

人民文学出版社

图书在版编目（CIP）数据

2018年度诗歌理论选/霍俊明等著. -北京：人民文学出版社，2018（中国诗歌/阎志主编）
ISBN 978-7-02-014715-1

Ⅰ.①2… Ⅱ.①霍… Ⅲ.①诗歌评论-中国-当代 Ⅳ.①Ⅰ207.22

中国版本图书馆 CIP 数据核字（2018）第 264258 号

主　　编：阎　志
责任编辑：王清平
责任校对：王清平
装帧设计：叶芹云

出版　人民文学出版社有限公司　http：//www.rw-cn.com
地址　北京市朝内大街166号　邮编100705
印刷　湖北新华印务有限公司印刷
经销　全国新华书店
开本　880毫米×1230毫米　1/32
印张　10
字数　180千字
版次　2018年8月北京第1版　2018年8月第1次印刷
ISBN　978-7-02-014715-1
定价　39.00元

《中国诗歌》编辑部
武汉市江岸区惠济路3号卓尔书店　邮编：430000
发稿编辑：刘蔚　熊曼　朱妍　李亚飞
电话：027-61882316
投稿信箱：zallsg@163.com

如有印装质量问题，请与本社图书销售中心调换。电话：010-65233595

《中国诗歌》编辑委员会

编 委
（以姓名笔画为序）

车延高	北 岛	叶延滨	田 原
吉狄马加	李少君	李 瑛	杨 克
吴思敬	邹建军	张清华	荣 荣
娜 夜	阎 志	梁 平	舒 婷
谢 冕	谢克强	雷平阳	霍俊明

主　　编：阎 志
常务副主编：谢克强
副 主 编：邹建军

目 录

诗歌潮流

为何要谈论当代诗歌的民间文化地理……………张清华　1
当代中国诗歌地理根源探究…………………………李志艳　11
互联网语境下的诗歌艺术变革………………………杜雪琴　25
人工智能（AI）时代，诗人何为？…………………苏文健　35
苍鹰与蝴蝶，哪个更美？……………………………王幅明　45

诗人研究

"诗人散文"的可能……………………………………霍俊明　58
"崩溃"与"枯干"：穆旦诗歌语词解读之一……张岩泉　81
《致马雅可夫斯基》的创作动因探究………………王海燕　92
时代共振与诗人自我内心的混响……………………吴投文　105
生命书写的浪漫邀约…………………………………刘　波　116
迷于时间的诗人………………………………………程继龙　129
精益求精，追求至美…………………………………田　禾　141

文本研究

中国新诗格律观念与实践的迁变……………………张桃洲　146
唐代诗人寒山的审美创造与当代汉语诗歌…………邹建军　158

词的整体章法与艺术品质……………………………段　维　176

百年新诗研究

中国百年新诗的先锋性………………………………梁晓明　189
现代三十年中外诗歌关系研究………………………王金黄　234
论华兹华斯对汉语诗歌创作的影响…………………涂慧琴　250
现代汉语诗歌的民谣倾向及其启示…………………甘小盼　262

外国诗歌研究

托·艾略特《荒原》重读 ……………………………南　野　279
以歌为诗………………………………………………屈伶莹　298

为何要谈论当代诗歌的民间文化地理
——关于《中国当代民间诗歌地理》[①] 所引发的话题

张清华

"这是起始于柏格森还是更早的时候?空间在以往被当作是僵死的、刻板的、非辩证和静止的东西;相反时间却是丰富的、多产的、有生命的、辩证的……19世纪沉湎于历史。"(米歇尔·福柯:《地理学中的问题》,转引自爱德华·W·苏贾:《后现代地理学》,王文斌译,商务印书馆2004年版,第15页)

大约2004年初,笔者应《上海文学》当时的副主编杨斌华先生的邀请,为其筹划一个诗歌专栏。考虑到那时适逢新世纪之初,民间诗歌运动大有波澜再起之势,各地出现了众多依托网站或民刊的民间性诗歌群落,且在文化与美学上呈现出显著的差异性与丰富性,我以为有必要对这些群落的样貌有一个粗线条的勾勒和初步的反映,遂取题"当代诗歌的民间版图",为其选择了二十余个活跃于当时的民间诗歌群落予以介绍,内容包括其活动简史、主要成员的新作,同时每期配发一个随笔式的简评。该栏

[①] 《中国当代民间诗歌地理》(上、下),张清华主编,东方出版社2015年版。

目持续两年后，因基本达到目的而告终结。

之后在2006年初，时为春风文艺出版社社长的韩忠良先生当面邀约，要我将该栏目发表的内容结集出版。我考虑到如果要成书，简单化的汇编处理，其文献意义不大，因为一则内容不全，未能详细介绍民刊活动历史，各主要成员的代表作，以及代表性言论与诗歌观念等；二则收入的群落数量也有较大缺漏，所以尚不能反映中国当代民间诗歌群落的全貌。因此我主张重起炉灶，在收集更多材料的基础上，编一部更有代表性、更全面和更有文献价值的书稿。

这无疑是给自己找了一个难题，之后的工作可谓旷日持久，因为涉及大量的人员联络工作，资料的收集与选择整理也极为复沓琐碎，故一直到2008年底，大约经历三年时间，期间还蒙张德明博士的协助——彼时他恰好随我做博士后研究，才最终完成了书稿。2009年秋该书基本完成了编校，其临时做好的"样书"甚至已经参加了当年的法兰克福书展，正准备付梓之际，却又因为一个意外而搁浅。之后，出版计划夭折，历经数载的辛苦居然功亏一篑，所导致的沮丧之情甚至使我产生了一种"选择性遗忘"的病态心理，将之作为一个"精神创伤"而束之尘封，不愿再提起。拖至2014年，才忽有冲动要重新找一家出版社将之面世，以慰众多与此书有关的诗人和朋友们的关注、关爱之意。

以上就是《中国当代民间诗歌地理》一书的诞生小史。之所以要花费笔墨来交待这个历史，是希图说明"中国当代民间诗歌地理"这一学术话题的一个背景简史，因为近年来已逐渐有很多同行和友人在谈论此类话题，或从事相关研究，笔者在此提及此书的前因后果，亦非属临时起意，而是有一个年深日久的来龙去脉。

我们为什么要谈论"当代诗歌的民间文化地理"的问题？

这显然还是一个必须要回答的命题。其实，早在2010年该书未出版之前，笔者就已将其序言稍加修改发表在《文艺研究》上了，文章取题为《当代诗歌中的地方美学与地域意识形态——从文化地理视角的观察》（张清华：《当代诗歌中的地方美学与地域意识形态——从文化地理视角的观察》，《文艺研究》2010年第10期）。该文就为什么要从文化地理的角度谈论当代诗歌，当代诗歌的地域文化特征的历史流变，当代诗歌中的"地域意识形态"的特质，以及在文化地理属性影响和规定下的地域美学等问题，都做了梳理。如今看来，这些梳理仍然有效，但"为什么要谈论这一话题"，仍是我必须回答的。

正如我在文前所引的福柯的质询与追问，我们谈论该话题的起点，其实针对的是一个时间的"神话"和"政治"（参阅彼得·奥斯本：《时间的政治——现代性与先锋》，王志宏译，商务印书馆2004年版；唐晓渡：《时间神话的终结》，《文艺争鸣》1995年第1期）。"沉湎历史"的其实何止19世纪？20世纪才真正堪称是登峰造极。而且关键的是，一切还都遵从了一个"进步论"的价值模具，以此来铸造一切历史的叙述，连文学的历史也不得不与社会历史一样，被构造为由资产阶级文学，到无产阶级文学的进化。即使不是从政治的角度，按照另一套"先锋派"的话语体系来评估和描述，也仍是一种时间构造的叙事，正如英国人彼得·奥斯本所一针见血地指出的，"'现代性'和'后现代性'、'现代主义'和'后现代主义'以及'先锋'都是历史的范畴，它们是在理解历史整体的水平上建构而成的"，或者说，它们是一种将"历史总体化"的方式和结果，是一种"与这些时间化相关联的……历史认识论"，因而也是一种"特定的时间的政治"。"现代主义和后现代主义——与保守主义、传统主义和反动一样——侵入了时间的政治的领域。"（彼得·奥斯本：《时间的政治——现代性与先锋》，王志宏译，商务印书馆2004年版，第3—4页）奥斯本一针见血地揭示了"现代性"作为一种"价值虚构"，所体现的西方社会的文化霸权与统治力量，也指出了这种评判方式对于现代人类的深刻影响，包括对于文学、文学史观、文学创作的不容置疑的价值规定性。

很显然，从空间与地理的角度谈论文学，与从时间和历史的角度谈论是不一样的。前者通常并不企图在多个文学现象或文本间建立"历史的"逻辑关系，即甲影响或派生了乙，或者反之乙"发展"了甲，实现了甲的变革云云，所有文本之间并不具备时间序列上的必然联系。中国古代的"文学总体性"的建立，其最早的模型是孔夫子对《诗经》的删定，其格局显然不曾看重时间因素的重要性，虽然其产生的时间可能横亘数百年的差距；相反是正面展开了其空间的"地理构造"，如"十五国风"的编排，其实就体现了一种文学分布的"地域意识形态"。很显然，每一国风的内容与风格都是有所侧重和差异的，会体现其风俗与文化的不同，音调与语言的微妙差别。所谓"恶郑声，郑声淫"之类，自然也是对地域性的强调和凸显方式。其"修辞的总体性"当然是十分广阔而浩大的，是一个几近无限丰富的效果，但却未曾有一个"文学史"的想象在其中，与某种格局的时间模型几无干系。

其后历代的文学经典或诗歌总集，多是以孔夫子为范例的。南朝梁太子萧统所编的《昭明文选》，其同代徐陵所编的《玉台新咏》，南齐钟嵘所编的《诗品》，宋人郭茂倩的《乐府诗集》，直至清人沈德潜编纂的《唐诗别裁集》，以及吴楚材、吴调侯所编的《古文观止》等等，都是"以人为本"或以风格品级为界的选择，即便以文出的朝代为序，也不曾在时间链条上建立太多联系性；即便有，也是强调了"复古"的合法性，而从不以"进步论"来观之，更不会以某种固化的历史逻辑来予以阐释。这是我们必须要意识到的。

进步论起自何时？当然是起自近代中国人"睁了眼睛看世界"之时，是拜西方人近代以来的时间观与历史观所赐。这当然没有错，进步论赋予了中国人基本的现代观念，开启了近代中国启蒙主义的历史进程，但也给中国人的思维种下了根深蒂固的观念，就是用"时间价值"的眼光看待衡量一切，包括文学和诗。然而殊不知，作为一种"时间政治"的进步历史观，恰恰又是来自现代地理学意义上的空间知识的获得。正如黑格尔所说，"世界的新与旧，新世界这个名称之所以发生，是因为美洲和澳洲都是在晚近才给我们知道的。"（黑格尔：《历史哲学》，王造时译，上海世纪出版集团、上海书店出版社2001年版，第83页）现代性在西方的自觉，实际上是空间意义上的地理大发现的产物。无独有偶，近代中国人的现代性观念的生成，也是由于林则徐的《四洲志》和魏源的《海国图志》等近代地理学著作的出现——在《山海经》这样的古代"神话地理学"基础上，当然不可能产生出"进步论"价值与现代历史观。某种意义上，是先有了现代地理学意义上的新视野之后，中国人才意识到，我们的国家并非是亘古不变的"天下"的"中央之国"，世界上还有比我们更先进和更合理的文明。因此才会出现了严复的《原强》中所表达的那种"宗天演之术，以大阐人伦治化之事"的社会进化论思想，以及邹容的《革命军》中所说的"革命者，天演之公例也，世界之公理也"的革命逻辑。很显然，无论是进步论还是革命理论，其真正来源都是近代中国人在地理学上的自觉。

这也就可以反过来进行反思：为什么我们从现代的地理学上得以启蒙，却以单一时间维度的价值观屏蔽了空间意义上的地理观？而且还病态地坚持了一种简单化的观点，即将来一定好于现在，现在一定胜于过去。在文学史中必定要建立一个从"低级向高级"的成长逻辑，或者改头换面，由政治的模型，改装为技术的或美学的模型，即"新"一定胜于"旧"，"现代"一定好于"传统"。综观1970年代末以来的当代诗歌，我们确乎是以这样一个逻辑来建立文化与审美价值逻辑的，"新的就是好的"逐渐成为了所有人的共识，从"朦胧诗"到"新生代"，从"90年代诗歌"到"新世纪"，这个轨迹确乎在一定程度上反映着当代诗歌的进步道路。我个人也从不反对这样一个价值逻辑，因为曾几何时当代诗歌为了从意识形态的藩篱中解放出来，曾有多少人付出了多少血的代价，这个进步论的历史模型是不可以轻易怀疑和动摇的。但另一方面，我们又必须看到，一维的和简单化的时间构造，也同样会遮蔽历史本身的丰富性，遮蔽和压抑每一时期诗歌生长的可能性。假如我们一味被时间意义上的变革逻辑所攫持，也会发现我们的诗歌本身其实已经"走到了尽头"，有了一种山穷水尽的感觉，曾经有效和充满反叛意义的先锋写作在上述逻辑的促动和逼迫下，已变成了仅具有标志意义的"极端写作"，虽然有人声称可以"先锋到死"，但再往前走似乎已经没有路了。

显然，从写作的角度看，进步论造成了一个价值陷阱，即一个并不总是有效的逻辑，因为异端并不总是有意义的，原先代表变革与希望的先锋写作在今天差不多已"异化"为另外一种东西，即除非维持"非诗"和"反诗"化的策略便无法保持其"先锋性"，这样的写作如果成为常态，便成为了一个问题；与此相反的另一种趋势，是不得不蜕变为一种"中产阶级趣味"的复制与仿造品，两者都走向了先锋艺术的反面，也如哈贝马斯所说，现代主义与先锋派已经走到了尽头，耗尽了现代性本身的推力。关于这样一个演化和蜕变的线索，笔者已在《先锋的终结与幻化——关于近三十年文学演变的一个视角》一文中做了较详细的梳理，这里不拟展开。我的意思是说，我们要对于写作本身的价值陷阱作出反思，需要借助另一个价值维度，这个维度便是非时间性的"文化地理"——引领写作者更重视自己的空间背景,或者至少可以少一些"时间焦虑",多一些万古不变的看法。在我们的新诗百年节点来临之际,在经历了走马灯式的兵荒马乱的变革之后,多一些静水流深的开掘和潜滋暗长的化育,或许是更有意义的。

再者,从研究者与诗歌批评的角度看也同样值得反思。某种意义上,与写作者一样,当代诗歌的研究与批评之被现代性价值逻辑所推动甚至绑架,与现代主义的时间政治之间,是有着密不可分的关系的。在刘勰那里,"时运交移,质文代变",虽然也隐约包含了一个"时代"观,但只是标明他对于文学与诗歌的观照是因时而变的,并没有为时运交移设定价值上的抑扬依据。"新时期"以来,尽管我们为重建现代性价值不懈奋斗,挣脱了政治学意义上的进步论的价值陷阱,但不知不觉也重新设定了另一个困境——因为"现代性"与"先锋"也同样是一种"时间政治"。基于此,研究者已习惯于用过于简单的方式,用那些在文学史上"刻下痕迹"的现象来构造一个文学史的框架,而对于诗歌运动内部的复杂性以及并置意义上的众多文本现象则视而不见,或失去了处理能力。尤其对于其艺术上的复杂性,更是缺少悉心的辨识与有说服力的分析。所见文学史和诗歌史式的描述,大抵近似,就是这一简单化处置方式与逻辑的表现。

有没有可能构建一个"非单一进步论视角的"当代诗歌史,或者不依赖于单一时间叙事的当代诗歌史呢?我以为这是值得我们思考和努力的。或者即便一时没有,那么替代性的方式也会具有意义,从这个意义上说,《中国当代民间诗歌地理》便是一种探索,一种建构的尝试,其中时间的谱系感并非全然缺席,但更重要的则是一种共时性的展开,相比时间构造的和进步论逻辑的诗歌史文本,它可能更有利于呈现当代诗歌的复杂性与共生性的特征,更有利于读者观赏文本的丰富性,而不是随之将之简单化地判断和予以"知识化"的认知。虽然这种总体性的努力还并不完整，但至少，它是一种建立对照性和反思性文本的尝试。

这种反思在我看来，还有一种强烈的"隐喻性"。民间诗歌地理构想的提出，就像1990年代初期陈思和的"民间性"或"民间文化"这些概念的提出一样，是有其清晰的针对性的，它是对于某种中心论观念与种种权力固化秩序的反抗的隐喻。这个隐喻的意义究竟有多大，每个人可能会有自己的判断，但在今天看来，它之于当代中国社会的三种文化元素——即权力文化、知识分子文化与民间文化——的构造与互动关系的巧妙指涉，对于1990年代初期精英写作的合法性的重建，给出了必不可少的和关键性的支持。很明显，"民间"的意义从来都不限于其自身，而是政治与知识分子都从未放弃的合法依托，因此这个隐喻有可能是政治意义上的，有可能是文化意义上的，只有在最低限度上才是文本意义上的。在1990年代初期到中期的历史情境中，民间其实就意味着对于权力固化秩序的反抗，意味着对于精英文学思想与潮流的一种合法护卫与道义援助。

另一方面，在笔者看来，现代性还有一个很重要的法则，即在时间派生的价值之外，同时还应有一个"民主化的价值标尺"，这个价值类似于丹尼尔·贝尔所说的"天才的民主化"，它有天赋的合理性，当然也意味着一种蜕变和丧失。即从先锋文学运动、从现代派到后现代主义的一种转折，就像梵高，或是某位现代主义的大师，由最初的无限孤独到最后生成为一种"制度化的美学风格"，成为一种消费品一样。丹尼尔·贝尔把这个过程描述为先锋文学的没落，和"中产阶级趣味"的弥漫。我最近写了一篇文章谈论"先锋的终结与幻化"的话题，主要逻辑也是从他的观点生发出来的：对于先锋艺术的接受与认同，也意味着其思想价值与反抗意义的最终丧失——它变成一种中产阶级客厅里的观赏物与消费品，而不再是一种孤独的艺术创造。这就是由先锋艺术到中产趣味的一个必然降解。在我看来，某些为了保持其先锋性的写作者，不得不将写作转化为一种"极端文本"，变为德里达所说的"文学行动"，即单纯靠文本已经没有价值，而必须要靠同时存在的一种"行动"，才会建立其意义关系，尤其是靠人格范型的分裂性、自我贬谪意味等，来维持其讽喻意义。这自然是另外一个问题了。民间的隐喻性显然十分丰富，我们在这里主要是强调其对制度性的反思和反抗因素，来加以肯定的。

最后一点，是"诗歌民间文化地理"的本体性意义。各位刚才的谈论非常重要，西川兄所警惕的"伪地方性"，或是欧阳江河先生谈到的"被全球化惯坏的地方性"，或者"被地方性装饰过的一种所谓的全球化"等等，我们确实要设置这样一些反思的前提，但在此前提之下，还是需要做本体性的研究。在今天，地方性问题我个人认为还是存在的——哪怕是有局限的、被扭曲或者放大了的地方性。比如北京的写作整体上与广东的写作，确乎是有较大差异的——我们在理解个体性的同时，也不可能完全回避"地方性的总体性"这样一个问题，尽管当我们谈论时必须要有限制性的前提。广东作为"世界工厂"的那种极端性，其两极分化导致的那种作为底层人物或打工角色的写作，"天高皇帝远"式的那些形形色色的实验写作，还有他们无限具体与丰富的地域场景，与北京作为首都的敏感的文化氛围，强大的信息与观念资源等所支配的写作之间，都是很不一样的；还有上海的写作和大西南的写作，那几乎是不可同日而语的；在杭州所生存的诗歌群落，包括像"北回归线"群体的那种纤细、唯美与颓废的写作，同西部的某种地域性的存在也一定是不一样的。当然我们也不能把这些东西无限夸大，但是我觉得对这些现象的认真研究和梳理也还是有必要的。一旦这些"非时间性"的特征被我们所注意和自觉，我们原来的文本判断中便会出现一些新的维度，关于当代诗歌以及整个新诗的经典化的工作也会出现新的视点与看法，原有的谱系与标准便会产生一定的改变，更多的有意义和有意思的文本便会被挖掘出来。一句话，整个新诗与当代诗歌的历史与经典的构成，便会有新的景观。

以上便是我对于"诗歌民间文化地理"这一话题的一些浅见。地理维度当然也不可能解决一切问题，但它可以补足时间维度所带来的弊病和欠缺，可以给我们的研究提供新的视点和动力，也会大大减少我们的价值困境与美学焦虑。

当代中国诗歌地理根源探究

李志艳

文艺批评的空间转型是当下学术发展的一大趋势,它不仅能够有效纠正经由时间维度进行诗歌批评的不足,并且"地缘文化关系、文化地理差异对诗人和诗歌的影响越来越大,而不同地域的诗人群落则日益清晰地意识到这种差异的合理性,并且有效地加以利用"(张清华:《当代诗歌中的地方美学与地域意识形态——从文化地理视角的观察》,《文艺研究》2010年第10期)。在此语境之下去探讨诗歌的地理根源,不仅是对当代诗歌进行空间批评的积极尝试,更深层次上是在对当代诗歌艺术根性探索的基础上,回应当代诗歌研究的一些基本问题。中国当代诗歌的发展与共和国的成长紧密关联,它继承了新诗起源以来对语言的实验性运用,又与全球现代、后现代转型纠缠在一起,而现代、后现代的更迭与语言学研究连锁环扣。这导致了当代诗歌创作、批评,乃至其他问题如文体学等都围绕着意识形态、语言学的相关问题来展开,忽视了诗歌因由发生学根源而引发的诗歌文体构成、诗歌审美接受等基本问题的连带性思考。这从学术界寥寥无几的"当代诗歌空间批评"研究成果就可以得到证明。两相对比,对当代诗歌进行截源性研究,或许能新见冰山一隅。

一、当代诗歌的地理存在与活动行为属性

考查当代诗歌的地理根源主要有两个维度，其一是诗人；其二是诗歌文本的构成。从两者的关系来说，诗人的地理属性具有诗歌创作上的先在性，以它为基础所形成的审美经验是诗歌创作的本质内容。反过来说，诗歌文本的固定性显现，是即时性的记录、承载了诗人对于地理占有的特殊状态。邹建军等认为："作品才是文学研究的根本对象，也是我们一切文学研究的出发点。"（邹建军、王金黄：《文本决定论：对比较文学中国学派"双向阐发"的反思》，《学习与实践》2017年第11期）即使是文学的外围研究，也"应该由里到外，而不是由外到内"（葛晓音：《读懂文本为一切学问之关键》，《羊城晚报》2012年7月8日）。由此，考查当代诗歌地理根源的两个维度又能辩证统一在一起，即以诗歌文本为中心，在逆向性考查诗人外在性地理状态之余，思考诗人—地理之间互文性关系，就能进一步探索人—地关系对诗歌创作形成的冲击影响。

在诗歌文本中，地理根源的显现主要集中于诗歌的意象构成、叙述的事件对象与语境、话语特征等。对于文学地理而言，在一般的空间区域上来认识，徐国利认为："要科学规范地界定区域史及其区域，应当参照和借鉴地理学与区域学中有关区域界定的均性（同质性）、系统性和独特性原则。"（徐国利：《关于区域史研究中的理论问题——区域史的定义及其区域的界定和选择》，《学术月刊》2007年第3期）在特殊性的文学领域中来认识，梅新林认为："由于'文学'与'地理学'融合为文学地理学，这就决定了其研究对象并非一般的地理空间，而是具有特定内涵与外延的文学地理空间。具体而言，即是'空间中的文学'

与'文学中的空间'的内外互动与交融。"（梅新林：《文学地理学：基于"空间"之维的理论建构》，《浙江社会科学》2015年第3期）以此为依据，可以将文学地理分为四个大的类型。其一是有着较为明确的物理性、自然地理状态与边界的地理，主要包括行政区域地理、文化区域地理、民族区域地理。这三种区域并不能截然分开，民族区域往往就是文化区域的一种，而文化区域在历史的发展演变中，一方面以行政区域为中心，一方面又能对此进行超越和重组，比如岭南文化、巴蜀文化等。之所以将其分开，主要是因为区域地理的类型不同，而导致了诗歌创作的风貌殊异。如以行政区域来命名出版（四川文艺出版社）的《中国先锋诗歌地图》（北京卷）中收录了唐欣的《祖国》："一个山东人和一个陕西人/是我的祖父和祖母/而一个西安人和一个重庆人/是我的父亲和母亲//我自己娶了一个天津人和/一个南京人所生的女儿/而我们俩的女儿　生于兰州/在北京读完中学//又去了成都　上大学　至于/以后　她的丈夫将来自/何方　孩子在哪儿出生/现在　我还一点都不知道。"在硬笔的叙述中，唐欣无疑道出了首都北京的人员交汇盛况，并在诗歌结尾以回环的形式道出了这一问题的普遍性，乃至背后对生命来往的茫然无措感。对于文化区域，依据文化的属性、类型以及层次的不同有着不同的认识，比如闻捷的《天山牧歌》《河西走廊行》等便是具有鲜明地域标识的文化区域诗作。而对于如杨炼的《礼魂》组诗等，则又是在中西文化视域中回看汉诗的创作方式，是一种广义的国别属性文化区域。对于民族区域，代表诗人如吉狄马加、南永前、阿尔泰等，从他们的诗作中"不难发现根源于其本民族的、本地域的历史记忆与集体无意识，往往最能叩响民族内心的共鸣"（马文美、涂鸿：《神灵与生命的礼拜——中国当代少数民族诗歌从原型到母题的言说》，《当代文坛》2012年第4期）。

其二是以肉身为中心的身体地理。身体因为其自然属性、社会地理文化的被建构属性以及自然客观的显现状态，是文学地理的特殊类别之一。身体写作在1990年代突起风潮，西方的女性主义思想是其主要的理论支持，张立群认为："'身体写作'虽然就其来源来看，它是西方的术语，但它一旦进入中国之后，就势必要逐渐成为一种'中国话语场'内的东西。"（吴思敬、张立群：《对话：当代诗歌创作中的"身体写作"》，《南方文坛》2004年第11期）身体写作不能简单地等同于性别写作，从创作的源动力来讲可称之为身体写作，是以身体感知为核心、非逻辑性的生命直觉写作，朦胧诗所倡导的灵魂写作，当下流行的"语感写作"，如娜夜的《起风了》、安琪的《像杜拉斯一样生活》、杨黎的《A之三》等可归于此类；从创作对象来讲可称之为写作身体，身体成为创作的对象，比如沈浩波的《点燃火焰的姑娘》、尹丽川的《二月十四》、李红旗的《早晨》等可归为此类。

　　其三是以经济、科技发展，尤其是数字化网络发展而形成的乡土/城市地理，自然/科技地理。随着科学技术的进一步发展，乡土与城市之间在血脉相连的同时，却沿着两条不同的路径发展，"当代诗歌的乡土经验写作成为时代、民族、地域文化相互沟通的精神印记，通过乡土追溯精神的家园与历史的根性，成为诗歌精神写作的重要探索。"（周俊锋：《怀旧病与乌托邦：当代诗歌的乡土经验写作及转变》，《江汉学术》2017年第5期）乡土与城市、自然与科技并不是对立静止的二元关系，历史的积淀以及当代社会的加速度进程，延续了二者相互审视、相互建构的根本属性。比如鲁西西的《曾经》《这些看得见的》等便是在回望乡土之余，又对乡土的异变怀有深沉的叹惋。而另一批诗人却在不断的批判中冷静思考城市的崛起与膨胀，如杨克的《有关与无关》《鸡为什么要过马路》《在东莞遇见一小块稻田》等，均是在城乡互视性状态中，探讨城乡的共存性发展与人性诗意化道路。自然、科技地理的区分主要针对的是网络诗歌，网络是地理科技化产品，以自然与科技的结构方式折射出人类活动能力的延伸、活动方式的革新以及价值体系的重构。网络诗歌是因为创作工具和媒介的技术革命所引发的艺术生产方式与生产观念的时代性发展，尤其以"bit"为核心的数字化符号能够直接转化为"一种动态、多维、直接呈现的具象符号，表现为屏幕中可触可感的视觉、图像、声音"（吕周聚：《论网络诗歌的观念变革》，《山东社会科学》2016年第3期），并在人人触网的生产关系中重构了创作者与接受者的文学活动流程、空间场域以及艺术理念。在赵丽华、诗阳、鲁鸣等网络诗人的诗作中便可常见各种反常规的实验性创作，包括创作对象的增容、诗歌语体的肢解杂糅、诗歌美学的凌乱锋利、诗歌价值的无序颠覆等。

其四是杂含性地理或称之为全地理状态。在当代社会语境下，随着经济贸易关系的世界化趋势、交通条件的方便快捷、文化交流的频繁急切，杂含性地理（全地理状态）成为诗歌的一种写作常态。检视整个中国诗歌当代史，如此文本不胜枚举，如黄翔的《冥兽》、食指的《命运》、北岛的《结局或开始》、南野的《实在界的言说》等。这其中大致蕴含了两个方向，其一是诗人有意弱化诗歌中地理的明确标识，追求诗歌表达与接受的通约性与宽口径；其二是诗歌创作对于普泛化社会生活公共问题的思考与探寻，诗歌创作的全球视野与人类学意义决定了文学地理的越域、杂含，乃至世界化。

诗歌地理的多元化意味着诗歌创作的丰富性探索，在本质上是诗人社会生活的在场性与实在性还原。它首先形成的是诗人主体性，这来自于诗人与地理之间的生命关系，也是诗人面对特殊地理形态之中社会生活的独特反映，诗人主体性不是非此即彼的个性或共性问题，而是个性与共性交互融合的社会实践。其次形成的诗歌创作审美经验，作为诗歌创作的临界点，它构建的是诗歌创作对象库，从一开始也就显示了诗歌创作的本源属性，以及诗人社会生活的审美化积累、发展与成长。再次它前定性地控约了一部分诗歌创作的性质，及诗人对地理主体能动性的接受、反映与再构，意味着地理的诗歌艺术化的两个方面，即诗人与地理的交互主体性建构、诗歌创作的生命偶发性与必然性行为。二者相互缠绕纠结、内属转化，构成诗歌创作活动的本质，并由此外浮凸显，循序推进，寻求言说，进而组构诗歌文本。

二、当代诗歌文本的前世今生

地理进入诗歌，在本质上是作家主体性社会活动行为的文本艺术再现，是"缘事说"的一个发展。赵辉在论述中国古代文学文体发生学时说："中国的'文'学作品，也就是社会生活不同性质的行为过程中的'文字单元'，即文本；每一文本的产生，都有一个'前因后果'的行为过程。'前因'即驱使主体写作的事因行为过程，'后果'即文字言说过程。"（赵辉：《中国文学发生研究》，人民出版社 2017 年版，第 61 页）而对于中国当代诗歌来说，地理空间研究视域的介入与运用，不仅能够有效纠正"研究者在观念上朝向时间因素、忽略空间因素的理论偏废"（傅元峰：《新诗地理学：一种诗学启示》，《文艺争鸣》2017 年第 9 期），更能够在传统诗学理论的基础上重新认识当代诗歌文体本身。

首先，"前因"的远指与近指：地理之主体活动化与诗歌文本的原型形态。弗莱认为原型是"在文学中极为经常地浮现的一种象征，通常是一种意象，足以被看成是人们的整体文学经验的一个因素"（诺思罗普·弗莱：《批评的解剖》，陈慧等译，百花文艺出版社 2006 年版，第 526 页）。文学经验是在作家艺术化在场性社会活动中形成的，它在直接陈述诗歌创作"前因"的同时，还意味着以地理为中心表征的社会文化场域对诗人主体建构，这历时性先在地确定了诗歌的远指源起。而近指源起则是诗人在共时性文化圈层中的即时性反应行为，它反过来建构地理，促发诗歌文本诞生临界点。洛夫就曾说过："童年生活不但决定了我从事文学创作这条路，而且也影响了我作品的风格"，诗人要"有一份强烈的好奇心，使他能从平庸烦琐的日常生活中感受到许多可惊可喜、可悲可叹、可歌可泣的事"（洛夫：《洛夫谈诗：有关诗美学暨人文哲思之访谈》，江苏文艺出版社2015年版，第2—7页）。诗人的在地性具体活动行为引发了诗歌创作。结合前文所论述的诗人主体性问题，可以发现，诗人主体性是一个动态性的持续发生性问题，它是一个空间横断性判断，标示具体性时间维度，但并非一个稳定的连续性、封闭性状态，诗人的时刻在地性意味着诗人主体性的发生显现的特定的非必然性、非连续性征象。当然，诗人主体变动性特征并非无迹可寻，它承载、显现于具体的社会活动之中。正如荣格将艺术追溯至集体无意识活动、列维·斯特劳斯认为艺术祖源于神话叙述一样，都是活动对象和活动本身的统一体。所以说地理所关联的是诗人和诗人活动行为的统一，是诗歌创作的始源，指向确定性、普遍性和恒久性，成为诗歌文本的前世与远祖。

其次，"后果"今生，地理之主体活动化与诗歌文本的构成。对于当代诗歌文本的认识，学术界目前有两条路径，即或借鉴于西方理论的语言学路径，或以传统诗学之意象、意境（境界）、韵律为依据的三要素诗学理论。这其中明显的不足在于，西方语言学知识与中国当代诗学批评的"隔阂"，传统诗学理论对当代诗歌批评存在诸多非适应性问题。因而探索当代新诗文本理论就显得亟需紧迫。既然诗歌文本是承载人—地关系的活动行为的言语行为，是一种表达的固定化与自足性，那么诗歌文本就可以分为两个基本部分。一部分是常态性活动行为,它模仿生活真实,追求与之对应的言说方式是直陈性表达,是一种散文体式在诗体中的直接体现。如于坚的《尚义街六号》:"尚义街六号/法国式的老房子/老吴的裤子晾在二楼。"韩东的《来自大连的电话》:"一个来自大连的电话,她也不是/我昔日的情人。"余光中的《一枚铜币》:"曾经紧紧握一枚铜币,在掌心/那是一家烧饼店的老头子找给我的。"在诗歌中,常态性活动行为显现的是诗歌与现实之间的近亲关系,在文本中常常构成内部语境,并成为诗歌诗性成分合理存在的前提和基础。

另一部分是异变性活动行为,它模仿艺术真实,组建行使艺术法则,在非常规的话语表述中,以"陌生化"的方式构建创造性突破法则,是一种直接的诗体形式。在诗中,活动行为的整个过程往往是通过句子或是诗节来完成的。对比起生活常态,活动行为的异变不仅将诗歌语言由生活语言转换成了艺术语言,并且在本质上构设了诗歌文体学的相关要素。主要体现在:第一,在句子之中,活动行为构成元素的反生活化、反自然性,并以错位的语言关系形成意象,乃至与之相对应的修辞关系。如余秀华的《我爱你》:"告诉你一棵稗子提心吊胆的/春天。""告诉你……"这个活动行为以动宾句式构成,而在宾词结构中"提心吊胆的春天"是一个错位的语言关系,修辞手法是拟人。与之关联的是"春天"演变成了意象,并且形成了语意中的"标出项",即"从语言表意来看,能够清晰传达意义的是正项,大部分人采用的表现方式偏向于清晰传达,因而迂回表意的言说方式成为异项,即被标出"(乔琦、邓艮:《从标出性看中国新诗的走向》,《江苏社会科学》2012年第3期)。标出项的出现意味着对于常规生活语言表意的偏移,也反过来显现了活动行为的非现实性与去客观化。语言及语言结构的"陌生化"延阻了接受顺势,拉大了审美时空间距,产生诗意。第二,活动行为某些环节的脱落缺失、特定元素的强化突出、过程环节断裂重置、活动与活动之间承转关系的独特设置,形成诗中"文气"的流转状态、情感的运动轨迹,诗歌语意的空白、跳跃性。如唐不遇的《月亮》:"……黑暗中,死亡嗡嗡叫着/叮了我们一口。//我们的皮肤隆起/一块红色的小墓碑。//在人世,每增加一盏灯/都使黑暗更痛苦。"、"死亡嗡嗡叫着"是一种原动作行为主体缺省之后的重置,之后又通过过程环节断裂的方式凸显出"一块红色的小墓碑"在语句中表意的中心地位,成为标出项。最后又在活动行为叠加、承转的情况之下,形成叙述视角的转移,并从一个特殊性活动行为递升为类别式活动行为的抒写,形成诗意的衍射圈层。在此之中,情感浓度不断升华,并和诗人对于活动行为思考方式的反常化相得益彰,文气流动也就自然充沛。

再次,当代诗歌的音乐性。关于诗歌的音乐性问题,学术界主要是从语言文字发音的类似性与出现的周期性入手。本文要提出的是,诗歌中活动行为的标出项要素的周期性出现、类比性活动行为的复沓叠加形成节奏感,实现了诗歌的音乐性。如李亚伟的《硬汉们》:"……我们尤其相信自己就是最大的诗人/相信女朋友是被飞碟抓去的/而不是别的原因离开了我/相信原子弹掉在头上可能打起一个大包/让我们走吧,伙计们!"这是通过类同性活动行为的叠加形成节奏感。梁小斌的《中国,我的钥匙丢了》亦是在多次的"丢钥匙"、"找钥匙"的活动行为中形成内在的节奏感。顾城的《一代人》"黑夜给了我黑色的眼睛/我却用它寻找光明",虽然只有两句,但是通过活动行为中的标出项"黑"的二次出现,以及和语义上的对立标出项"光明"形成呼应,进而形成诗歌的节奏感。以活动行为为基础,当代诗歌的节奏感形成有一些通约性特征,节奏感的形成虽然是一个整体性概念,但在诗歌中依然有层次感和结构性,即单首诗单个节奏,和单首诗多个节奏。节奏的形成意味着活动行为的类集性组合,它基本指向相对同一的语义话题。节奏的形成在本质上是通过活动行为的描写来承载情感想象的运转轨迹，它追求还原活动行为与促动情感想象的同一性书写，此时还原在情感想象的建构下，形成修辞，不断逼近艺术真实。活动行为形成突显的是音乐的运动属性，以及舒展自如的创作空间，它是活动行为及其情感运动本身就带来的，是生命内在属性的天然袒露，并在言说过程中自然呈现而已。

当然，在诗歌文本中，常态性活动行为与异变性活动行为存在着转换关系。一般来讲，通过诗歌文本的上下文、文本内外语境及其关系，常态性活动行为能够转化为异变性活动行为；而在不同的诗歌中，长期雷同性的异变性活动行为书写会转化为常态性活动行为，并失掉诗意表现的功能和属性。比如王小妮的《我感受到了阳光》，诗歌一开始说"我从长长的走廊/走下去……"本是一种常态性的活动行为描写，但由于诗歌紧扣了活动行为特殊的地理位置"长长的走廊"，结合社会文化语境中普遍性的人类生存衍变状态，使得在"长长的"成为标出项的同时，促成了整个诗句的象征效果，进而蜕变为异变性活动行为，达到了情感动作化、动作情感化的统一。诗歌接下来如此写道："——啊，迎面是刺眼的窗子/两边是反光的墙壁/阳光，我/我和阳光站在了一起。"诗歌前两句是视觉行为的描写，是一个生活化的常见性行为情景，但在后两句的承应与加强中以类比联想的方式，发生情景隐喻性异变，即通过"寻找光明，光明便和我们在一起"，显示出一种乐观果敢、昂扬奋进的人性精神。

从在地性的活动行为来说，较之于其他文体，诗歌具有鲜明的特征。其一，从宏观来说，活动行为的缺省性，使诗歌创作并不诉之于行为动作对情节构成的完整性，它往往是行为动作的非完整性撷取，履行动作行为与表意需求的契合性原则。在此基础之上，活动行为的断片截取、类同性复沓叠加、常态化与异变性都是常用的手段，以此实现诗歌艺术修辞和美学价值。其二，从微观来说，单数性活动行为的构成诸要素都可视为书写对象，在行为动作及其修辞性成分上都存在着创作空间，以此构成文字媒介意义语言呈现多种变形的前提和基础，成为艺术语言反叛、颠覆生活语言的生命力所在。

三、对当代诗歌批评的反思

龚举善认为："文学的'本质'乃人为指认，因而见仁见智，具有多项生成的动态性质，不同时代、不同国度、不同民族的文学以及不同主体对于文学功能不同层面、不同角度、不同先见的观照都会导致对于文学本质判断上的差异。"（龚举善：《文学本质多向生成论》，《河北学刊》2014年第1期）结合前文的论述，从文学地理的视角出发，提出诗歌的活动行为本质论就具有了事实性基础和学理依据。首先，从发生学来说，诗歌源起于人—地实践性活动行为所形成的审美经验。在此在的维度上是诗人的直接赋予；在存在的维度上是人类历史积淀的支持。其次，从创作论来说，无论是诗歌还是文学艺术，都是以创作主体为核心纽带的多种活动行为在融汇的基础上寻求语言的言说，是异质活动的公约性沉淀与趋同性发展。再次，从文本论来说，活动行为动作构成诗歌语意传达的层级单元。它以单个的行为动作为核心，在毗连性的最小修饰关系中形成诗意的初步传达，并以此含蕴、承载、决定诗歌文字构成的语意分解方式和结构原理。如田禾《喊故乡》："……站在更高处喊/让那些流水、庄稼、炊烟以及爱情/都变作我永远的回声。"整节诗以动作"喊"为中心，通过状语"在更高处"，宾语"流水"、"庄家"、"炊烟"、"爱情"，补语"都变作我的回声"等构成一个趋向完整的事件行为，与生活常态形成潜在比照而发生艺术修辞，进而传达诗意。活动行为的复合性修辞，乃至以此为基础的活动行为的群体集聚，成为诗歌文本构成的二级层次，如舒婷的《往事二三》："一只打翻的酒盅/石路在月光下浮动/青草压倒的地方/遗落一枝映山红。"便是通过几个关联性动作行为构成具有模糊梗概的事件情节，并在情感的支配下酝酿成意境特征。诗歌文本的二级层次是一个具有连带关系的向心性意义群落，它能够相对独立、较为完整地构成诗歌语意板块，并且又能在活动行为的同类聚合与异类勾连中完成整个诗歌语意版图的构成。如舒婷《致橡树》的"如果我爱你……"的重复出现就是活动行为的同类关系；如王东东《云》："云，揭开我头上的伤疤/让我丢弃我的血脉？去看那玉米长矛、红色印第安人的国度//可是我怎样诉说？——/是怎样的一朵云（轻飘飘的）？撞伤了我的脑袋？"就是一种活动行为由果寻因的追问式勾连关系。当然，在一首诗歌中，上述两种关系能够交融一体，也能独立成篇。诗歌的终极层次是文本的整体观照，它是活动行为的全部聚合形态，但并不简单地呈现为结构发展的因果关系和统一完整性主题。在当代诗歌的自由理念支持下，呈现情感、想象、思想的运动状态往往是当代诗歌的深层追求，因此，诗歌创作是活动行为的言说过程，从活动到活动也就成了对这种追求的直觉性实现方式，凸显了当代诗歌的本质属性。

当代诗歌的活动行为本质论是本位于现象学的还原式思考，胡塞尔认为"经验科学是'事实'科学"（埃德蒙德·胡塞尔：《现象学的方法》，倪梁康译，上海译文出版社2005年版，第90页），当代诗歌基源于诗人在人—地反应关系所生成的审美经验，对此进行研究，就是一种事实性的科学态度。而诗歌是以个体性来完成其创造性的，个体与本质的关系在于，"'本质'首先标志着作为个体的何物而处于个体自身固有的存在之中的东西。"（埃德蒙德·胡塞尔：《现象学的方法》，倪梁康译，上海译文出版社 2005 年版，第 91 页）诗歌创作是立足于审美经验形成之后的偶然性行为，审美经验的诗歌文体学言说固有的存在只能是在与之对应的活动行为之中，它以储存和显现的即时性、独特性折射出理论规律上的本质性，显现出征象与本体的统一。而在地理维度上探讨活动行为，一是对诗歌创作进行现场还原性思考，二是对当代诗歌发生缘起的人类学追溯。格罗塞认为："生产事业真是所谓一切文化形式的命根；它给予其他的文化因子以最深刻最不可抵抗的影响，而它本身，除了地理、气候两条件的支配外，却很少受其他文化因子的影响。"（格罗塞：《艺术的起源》，蔡慕晖译，商务印书馆 1998 年版，第 29 页）诗歌是以地理为中心所形成的生产事业的派生物，回归诗歌创生的地理状态，是在回归人类主客体关系思考之余，对人类与自然、社会环境关系的始源性探究，诗歌艺术作为文化生产事业能够体现人类本质结构关系发生及其演变过程。三是地理及其活动行为，不仅构建了诗歌的层级单元和意义单位，更是直接构成传统诗学领域中的基本元素，比如意象、意境、主题、韵律、价值诉求等。以上述三个条件作为基础，当代诗歌在地性的活动行为本质论，才能接续中国传统、对话西方。

　　对于中国传统而言，中国古典文论以及赵辉的论著都已经认识到了事件活动与诗歌发生学的关系，但并没有在诗歌文本内部形成较为有效的批评范式，是以本文提出的当代诗歌活动行为本质论是在前提下的一个发展，并且试图融合当代诗歌批评中的中国传统元素与语言学批评的研究成果。对于西方而言，20 世纪西方文学理论、哲学思想有一个重大的语言学转型，包括形式主义批评、新批评、结构主义、解构主义、文化批评等诸多流派都是以文学艺术中的语言问题为核心来进行展开，中国当代诗歌批评在立足于新诗诞生于白话文的基础之上，自然而然地接受了西方语言学批评的影响。如赵毅衡就提出："符号的双轴关系，是符号学中最有生命力的论点之一，也是研究当代诗歌演变的重要方法。"进而提出诗歌是"刺点文本"，"诗歌的定义本身就是反对定义，诗歌的本质是反定义的。"（赵毅衡：《刺点：当代诗歌与符号双轴关系》，《西南民族大学学报》2012年第10期）这其中有两个问题值得关注，第一，诗歌是语言艺术，语言与活动之间的关系如何？第二，"诗歌的本质是反定义的"本身就立足于诗歌是定义与反定义的矛盾体，这在本质上是反二元论的二元论，这其中是否能提出新的本质论对此进行兼容？其实，中国传统诗学理论大多具有结构与解构的矛盾一体性特征，如诗歌的"缘情论"和诗教化的辩证一体，关于"道"之"道可道，非常道；名可名，非常名"（《道德经》第一章）中的辩证精神，都是经典案例。另一方面，皮亚杰认为，活动具有"先后两个相继的时期：在全部言语或者全部表象性概念以前的感知运动时期以及由言语和表象性概念这些新特性所形成的活动的时期，这些活动在这时发生了对动作的结果、意图和机制的有意识的觉知的问题，或者换句话说，就是发生了从动作转变到概念化思维的问题"（皮亚杰：《发生认识论原理》，王宪钿译，商务印书馆1997年版，第22页）。在这过程中，语言是中介，同时具有工具论和主体论的双重功能。其中可以肯定的是，活动行为对于语言来说，是对语言的元史学研究，具有本源性意义。提出诗歌本质的活动行为论，注重诗歌的发生、显现本身，是一种非逻辑的现象学追问，是在解构本质之概念局限之后对本源类属性的事实性探索，是在继承中国传统诗学理论精神之余对西方语言学批评的对话与回应。

互联网语境下的诗歌艺术变革

杜雪琴

我们已经面临一个新的时代,这是伴随着网络的建立而到来的。因为互联网在全球的建立,一个靠网络而联系的人类新社会已然确立,正是它把全人类的主要成员,将世界各国、各民族、各地区的人们,有机而时时地、密切地联系起来,形成了一种自由交流和全方位对话的宏大格局,从而开启了一个信息共享、知识共享、科技共享、思想共享、政治共享、情感共享的新时代。网络时代与非网络时代是完全不一样的,甚至可以这样说,网络是人类历史发展的转折点,非网络时代是一个被分割的、封闭的、条条的、块块的世界,是一个各民族、各地区、各国家、各大陆相互之间缺少交流或者交流不便的时代。人与人之间的距离,依靠高速公路与高速铁路虽然有所改进,然而也只是程度上的差别而已。而当人类进入了真正的网络时代,人与人之间的距离就几乎是成为了零,凡世界上所有的有网络的地方,只要可以有上网的条件,就可以立时性地通话与通信,犹如在面前一样的方便。并且,并不只是一种文字上的交流,还可以是语音上的、图像上的,这种面对面的、具有现场感的交流,与从前的交流具有了质的不同。每一个能够以自己的手机或电脑上网的人,不论他是什么阶层、什么职业、什么身份,他就成为了一个网络人、一个现代人、一个处于世界之内的人、一个可以与世界上任何地方、任何人种进行交流的人。因此，我认为只是因为有了网络，人类就进入了一个全新的时代，人与人之间的关系，就发生了根本性的、重大的变化。并且我们还可以认为，每一个人的权力都可以因此而得到根本的保障，个人的生命潜能与生命张力，也可以因此而极大地发挥出来。在这样一个时代，每一个人都可以是作家、诗人与艺术家，传统的诗歌也面临一种全新的传播语境，当代诗歌创作的质与形，也发生了根本性的变化。也就是说，一个全新的诗歌时代，已然来临！互联网对于人类社会的最大贡献，在于它创造了一种全新交流语境，即在任何时候、在任何地方、在任何社会环境之下，只要有网络的联通与存在，就可以直接地、不受限制地、全方位地进行交流与对话，特别是以文学的方式进行的交流与对话，每一个人都有这样的权力，都有这样的自由。在非网络时代，人们的交流方式受到了严重的制约，交通不便、通信不便，没有交流的条件与平台，即使是小范围的交流也不可能。在今天和未来，网络不仅是一种平台，同时也是一种武器，更是一种思想。中国的经济、政治、社会、民生、文化等，正在因为网络的建立而发生重大的变化，文学与诗歌所发生的变化，只是其中的一个部分。就像我们现在只要有了手机，似乎就有了物质的一切一样，只要我们有了手机，我们也就有了古典与现代的一切文化与艺术内容，从思想到形式。并且我们还可以创作，以手机所能够提供的各种各样的平台，从事我们所喜欢的创作活动，包括微信、微博、公众号，也包括诗歌、散文、小说、戏剧、笑话、故事、歌谣等。这当然是一种全新的语境，也是一个全新的时代。

诗歌人才因网络环境而成长

正是在此基础上，人们开始了网络写作。凭借互联网科技创造的网络环境，在每天获取海量信息的前提下，人们以自由作家的身份，从事真正意义上的自由写作，大批的平民写作者成长起来，文学青年大量涌现。据不完全统计，当今中国从事文学创作的人数，已经远远超过了中国历史上所有作家的总和，诗人的数量也同样是如此。中国是一个古老的诗歌国度，诗人的数量与诗作的数量都是全球第一。然而在今天，诗人与诗作的数量不仅是中国古代任何一个时代不可相比的，就是任何一个国家的诗人与诗作，也是不能与之相比的。这不仅是因为中国的人口数量大，并且也是因为中国实现了五百年来的跨越式发展，由于经济的规模总量很大，也由于人口的基数很大，所以在很短的时间里，我们就建立了强大的交通与通信设施，互联网的规模与质量也几乎成为了全球第一。更为重要的是，由于互联网的建立，作品的发表不再有门槛，一切刚刚创作出来的作品，作者只要自己愿意，就可以立即发在自己的博客、微博、微信、微信朋友圈上，以及相关的微信公众号上，可以即时性地供所有人进行阅读，从而实现了人类有史以来，从未有过的快速传递和无限度的扩散状态。这，还只是网络文学写作的第一个阶段。在这一阶段，网络已经极大地解放了人们的文学热情和艺术创造力，开创了文学创作和文学传播的新时代。诗歌作为文学的一部分，并且是文学的排头兵，其发展道路与生命样态，同样也发生了重大的变化。

当每一个成年人有了自己的手机，每一个人都参与众多微信群和朋友圈的时候，当许多有影响的微信公众号（包括个人的与集体的）建立起来之后，网络写作环境又有了很大的扩展和极大的提高。这就标志着网络写作进入一个全新时代。新旧时代的诗歌语境和文学语境的不同，我们已经看得很清楚了。与中国古代社会相比，当代中国社会的活力已经发展得相当充分，也许没有任何一个时代包括唐宋时代，可以与今天的中国相比。要说人才的数量与质量，虽然今天的中国人口远比古代为多，统计难度很大，然而如果进行统计的话，真正的人才与人才所具有的才能，也是任何一个时代所不可比拟的。诗歌与文学乃至艺术的所有门类，人才济济的局面是令人惊喜的。每一个大学都有自己的诗会，每一个行业都有自己的诗赛，许多城市都成为了诗歌的中心，每一个地方似乎都有了自己的诗歌组织形式，这是一个了不起的进步与发展。这不仅是一种表达的自由，也是一个社会发达与开明的象征，同时也是一个国家与民族的活力的象征。

网络环境下的汉语诗歌形态

在这种新的网络环境之下，汉语诗歌的创作状况，与从前相比有了很大的不同，主要表现在以下五个方面：

第一，参与诗歌与文学写作的人越来越多，多得难以统计与想象。虽然没有全面而科学的统计，但据估计，现有的多达九亿以上的网民中，至少有五千万人从事过文学创作，其中至少有两千万人发表过自己的作品。这可能还是一个相当保守的数字。最近十年以来，高校的大学生人数每年都在增长，乡下青年进城务工，成为了城市建设的主力军，几乎每一个人都有手机，就有了从事诗歌或文学写作的愿望。与此同时，中国社会也发生了或正在发生巨大的变动，一是受教育的人口越来越多，二是从乡下到城里的青年人越来越多，三是从国内到国外的人口越来越多，社会各阶层的结构也发生了很大的变化。因此，每一个人参与社会进程的程度越来越高，也许是有史以来最高的时期之一。正是因此，从事诗歌与文学写作的人就越来越多。社会的变动是文学变动最主要的原因，因为它是从事诗歌与文学创作的主观动因；同时，发表的方便是推动创作的客观原因，如果作品发表相当困难，那就等于诗歌写作没有出路，也许再大的社会变动也不会转化为创作的动力。

第二，诗人的分布很广，不再集中于社会的上层，社会各阶层、各领域、各行业都有许多人在从事诗歌、文学或与文学相关的写作。自人类有史以来，从未有过如此广泛的人群参与到文学中来，产生了令人震惊的文学景观。从前基本上是知识阶层的人才会从事文学创作，在古代只有参加了科举考试并且中了功名的人，才从事诗歌与文学的创作。所以，中国古代的诗人与文学家，许多人同时也是各级官员。而现在，许多官员在从事创作，许多平民也在从事创作，并且其主要的力量都分布在各个社会阶层之中。有的是中小学教师，有的是医院里的医生与护士，有的是社会上的商人与公司职员，有的是大学里的教授与博士研究生，有的是建筑工人与环卫工人，有的是大学生与中学生，有的是出国人员与回国人员，同时也有大量的自由撰稿人，如此等等。也就是说，社会各阶层的人都可以从事诗歌写作与文学写作，并且其分布之广、涉及的行业之多、其创作力量之强大，也许是中国有史以来所从未出现过的。从事诗歌创作的人多半集中在社会结构高层的情况，已经不再出现了，更多的是社会底层的人们，成为了有影响的诗人与作家。近三十年来的所谓"打工诗人"与"打工作家"层出不穷，也许就是这种情况的反映。而在这一历史的过程中，网络的建立与完善发挥了重要的作用。

第三，微信和微信公众号等网络平台的建立，为人们的诗歌写作提供了极大的方便与重要的阵地。在还没有微信的时代，有所谓的博客；在还没有博客的时候，有所谓的 QQ 群；在还没有

QQ 群的时候，有所谓的文学与诗歌网站。由于科技水平的一步步提高，最新的网络技术让我们每一个人都可以申请微信群，有自己的微信朋友圈，也可以有自己的微信公众号。这样的新发明与新平台，可以说是越来越高级、越来越方便、越来越快捷，为人们从事诗歌写作与文学创作，提供了前所未有的条件。在目前情况下，任何时间、任何地点，只要有手机或电脑，就可以从事写作，并且可以毫无阻碍地发表出来，只要无反党、反政府、造谣与攻击他人的内容，就没有任何的限制。发表出来以后，任何人只要想读就可以读，还可以再次分享给自己的朋友，朋友认为好的作品，还可以分享给朋友的朋友，就像雪球一样可以越滚越大，其社会影响就越来越大。这样全新的环境与时代语境，是我们从前所不可想象的，这一切都有赖于互联网的建立。如果没有涉及世界各地区的网络，如果没有涉及整个人类各民族的网络，如果没有把世界上所有的人联通起来的网络，那就没有这样的创作语境与时代环境。从表面上来看，似乎只是传播方式的改变，其实还有本质上的改变，那就是人的权力结构的改变与社会结构所发生的变化。如果我们退回过去的时代，没有了自己的微信群，没有了自己的朋友圈，没有了自己的公众号，或者说我们不再用手机，我们会觉得我们过的是一种原始人的生活，完全没有进入现代社会。因为手机是我们与外界联通的通道，微信是我们发言的工具，也成为了自我表达的手段。如果我们没有了自我表达，也许又回到了封闭的社会，我们还生活得下去吗？所以，新的时代形成了新文化，微信就是一种全新的文化，并不只是一种平台。因为有了微信，诗歌的创作与传播都有了新生的力量，并且这种力量越来越强大，为以往的力量所不可比拟。

第四，网络传播之迅速、传播之广泛、影响面之大，是传统纸质平面媒体所完全不可比拟的，我们真正地进入了一条信息高速公路，文学创作与此关系密切。网络建立之后所产生的变化，在文学与诗歌传播史上具有革命性的意义。有了博客的时代,似乎已经是够先进的了,因为我们写了东西就可以自主地发表,然而也要靠他人来阅读,并且读者没有自己的电脑也是不行的。有了微博的时代,让博客进入了真正的手机的时代,即进入了没有电脑只要有手机也可以阅读的时代。现在,有了微信与微信群,更有了微信朋友圈与微信公众号,那么从前的博客时代,已经就不算什么了。只要有了手机,一切都可以变成现实。我们可以随时随地地从事写作,走到哪里就可以写到哪里,想写什么就可以写什么。更为重要的是,写了什么作品就可以立即发表,并且是一种全公开的发表,与从前的报纸与期刊发表,没有什么本质上的区别,与电台和电视台发表也没有什么本质上的区别。并且这是一种自主的发表,不需要他人的同意,更不需要他人的审查。这样的文学作品的自主性传播,其规模之大、速度之高、范围之广,是以往的任何时代所不可比拟的。眼下,平面媒体已经失去了往日的荣光,包括电台与电视台也失去了往日的被关注度,时代的变化之大、之深、之巨,是前所未有的。如果我们不关注微信时代给诗歌与文学创作所带来的变化,我们就还是一个旧时代的人,而不是一个新时代的人,我们的诗歌与文学也不可能进入一个全新的时代。

第五,网络条件下的文学创作整体水平,与从前相比已经有了很大的提高,产生了质的变化。根据我对近期六个微信平台发表作品的阅读,发现相当多的作品质量上乘,也有一些一流的作品。六个微信平台是:诗网刊、中国诗歌网、现代诗刊、诗歌世界杂志社、西部诗歌社、华大诗歌研究中心。现在还用一句"泥沙俱下"来形容网络写作,已经完全不恰当了。据统计,我国每年网络创作的小说,在国外具有了很大的影响,创造了数以亿计的产值,许多作品被改编成了电视剧与电影,完全可以与从前的精英文学创作相提并论。因为没有了从前的编辑程序,也省去了从前的政治审查程序,有的人就认为网络写作水平不高,似乎全是次等作品,所以许多人用"泥沙俱下"来形容所有的网络文学作品。经过了十年左右的发展,一方面网络写手的水平有了很大的提高,另一方面是把不好的作品发在网上也受人嘲笑,所以今天在网络上发表的作品,已经与期刊发表的文学作品没有本质上的区别。虽然有的人还是喜欢在《人民文学》《诗刊》《星星》等纸刊发表自己的作品,然而在一些重要的网站如中国诗歌网、天涯、榕树下、光明日报等这样的网站发表作品,同样受到人们的重视。汉语诗歌形态因为网络而发生了很大的变化,艺术变革的思潮正在兴起。诗歌艺术正从古典向现代转化,其速度与幅度都是前所未有的。有人认为新诗从"五四"时期开始,就有了一种现代形态,其实是相当初步的。也许只有在网络语境之下,诗歌的交流才变成了一种世界性的现象,在这样一种真正的自由与开放的时代,现代性的质变才会成为现实,当然也会有一个历史性的过程。

诗人如何面对一种新的时代语境

如何面对这个全新的诗歌与文学时代,也许是我们必须关注的一个问题。以下四点,也许是我们不得不关注的:

首先,要对网络时代的特性与地位有一个全面而科学的认识,那就是在今天的中国,网络写作已经完全改变了文学的格局,特别是改变了诗、散文、散文诗、游记、小小说等文体的格局,让文学创作进入了一个全新的时代。如果我们能够认识到这样一点,就可以推动文学阅读、文学批评、文学理论和文学史的研究,其中的道理、根据和逻辑,不言自明。我们生活在一个科技发展与文明进步的时代,生活在一个以网络为媒体的全新时代，因此我们的观念、思想、情感、想象都发生了很大的变化。如果我们不能意识到这一点，我们就难于成为一个现代人，对于新的文学现象与艺术现象，就不会有正确的认知与全面的认识，那么我们的言行就很难适合时代的需要，也很难创作出全新的文学作品与诗歌作品。

其次，作为诗歌纸刊的负责人或这个时代的领袖诗人，要全面鼓励网络诗歌写作，从而造就一批网络文学人才。全国各地陆续成立的网络作家协会，就是一个重要的、明智的举措。如果还是以过去的眼光来看待网络文学，认为网络文学不能与纸刊文学相比，更不能与经典文学作品相比，就只能落后于时代了。当然，网络文学也要经过历史的检验，要经过比较长的历史时期以后，有的成为了经典作品，有的就会被历史所淘洗。因为网络文学作品的数量巨大，而经典作品总是其中的一部分，这是一种正常的现象。但我们相信，网络时代的文学作品数量很大，从中产生的经典作品肯定比从前更多，因为它本身含有许多的优秀作品。

再次，充分地利用网络提供的条件，创作出无愧于我们这个时代的伟大的诗歌与文学作品。从事网络写作的人很多，并且已经成为一流诗人与作家的人，也在从事网络写作。现在，完全离开网络而从事文学创作的人，几乎是不存在的了。今天似乎没有人再用笔写信了，所以作家的手稿也越来越少。就像我们离开了毛笔仍然可以用钢笔写作一样，我们离开了钢笔也可以用计算机进行写作，甚至用手机进行写作。因此，现在的写作条件是进化了而不是落后了，是有助于诗歌与文学的写作而不是有损于诗歌与文学的写作，那么，我们就更有条件写出更多的优秀作品，以适应时代与人民对于我们文学的要求。一个时代有一个时代的文学，一个时代有一个时代的诗歌，网络时代的诗歌由于诗人的个性的极度解放，由于诗歌创作的高度自由，也由于诗歌的传播已经是一种几乎没有限制的形态，优秀的作品只会是越来越多，而不可能是越来越少。

最后，充分发挥网络的传播优势，让诗歌与文学的传播更加广泛与深入。网络是一个好东西，虽然有的人认为有了网络以后，人们的思想与表达权利无法控制，然而没有人会认为网络阻挡了人的自由与权利，中国的文学要发展，外国的文学要发展，网络所提供的条件是前所未有的丰厚与方便的。也正是因此，中国文学走出去，外国文学走进来，传统文化进校园，精英文化下乡去，才成为了新时代对我们所提出的几个重要的要求，也是国家的重要文化导向。在这一过程中，网络可以发挥很大的作用，并且可以发挥出为其他手段所不可代替的重要作用。人的自由度、人的权利之实现、文学潜能之发挥、文学才华之显现，今天都远远地超过了从前的所有时代。因此，网络时代的文学就是一种全新的文学，网络时代的诗人也是全新的现代诗人，网络时代的诗歌与文学已经发生了全面的变化，越超从前的文学形态与文学成就，是理所当然的。

诗歌艺术的变革是一种时代性的要求，从旧诗到新诗，从格律诗到自由诗，从文言诗到白话诗，从古典诗到现代诗，一路下来，从来没有停止过。可以相信，在网络的语境之下，在网络的平台之上，一场新的艺术变革正在到来。环境变了人心也在变，人心变了美学也在变，美学变了艺术也得变，艺术变了格局也就变了。诗歌的格局在变，文学的格局在变，思想的格局在变，时代的格局在变，社会的格局在变，我们的国家正是在这种变动之中，才会走向兴盛与强大。

人工智能（AI）时代，诗人何为？

苏文健

当前，人工智能的浪潮正在席卷全球，引领一场新时代产业革命。巴菲特在其2017年度股东大会上发表了对人工智能的看法："我们在人工智能的进展，会带来积极的影响，会带来非常颠覆性的变化，对整个人类来说最终是有益的。"人工智能正日渐深刻地影响人类生活的方方面面，文学创作也受到很多影响。一段时间以来，人机大战、偶得作诗、小冰写诗等相关人工智能的话题引起了文学界的热烈讨论。

机器人写作：喜忧两种态度的较量

在文学或者诗歌界，持技术至上观点的悲观主义一派认为，随着人工智能等高科技的完善发展，写诗这种古老的行当将会遭到严重危机，甚至有被人工智能所替代的命运。人工智能将把人机主从关系颠倒过来，因为随着技术的发展，大数据云计算和人工神经网络等的融合无疑会加速人机高度统一的"强人工智能"（GAI）时代的到来。一代有一代的文学，一代有一代的读者。但到底人工智能是如何及在哪些方面战胜人的？对此我们还可以做深入的探讨。技术对人的胜利或技术乌托邦时代从未实现过，但在科技日新月异的今天，没有什么是不可能的。

乐观主义一派则与此相反，他们认为，人工智能毕竟还是技术，属于人机主从关系。机器人写诗那还是非常低级的，缺乏创新性，大都没有审美之维。这种没有难度的诗歌写作是很可疑的。况且，机器人写诗如何彰显人的价值观？人的情感、记忆、体验、心智、灵魂、信仰、学识积累、伦理向度等都不能很好地呈现出来，这些是具有肉身化的诗人写诗对机器人写诗的绝对优势。真善美的价值判断与伦理道德的倾向性，交付给机器人来掌握，这似乎是难以想象的。人工智能可以清楚地区分是非黑白，但人类的情感空间恰恰是模糊地带，目前来看，这是人工智能爱莫能助的。因此，人工智能或机器人写诗，它的终极关怀何在？如何做到利益最大化，体现那些实实在在的利益，还有社会正义、诗学正义如何体现等等，这些问题的提出或许比解决它们更有意义。以上两种观点针锋相对，各有千秋，似乎谁也难以说服谁。

历史地看，任何一次科学技术的发展都将深刻革新文学艺术存在的形态及其观念。大致而言，镜子技术的发明应用对应着摹仿观念，它对古典文学文论起到统领作用；以摄影、照相机等技术的发明应用对应着机械复制技术，它深刻地影响着现代文学艺术及其文论；以影视、数字网络等技术的发明应用对应着后现代文学艺术及其文论。以纸质、摄影、数字网络为媒介的艺术世界已经历史性地转入各种以电子屏幕呈现的多维仿真拟像的虚拟空间。对 AI 的好坏判断，我们究竟应该是乐观还是悲观？或许现在下结论都还为时尚早。

有论者指出，人工智能背后存在着一种乌托邦的冲动，人们也会在人工智能产生之后发现一种反乌托邦的声音，人工智能的背后环绕着一种乌托邦和反乌托邦的博弈（陈培浩语）。机器人确实有其优势，主要体现在"勤勤恳恳，态度认真"、成本低廉、节约人力等方面。在对知识的储存掌握上，人类大脑无疑比不上人工智能。在此我们有必要先把人类的知识进行必要的分类。有研究者指出，人类的知识分为两种，第一种是明见性的知识，就是用文字、图像、数学公式、程序能够表述的，能看得懂的知识，又称为显性知识。第二种是可意会不可言传的知识，又称为隐性知识。很明显，人类对隐性知识的获得，更多的是通过人类的经验、情感、信仰、价值观，这是比较微妙的，是不能用数据清楚地表达出来的知识。相反，人工智能对图像、语言、数学公式等等这种比较容易获得的明见性的知识很容易处理。通过这样的分类，我们发现，在人机大战时，面对知识本身，人肯定是处于劣势的。然而，人类似乎也不必为此而忧伤与沮丧，因为人工智能不仅是一个技术问题，而且背后还带来种种的伦理问题、社会问题。这才是引起人们热烈讨论的地方。

写作、母语、桥梁：AI时代，诗人何为？

套用荷尔德林诗学追问："在这人工智能（AI）时代，诗人何为？"答案是明确的。首先，只要有人类的存在，写作就不会消亡，诗歌更不会消亡，因为"写作就是发现自己未发达的地方，自己的方言，自己的第三世界，自己的沙漠"（德勒兹：《游牧思想》）。机器人写作不能够代替有灵魂的人的生命体验，就算能够发展到那一天，那也不能抑制人类通过文字书写建构心灵他乡的原初欲望。其次，诗人以母语进行写作，他不仅在改变世界，更在改变语言（母语）。张枣说道："但母语是我们的血液，我们宁肯死去也不肯换血。"、"也许，诗人不能改变生活，但诗人注定会改变母语，而被改变的母语永远都在说：'你必须改变你的生活'"（张枣：《张枣随笔选》）。诗人具有的建构异域他乡的原初冲动，决定了他对母语的依恋，这也正是 AI 时代机器人写作所难以抵达的。最后，更为重要的是，诗人是连接当下与未来的重要桥梁。如尼采所说的："诗人若想使人的生活变得轻松，他们就把目光从苦难的现在引开，或者使过去发出一束光，以之使现在呈现新的色彩。为了能够这样做，他们本身在某些方面必须是面孔朝后的生灵：所以人们可以用他们作通往遥远时代和印象的桥梁，通往正在或已经消亡的宗教和文化的桥梁。他们骨子里始终是而且必然是遗民。"（尼采：《悲剧的诞生》，见《尼采美学文选》）人的欲望沟壑永远无法填平，人类的苦难也永远难以消除。因此，人工智能的出现与普及也仅仅作为人类的一个特殊工具而存在。作为发明人工智能的人类应该对技术本身保有清醒的伦理批判的维度，这体现技术与伦理的辩证。

  肉身性的诗歌写作的重要意义在于，探索发掘人的灵魂的奥秘，挑战人类自身的极限，延伸抵达梦想和试探种种的可能性。写作是作家通过有价值的想象力写出灵魂的秘密和精神的奇迹，进而把梦想和可能性发挥到淋漓尽致的境地。谢有顺在《"70后"写作与抒情传统的再造》一文中这样谈道："呈现生活的无限可能性，是小说最迷人的气质之一，而这种可能性正是隐藏于小说家的灵魂之中——通过想象，激动这个不安的灵魂，把灵魂的秘密和精神奇迹写出来，你既可说这是小说，是虚构，也可说这是一份关于人类梦想和存在的真实报告。有梦想，有秘密，有可能性，有精神奇迹，有价值的想象力，这样的小说才堪称抒情的、诗性的。"其实，不特小说写作如此，诗歌写作亦复如是，一切肉身性的文学创作都可作如是观。人类在写作中让自身抵达现实生活中无法抵达的远方，给灵魂放风找到一个最佳的出口。

  面临人工智能席卷的时代，人类的可贵之处正在于其精神力量的存在。因为要书写具有个性化、探索性以及具有人文情怀、思想性的诗歌，机器人是无法替代人的，机器人只是具有高度程序化和工具属性的装置。人类面临人工智能可能的危机和自身的限度，具有一定的可选择性、反思能力和在限度中突围向上的精神力量。诗歌写作亦如此，诗人需要突破影响诗写的诸多因素，最终以文本说话，实现语言的突围、诗歌的突围、时代的突围和人类精神力量的突围。一方面，我们需要借助各种机械化手段、高科技工具，如手机、电脑、交通设施等，让其更好地造福人类；另一方面，也需要警惕人类对于人工智能的过度依赖或恐慌。甚至人类会恐惧，将来的人工智能可能会给自身造成一种威胁。但正由于他的恐惧，他的可选择性，他可以尝试在有限的空间，以一种精神的力量去突破束缚，向前、向更广袤的空间去发展。人类可以拒绝/有限度地/充分地……利用人工智能/人类智能写诗。在将来，当生物科学与人工智能或其他先进科技发展到一定阶段时，人工智能或许会与人类智能有效结合，利弊互补，产出适用于不同读者群的诗歌。

退一步说，机器人写诗真的大面积地充塞在我们周围，但机器人所写出的诗歌由谁来读它？我们人类自己会去读它吗？会心甘情愿地接受它吗？有论者指出，人类为什么要去写诗歌？为什么要去写文学？为什么要触及这种文化或精神？恰恰是因为文学是人学，文学最终要超越的还是他的肉身性。所以未来的诗歌写作，或许不太看重写什么，而是更注重对写作本身的人类精神享乐。人们在写作、母语与梦想中获得机器人无法提供的某种满足，在写作中去填补人类个体在成长过程中那些永不再有的童年的、故乡的、原乡的乡愁因素。机器人写作恐怕不会有这样的生命体验，至少目前看不到，但对于类型化写作无疑是一个强大的冲击。

事实上，人工智能高科技技术一直在动态发展过程中，现在一切的对诗人、诗歌发展的论断都显得有些草率。文学是人学，诗歌也关乎人的自身，它的情感（包括羞耻的、苦难的、原罪的等），乡愁记忆，历史命运等，从未离主体而远去。机器人没有这些人类生命的丰富体验，对人类的心跳与情感的纹理无能为力。与诗人或者机器人写出了什么作品相比，具有肉身性的诗人或者更享受写诗这一过程本身。当然，不管你欢不欢迎，人工智能就在那里，我们需要辩证地对待，避免二元对立与在人工智能后面亦步亦趋这两种误区。正是基于此，我们认为，人工智能时代，不是诗人诗歌的危机，而是面向个体、面向人类未来的一次新生。诗人应该发挥人类创新的优势，写出无愧于时代的具有人类普遍情怀的大诗歌，写出对得起我们这个时代、对得起我们当前历史和社会发展的好的诗歌。在形式不断更新换代的时候，内容为王越来越成为我们所看重的东西。至于未来的诺贝尔文学奖颁发给机器人还是人类，那是未来的事情。我们作为诗人而不是机器人，不能在人工智能技术的后面亦步亦趋，要有自己的价值判断与真善美标准。

显而易见，机器人的诗歌写作，它是无机的、无序的、复制的、内爆的，它上一秒创造出来的和下一秒创造出来的肯定是不同的文本。现在小冰写出所谓的诗歌，我们看来当然是非常低级的，而且体式上基本都是短诗。于坚说："他设计不了人的灵性。"王家新说："这些小玩意儿不值一谈。"像传统经典的长诗它肯定写不出来，即便能写出来也会是另外的一种文本。我们可以畅想，未来可能不是小冰，而是小冰一号或二号，或者是小花或小红等等一代一代的写作机器人，它们的发展会到什么地步，我们现在或许还不好预测。但是对人类社会发展、人类的情感困境等，机器人所创造出来的文本如何能有效地介入？韩少功在《当机器人成立作家协会》这篇专谈机器人写作的文章中认为，人能够战胜机器，很重要的依据就是人有价值观，我们会对真善美进行价值判断。而机器从它目前的状态来看，它还没有具备这种功能。

我们应该正视这种现实，人与机器人相比，人是脆弱的，但人因为会思考而变得更强大。人类的想象力和创新力是人所独具的优秀品质，是无法被人工智能复制的能力。对于最需要想象力、创造性与浪漫激情的诗歌创作而言，机器人带有机械化、同质化的创作，是属于没有灵魂、不走心、不接地气的创作。因此，有思想深度、灵魂深度与内容深度的诗歌写作，在人工智能时代照样可以有自己的存在空间，并且这也是它自身的优势与标签。

AI 时代的诗歌写作：一个尝试

AI 的发展在未来会到达一个什么样状况？或者是人机高度合一，形成强人工智能时代，即 GAI 时代。当这种强人工智能时代到来时，前述的对隐性知识和显性知识的掌握或运用的区隔可能会被打破。到那个时候，我们现在所谓的文学或者诗歌还会在场么？未来文学的命运掌握在谁的手里？是掌握在我们人类的手里还是机器人人工智能的手里？未来还需要文学或者诗歌吗？需要什么样标准的文学或诗歌？这些都是迫切的问题。

最近读到诗人梦亦非的《BUG 中质数的甜度副本》（《零点》第 11 期，2017 年）这个文本，笔者认为这是探讨 AI 时代的诗歌写作的有益尝试。这是一首可以给未来人或智能机器所读的诗歌，或者可以将其放在太空船中，被外星人物种阅读和理解。梦亦非是技术主义至上论者，对诗歌创作怀有巨大的探索热情，这个文本也昭示出很强烈的探索实验性。可以说这是一部写给未来之书，也注定了它只属于无限的少数。

在此文本中，他自觉对庞德《诗章》、乔伊斯的《芬尼根守灵夜》等做了一个技巧的借鉴。面对这样的文本，在 AI 时代语境下，传统的评论家会如何去评说它呢？此文本给我们提供了一个虚拟、仿真的艺术空间，或者如作者所建构的一个奇观文本。此文本在形式上营造了三维的、多维的空间，文本中混杂着弹幕、文字、图片、符码等等，当然也有文字的许多变种，英文的、中英文的、大小写的、文言的、简体的或繁体的，甚至还有数学公式、计算机程序编程等。这些全部夹杂在一起，形成了所谓的奇观文本/符号帝国。其实，在运动影像的电影艺术里面，这种效果是非常容易达到的。如彼得·格林威纳的《枕边书》里就有这种先锋艺术的实验。这部影片创造性地运用"画中画"的手法，使用电脑处理影像科技，将影像一层层叠上，每一层影像可以是发生于不同时空的事件，但彼此又关联着，或互为因果，或表达同一事件，将同一个主题加以变化、重复、互相结合，影像与本文既疏离又杂糅地结合。在时间、空间上的跳跃性，颠覆了主流电影单一性的时空观念，多种技术的运用，使得文本营构出多线叙述、互文缠绕、众生喧哗的对话复调效果。梦亦非自觉将诗歌文本作为一种运动的影像/戏剧来经营，以此跨越诗歌写作的线性时间局限，在运动影像的闪现中，思想、语言、符码，甚至图片等可以并置形成弹幕，先后或者同时出现在同一个空间中，营造出强大的视觉冲击效果，打破了诗歌叙事路径的线性运行机制。在这种意义上，影像上的各种闪现或弹幕，互相编织/制，形成互文性的叙事漩涡，它们互相注释补充说明，在生成意义的同时又消解意义，甚至"庆祝无意义"。诗歌文本中的不同语种文体各异的文字、符号，甚至图片、脚本与旁白互相转化闪烁，仿佛运动影像的弹幕，犹如影像中摇晃破碎的镜头，它们重叠、闪烁、回旋、交错、消失、重现，带来蒙太奇般的震撼体验。当然，毕竟作品文本还是使用传统印刷方式，在纸质的平面上静态地呈现，其视觉/听觉的影像效果或有部分得以实现，也带来理论与实践的悖论或不对等，但我们从中可以看到它的价值旨趣。所以，梦亦非的《BUG中质数的甜度副本》，在探索性上、先锋性上，他站的角度可能比我们看得更远，可能是站在一个非常靠后的时空中来观看我们现在的存在境遇。

有人反思到，在当代汉语诗歌的写作中，面向公众的开放型诗歌仍是主流，但诗人在自己的语码、声音、逻辑内部进行复调的、沉思型、不再讨好公众的写作，已然出现。这一转型，仅有少数诗人完成，或许也几乎没有几个评论家意识到，但这种探索真正地体现了诗歌严肃的"当代性"。在此意义上，我愿意认为梦亦非的这个诗歌文本对诗歌写作的新转型提供了一个较好的范例。

值得深入追问的是，当我们谈论AI时代诗歌的时候，我们在谈论什么？答曰："诗歌"本身。AI时代所谓的诗歌文本与当下的诗歌文本并不是一回事。换句话说，"诗歌"的标准已经变化了。在某种意义上，AI时代的诗歌文本涨破了当下的诗歌概念，对既有的诗歌定义及其诗学法则带来了严重的挑战。如果我们还是一味地以当下传统的诗歌概念及其标准来框定AI时代的诗歌书写实践，那么便会很容易落入方枘圆凿的困境。

诚然，面对人工智能，"我们常常以为人工智能可以完全处于我们的控制当中。我们现在处于冲突性的两种意志当中，一种意志是我们想要把人工智能控制在人类可控的范围当中，因为这样才能为人类所用；另一种意志是我们想努力让人工智能获得人类想要具有的能力，比如：想象力、情感、自我思考、自我辨别的能力。"（陈培浩语）人工智能时代，诗人何为？我们在好与坏的两个方面都进行了相关的探讨，各有利弊。人类在不断的发展过程中，技术不是万能的，但没有技术的发展进步，人类的文明进化又是万万不行的。因此，在人工智能科技快速发展的今天，谈论"诗人何为"这个话题，虽然我们还难以形成一致的结论，但是提出问题远远比提供不完善的答案更富于现实意义。

故缘夜话

【二零一八 第四卷】

十年

当代诗人书画·萧继石

身粉蚊子间倒
起快滚
毛之废
睡安稳
丙申年
作此图
并记于
东湖之滨
　继石

苍鹰与蝴蝶,哪个更美?
——百年女性散文诗概览

王幅明

前辈女诗人王尔碑先生说:"散文诗,不是大山而是小草,不是鹰而是蝴蝶。小草绿遍天涯。蝴蝶迷人,翅膀上有星辰的眼睛。"这是以女性视角对散文诗的诗意诠释。

这段话引发了一个话题:苍鹰与蝴蝶,哪个更美?

若从美学范畴划分,苍鹰之美属于阳刚之美,蝴蝶之美属于阴柔之美,两种美的形态,本无高下之分,但把蝴蝶与苍鹰作为两个个体意象进行比较,差别就出来了。苍鹰常常被当作英雄的象征,需要仰望,色彩较为单调;而蝴蝶虽小,常与花草相伴,色彩丰富而迷人,更为众人喜爱。就审美的丰富性而言,蝴蝶显然优于苍鹰,且蝴蝶具有女性阴柔之美的特征。如此分析,把蝴蝶比之于散文诗,或更贴切。

中国散文诗伴随着新诗,已走过 100 年的历程。100 年横跨两个世纪。回望百年,20 世纪的散文诗基本上在寂寞中走过。21 世纪是散文诗从寂寞走向绽放的世纪,特别是近十年,散文诗获得蓬勃发展,其间涌现出许多新秀,而女性作者,是其中一道夺目的风景。

百年女性散文诗,如果以创作年代划分,可大致分为三个诗群：1940年代以前发表散文诗的诗人，可称为前行代；中生代指1950至1990年代发表散文诗的群体；21世纪以来进入散文诗队伍的为新生代。新生代人数之多，甚至超过前行代与中生代人数之和。

本文拟以此划分，简述百年女性散文诗不同时段的特点。

1. 前行代：开拓与引领

前行代的开山人，当之无愧地归属于世纪老人冰心（1900-1999）。冰心集诗人、作家、翻译家为一身。她是泰戈尔《飞鸟集》《吉檀迦利》和纪伯伦《先知》的译者，影响波及几代人。

冰心是现代散文诗的开拓者之一。她的前期散文诗大多收入《往事》中，主要歌吟爱和美，以情、理、趣打动人，富有才思，善于想象，常常超越时空将不同的情景缀合在一起创造诗的意境，具有典雅端庄、清新隽永、秀丽活脱的风格，在早期散文诗坛独树一帜。她的哲理小诗《繁星》《春水》，及《寄小读者》《往事》等在二三十年代拥有众多的读者。著名文学史家阿英曾说，当时"青年的读者，有不受鲁迅影响的，可是，不受冰心文字影响的，那是很少，虽然从创作的伟大性及其成功方面看，鲁迅远超过冰心"（《谢冰心小品序》）。冰心的散文小品及散文诗为何能在当时的青年中产生这么大的影响？其中很重要的一点，是读者对她的"爱的哲学"的共鸣。她的爱主要指母爱、儿童爱和自然爱，这是人人心中都具有的爱的情愫。

《笑》是她早期作品中一篇颇有影响的佳作，诗人写了天使、儿童和老妇人的微笑，宛如三幅形神兼备的肖像画。三个笑容都是相对独立的，互不联系的，但由于诗人在构思上的匠心，通过两个"默默的想"的天衣无缝的自然过渡，用一根无形的线把三个笑容串在一起，"一时融化在爱的调和里看不分明了"，深情地歌颂了母爱。

"有了爱就有了一切。"这是冰心的一句名言,也是她一生坚持的信念。"永远的爱心"融入她近八十年的文学创作,洋溢在她七百万字的作品的字里行间。冰心被誉为"文坛祖母",不仅因为她活了 99 岁,更在于她那些流淌着爱的作品,宛如祖母般温暖宽慰。巴金曾对冰心说:"有你在,灯亮着。"而今,在回望中国散文诗诞生百年之际,冰心的一盏大爱之灯,依然在照耀我们。

陈敬容(1917-1989),1940 年代中期开始发表散文和诗歌作品,步入文坛,是"九叶诗人"之一。她的艺术思想,受西方象征派和现代派的影响,但不沉浸在个人的小天地里,为个人的命运吟诵,而是诅咒黑暗,歌唱光明,能将个人的情怀与大众融合在一起。她的散文诗,大多收在《星雨集》中。她善于运用意象抒发自己的情怀,笔下的意象意蕴较深,有的还富有象征意义。她的作品想象丰富奇特,色调变幻流丽,行文跳跃自然而饶有诗的意蕴,从而抒发了诗人对人生探索的心声,留下了诗人寻找光明的踪迹。1970 年代后期恢复创作自由后,她继续散文诗的创作,结集为《远帆集》出版。

郑敏(1920—),是"九叶诗人"中唯一健在者。1943 年由西南联大赴美留学,1955 年回国,长期在北京师范大学执教。1940 年代初开始诗歌创作,有多部诗集出版。她的散文诗作品不多,但风格独具,耐人品味。《黢黑的手》引发美与丑的深思:"美不是自天而降,美有母亲,美应当有记忆。"《春耕的时候》如同一则寓言,三个人对于春耕的不同态度,影射了三种不同的人生观,而作者肯定了脚踏实地埋头苦干的人。《一个平常的冬天上午所想》的内在结构,如一道彩虹,在现实与幻象之间架起。空难带来的突然死亡是十分现实的,它触发了一系列关于死亡的冥想,冥想中出现了雪峰的幻象,几幅冥想中浮沉的画面,表达了思维和情感的流动场景,抒情与意识得到结合。这篇作品艺术的微妙在于乘冥想往返于虚实之间，生活的真实场景有时淡化，而冥想中的形象（如雪峰）则突然涌现。哪个更真实呢？一切交给读者思考。

论及前行代，王尔碑（1926—）是散文诗创作时间最长、成果丰硕、影响较大的一位前辈，是无可争议的女性散文诗的引领者。她的创作发端于1940年代，成熟于1980年代，并于1990年代、新世纪两次华丽转身。她的三本散文诗集《行云集》(1984)《寒溪的路》(1994)《瞬间》(2008)，留下了不同时段的足迹。她于2007年获"中国当代优秀散文诗作家"称号。她是一个善于做减法的诗人，作品称不上高产，但都短小精致，篇篇珠玑，深蕴诗情。她的诗风轻柔恬淡，是惜墨如金和不倦探索的典范。她的三本诗集，《行云集》柔和纯净，《寒溪的路》厚重深沉，《瞬间》里的新作更显睿智，技巧炉火纯青。

成幼殊（1924—），1940年代就开始了新诗与散文诗的创作，之后长期从事外交工作，晚年出版诗集《幸存的一粟》，获第三届鲁迅文学奖。她的散文诗记录了漫长人生经历中的珍贵片段。

台湾写散文诗的女诗人不多，身为教授、著作等身的学者诗人胡品清（1921—2006）留下了传世之作《星上树梢头》。人在被爱且享受爱之时，大自然也会有奇迹出现，星与树都会放出光芒。一切都缘自"识你之后"："闪烁的星子是你，照明我生之旅的迷蒙。挺拔的绿树是你，使我在脆弱的时刻里向你仰望，让萝藤型的我有所依附，在心灵上。"

2. 中生代：坚守与探索

2007年11月11日，由中国现代文学馆、《文艺报》、中外散文诗学会、河南文艺出版社联合举办的纪念中国散文诗90年系列评奖，在北京中国现代文学馆举行颁奖，18部作品被评为

"中国当代优秀散文诗作品集",其中女性诗人占了 7 部。7 部中,有几部出版于 1990 年代,可视为中生代的代表作品。

《梅卓散文诗选》(1998),是青海藏族作家梅卓 20 年散文诗创作的精选集。梅卓是一个细腻敏感的观察者,珍视生命中的每一次际遇,用充满大爱之心的宗教情怀创作。她的笔下万物有灵,作品充满感情且富于变化,具有流动的空灵美和温馨的女性美。该书还获得青海省第四届文学艺术优秀作品奖。她近年又出版了散文诗集《土伯特香草》。

《行走的风景》(1993),为福建作家楚楚的作品集。该书以散文诗配摄影图片的形式,令人耳目一新,有宋词的余韵,已获福建省第八届优秀文学奖等五项奖。谢冕评价说:"《行走的风景》通过一幅又一幅摄影画面,展示出心灵的独白与私语。所有这些画面组合成了一位为爱情而期待甚至受苦的女性形象。温柔的幸福感蒙上了一缕缕淡淡的哀愁,使楚楚爱的沉湎格外委婉动人。自我的心灵解放与典雅风格的拘束,现代都市女性因古典情调甚而禅宗意蕴的渗融造出了十分独特的风格。她的纯情弃绝了世俗的轻飘和浅陋,是别有追求的综合。"(《动人的楚楚情怀》)楚楚唯美风格的散文诗获得了广泛的好评,各地报刊对她的评论有近三十篇。

《无题的恋歌》(1994),作者为浙江诗人天涯,是一部爱情题材的散文诗集。作品具有一种悲剧美,体现了女性自主意识和对人生价值的追求,出版后广受好评。之后她又出版了《再见钟情》(1998)《只为你开花的树》(2009)《蓝的情人》(2011)等多部散文诗集。

由于评奖只评参评的作品,一些优秀的中生代诗人被遗漏是在所难免的。至少以下几位应该被列入优秀者名单:萧敏、华姿、蓝蓝。

重庆作家萧敏 1980 年代开始散文诗创作,共出版过三本散文诗集：《三月，女人的三月》（1990）《萧敏散文诗》（1995）《远水》（2009）。她的散文诗作品多次获得重庆市和文学报刊的奖励。诗评家蒋登科评价她的作品"所表现的生命现状与精神渴求是复杂的，爱与恨、苦与乐、无奈与渴望、希望与失望等等交织在一起，构成现代人特别是现代女性真实的生命情景。但是，与那种充满哀怨、彷徨的作品不同，萧敏的散文诗在面对生命的惶惑时所表现的不是传统女性柔弱易碎的形象，而是大胆地爱、真诚地奉献、无畏地创造，充满自我省思、自我变革意识，体现出一种不屈的人生意志，这使她的散文诗具有一种令人沉思的人格魅力，形成一种具有穿透力与感召力的强张力效应"（《自然、和谐是她永远的梦想》）。

湖北诗人华姿，1980年代写出爱情散文诗《一切都会成为亲切的怀念》，在大学生中风靡一时。后来陆续出版散文诗集《感激青春》和《一只手的低语》等，受到读者喜爱。她的散文诗写出了一个普通女性对人类情感体验的深切哀叹和对人类美好生活的强烈向往。华姿后来转写散文和传记，成果丰硕，被誉为湖北文学界最沉静最低调最深刻的女性作家之一。

河南诗人蓝蓝的《飘零的书页》（1999）是一部关于自然、人生、爱情的散文诗集。它触及永恒之梦的笔墨因虔敬而沉重，对市场经济威胁下的人性、良知充满着悲伤和担忧。作者以自然之目、平常心、感激之情、纯洁之灵抒写了大地万物之美和人间悲欢之爱。之后她出版的《燕麦草》，每一页都沾满了田野的清香，飘散着草木河流深情的芬芳。蓝蓝是多面手，诗、散文、童话，均有建树。2006年她当选为"新世纪十佳青年女诗人"，获票最高。大解说她"宁静、纯朴的诗风有一种古典美，与现代的浮躁和张扬形成强烈反差"，这句评语同样适用于她的散文诗。

舒婷、张烨、叶梦等著名诗人、作家，都写有优秀的散文诗作品。舒婷的散文诗和她的诗歌一样，象征性极强，意象的内涵丰厚。它们骨子里是现代的，但其形式则极富古典韵味。《无题》中的小鸟是个象征物，诗人借人与鸟由隔阂到相知、相悦，揭示了人与人之间不单是靠语言这个信息载体来沟通的，有时无言的心之交流会胜过万语千言。张烨倒有几分超现实的味道，《脸上的风景》从两个不同视角摄下了人生精神的内涵，一张哲人型的脸，一张英雄型的脸。诗人从静态和动态的不同方位和视角，来全方位地把握人生理性和感性世界的内涵和冲突，用弹性的语言显示了极强的哲学意味和情感起伏。《猫与门》用象征主义的手法，表现了一种追求，那扇紧闭的大门无疑就是艺术的大门，黑猫，极象冲撞艺术大门的勇士，冲撞的过程痛苦而又悲凉。叶梦的《女人的梦》，展示出了被艳丽的衣妆和容貌遮挡住的女人丰富的内心世界，这世界是一片不时有细细的涟漪暗涌的不平静的海。

除此，还有陈慧瑛、园静、潇琴、郭建华和香港的蔡丽双、文榕等，都出过散文诗集，艺术个性迥然有别，属于中生代的坚守者和佼佼者。

被誉为"诗坛女旋风"的台湾画家诗人席慕蓉，散文诗写得不多，散落在她的诗集和散文集内。《无怨的青春》（六章）选自她的诗集《无怨的青春》中的引言和后记，它们全用散文诗写就，是言情的，又是离情的。她要人们把自己的情感从道德的层次上升到理智的层次，进而到达审美的层次。

华人作家芊华在新加坡是一颗灿烂的星，其散文、散文诗的成就引人关注。她出版过散文诗集，不少作品在海峡两岸发表。芊华曾参与两届国际文艺营青年工作坊，并为华文地区的文化交流，尤其是为沟通海峡两岸的文化，做了许多工作。她的散文诗朴素无华，充满深情。

3. 新生代：新世纪之光

《蝴蝶翅膀上有星辰闪烁——百年女性散文诗选》一书共收女诗人 173 位，其中 1970 年代出生的占据了半壁江山。她们大都是 21 世纪从事散文诗创作的，按前文的标准划分，她们属于散文诗的新生代。

新生代是当代散文诗创作的中坚力量，代表着散文诗的未来，名副其实的新世纪之光。

2007 年评选的"中国当代优秀散文诗作品集"，有几部属于 70 后作者。其中宓月的《人在他乡》（2007），所收作品自然优美、感情细腻、富于灵性，既具有女性作者特有的越轨的笔致，又有对内容的深度和广度的开拓。宓月还是优秀的散文诗编辑家，任《散文诗世界》编辑和主编近二十年。

雪漪的《我的心对你说》（2004），是一部爱情散文诗集，作品中优美的草原牧歌式的吟唱犹如一朵朵清纯的雪莲，幽雅，卓而不群。

客居美国西雅图的姚园的《穿越岁月的激流》（2007），是一部图文并茂的散文诗集，作者用细腻的笔触抒写出她对大自然与人生的独特感受。她同时又是一位有成就的作家、编辑家和文化使者，为中西诗歌交流作出了独特的贡献。

自 2010 年开始，湖南出版的《散文诗》设立"中国·散文诗大奖"，每年一届，每届奖励 2 人，至今已举办八届，共有 16 人获奖。这已成为《散文诗》的一个品牌。此奖注重专业性，彰显文本的创新，对散文诗的发展起到了引领的作用。获奖的 16 人中有 4 位是女性，她们是郑小琼（2013）、宋晓杰（2015）、语伞（2016）、爱斐儿（2017）。宋晓杰与爱斐儿属于 60 后，语伞属于 70 后，郑小琼属于 80 后。语伞专攻散文诗，其他 3 人则分行诗与散文诗兼写。

评委对郑小琼的评语是:"持续对生活底层的发现,对社会有真切的体验,对生命有独特的感悟,为散文诗反映打工族生活,留下了一份特别的备忘录。"这只是对她一个阶段主要作品的评价,并非针对全部。其实,她的作品无论题材还是技巧,都具有超出她同代诗人的丰富性,且才气逼人。郑小琼倡导散文诗的叛逆精神:"散文诗不应该弥漫着一种孤芳自赏般的后花园气息,它应该是野草,是忧郁的巴黎,是地狱一季。不应该是后花园那般的低吟浅唱,它应是来自生命内部的嚎叫。我一直主张在散文诗创作中,每一个散文诗创作者都应该成为另外一个,另一个,而并非是我,是传统,是太过于经典化与模式化的一个。只有我们从内心深处不断地想成为另外一个,另一个,你才会有清晰的面孔呈现出来。需要我们不断地让自己从传统中,从同时代的人群中区别开来,构成一个独立独行的自己,这样,才会构成散文诗的未来面孔的多样性。"(《散文诗的叛逆与重建》)她本身即这一理念的践行者。她把自己的散文诗集命名为《疼与痛》,包含了她与众不同的审美观和强烈的担当意识。

"宋晓杰的散文诗超越了泥实和具象,执意于思考和发现,她将之冶炼为一系列的诗意寓言,凸显出难以克隆的个性,具有独特的女性情绪的思想性重量。"(颁奖语)宋晓杰才华横溢,且高产,她在多个领域都结下硕果。较之更具轰动效应的宏大叙事,她更倾心于领受"日常生活的诗意"。她的一篇较长的书写生命意识的散文诗《稻草人》获得了"天马奖"。宋晓杰有一篇名为《不断地挖一口井》的散文诗作品,其中几句写道:"不是挖许多井——浅尝辄止,贪婪地攫取,打上私有的徽章——而是挖一口井,刨根问底,追根溯源。从木头里逼出火星,从风里抽出嫩芽,终归要有个可交待的结果。"从中可以窥探出作者的创作追求。

2011年,语伞的散文诗集《假如庄子重返人间》问世,立刻引起读者与专家关注。很难想象,一个生活在大都市里的年轻女性,竟然对两千多年前的哲人如此钟情。显然,这是一部有"野心"的作品。语伞的散文诗文本立体、多元、复调,与庄子哲学互融互渗,成为人本对现世生活理想困顿解惑的精神来源。她关注现实社会的文化整体,针对现实存在问题进行积极的解剖,揭示了现代人性的悖谬和精神价值取向的偏离。她在自序中说:"我认为,诗歌是人类精神的粮食和心灵的药方,它作为安抚自己或者他人心灵的工具是伟大而合理的,我并没有觉得这会影响到诗歌的神圣,反而在脑中无数次套用里尔克的诗句,比如:'如果我突然感到悲伤。'默哀之后,我就去翻阅《庄子》,求证最合理的方程式,不断亲自体验着人类光怪陆离的精神磁场。从某种意义上讲,《庄子》就是我的精神仙丹。"(《人间只有一个庄子》)远古时代的伟大智慧在当代人的心灵里得到共鸣,这是散文诗的骄傲。

爱斐儿毕业于医学院,之后一直从医。2004 年出版诗集《燃烧的冰》。沉寂多年,她在默默中寻求突破,2011 年出版散文诗集《非处方用药》,广受好评并频频获奖,成为她的成名作兼代表作。她在自序中说:"我这个久病成医的人,认真写下了这本《非处方用药》,贴着我的'爱氏'标签。它们曾经为我疗伤,为我强筋健骨,给我热爱的理由和动机,让我生长出强健的心肌去对抗孤独感的夜袭……现在,我只想把这副具有温和疗效的方药呈现给你,它已经经过了我灵魂的炮制,以生命为'君',以灵魂为'臣',以思考为'佐',以热爱为'使'。"诗评家孙晓娅认为:"毋庸置疑,在当前活跃于散文诗坛的众多女性诗人中,爱斐儿的写作是独特而成功的。她并没有囿于自己的一片小天地、小情绪,或是在狭小的个人经验里寻找突破口,而是采取一种超越性的书写姿态,对人类所共有的经验进行着思考,为陷入时代精神困境中的人们寻找出路,以达到一种灵魂悸动的交响。"(《文本间性与意象的生态诗学内涵》)她2013年出版《废墟上的抒情》，同样受到好评。2014年又出版《倒影》，为前两本的精选再加入一些新作。用散文诗开出一副副心灵的处方，让众多的读者受益，同样是散文诗的骄傲。爱斐儿还有一个贡献：她是年度选本《散文诗选粹》的主编，兼任多家刊物散文诗栏目的编辑。

除了《散文诗》的"中国·散文诗大奖"，由新疆《伊犁晚报》社设立的"中国散文诗天马奖"，也是一个颇有影响的散文诗常设奖项，至今已举办十届。获奖的女性诗人有姚园、郑小琼、文榕、沈珈如（天涯）、金铃子、爱斐儿、语伞、弥唱、南小燕、清荷铃子、三色堇、卢静、转角、青玄、宋晓杰等，她们中的大多数都属于新生代。另外，还应该提及英年早逝的优秀诗人水晶花，以及卜寸丹、贝里珍珠、陈茂慧、子薇、风荷等。

4. 文体自觉与艺术多元

前面提到的一些女性散文诗人的散文诗观及创作实践，都可作为新世纪散文诗人文体自觉的佐证。文体自觉还表现在女诗人性别意识的淡化及诗人意识的强化。一些女诗人并不以女性身份出场，而是站在一个超脱性别的立场去俯瞰世界，以终极关怀的襟怀和思想高度进行创作，以"巾帼不让须眉"的气概纵横于各种题材间。当然，写爱情及情感类题材，是女性诗人的优势，她们不会掩饰性别，特有的细腻与柔情往往成为她们征服读者的撒手锏。

文体自觉与艺术多元紧密相连。艺术多元也是多元阅读人群的需要。诗评大家谢冕说："散文诗是一个文体形成、完成并获得独立的过程。文体的自觉从鲁迅开始。坚持自身特点，继续为完善文体而努力。保持原样，不设边界，可以拓展，可以深刻，也可以凝重、厚重、沉重，但永远的清浅不是它的耻辱。重申一句,这是青春的文体,青春的感受是所有人的永远的需要。"清浅是一种审美形态,清浅不等于平庸,平庸永远是散文诗的大敌。

艺术多元首先来自审美的多元,表现在审美趣味的多样性,追求大众、唯美与先锋写作的相互包容。在不同媒体上常常会看到陌生的面孔,创作洒脱、自由。中国散文诗的未来也许由他们书写。

作者群体来自不同的民族也是艺术多元的一个特征。收入本书的少数民族诗人有回族禹红霞,藏族梅卓、才登、梅里·雪,蒙古族额鲁特·珊丹、娜仁琪琪格、王力强,满族关玉梅、苏兰朵、李明月、薛梅、海默,彝族禄琴、蓝狐,畲族朝颜等。她们的作品,既表现各自民族富于地域色彩的个性,也表现中华民族共同追求的主旋律。不同音色的融汇,构成一部雄浑的回荡着民族精神的交响曲。

近年来,多地出现了一些充满活力的女性作者群体。譬如,青海有梅卓、肖黛、才登、清香等,她们的作品具有浓厚的民族和地域文化气息。上海有语伞、子薇、刘慧娟、巴伶仁、清水、朵而等,她们多为松江区华亭诗社的成员。而河南一个周口市,竟有孙新华、韩冰、申艳、霍楠楠、鲁芸妍等多位女诗人入选,这些作者大多出自商水县。华亭诗社因其纯粹的艺术追求和持续不断的集体成果,被首届上海国际诗歌节评选为"最佳诗社"。商水县因其诗歌传统和当今的群体成果,被中国诗歌学会命名为"中国诗歌之乡"。由此可见,地域的文化氛围对诗群的产生具有何等重要的影响。值得一提的是,周口的韩冰与鲁芸妍、信阳的叶晓燕与马原、香港的蔡丽双和蔡佩珊等都是母女,母女同入《百年女性散文诗选》,可谓百年女性散文诗的佳话。这也昭示着中国散文诗的光明前景:后继有人!

除了不同风格的大量女性散文诗作品的发表和出版,还有一个可喜的现象值得一提：已有两位女性学者的散文诗理论专著出版。女诗人兼评论家章闻哲的《散文诗社会》（2015），以哲学和诗论兼容的方式，探讨了散文诗的历史身份和本质，以及现代散文诗与现代社会的内在关系，是一部关于散文诗美学的综合论著。另一部为女学者张翼的《散文诗文体学研究》（2017）。这两部专著填补了长期以来女性学者散文诗研究专著的空白。

蝴蝶自古受到文人墨客的青睐，古诗文中常常提及蝴蝶，其鼻祖当推庄周。"庄生晓梦迷蝴蝶"，庄周梦蝶，还是蝶梦庄周？似乎成了难以说清的千古公案。《庄子》因有蝴蝶飞出，平添了它的绮丽，也使它与散文诗有了不解之缘。

阅读女性散文诗，似有梦蝶之感，蝴蝶翅膀上有星辰闪烁，美轮美奂，目不暇接，燥热的心境顿时吹进一丝清凉。

"诗人散文"的可能

——以雷平阳为中心谈几个关键词

霍俊明

2016年秋天,我随雷平阳来到了他位于昭通土城乡欧家营的土坯房。临来的路上,杨昭低低地说有一次来雷平阳家的路上遇到了鬼——没有脸,声音从胸膛传出。颓败的房前有几个大得有些夸张的蜘蛛网,上面布满了蚊蚋。那近乎静止不动的蜘蛛是否是雷平阳的化身——像卡夫卡一样被世界死死困住?敬畏、抵触、深情与无望是否构成了雷平阳写作的困窘?田园将芜胡不归。就雷平阳的文字来说,我目睹的是"文字的骨灰在天空里纷纷扬扬"。这是否像当年的西蒙娜·薇依在1941年夏天所吁求的作家需要对时代的种种不幸负责?这是否就是对作家"良知"和文学"真实度"的考验?而如何把个人的现实经验转变为历史经验,如何把个体的真实通过语言的途径转化为历史的真实?换言之,"诗与真"在任何时代都在考验着写作者们。这自然也是进入雷平阳"诗人散文"或"寓言式散文"的必经入口。

"诗人散文"的新因子,改观或颠覆性

雷平阳诗歌某种程度上涣漫的散文化、小说式的故事化以及

自我戏剧化是其个性和风格，这些"不像诗的诗"也招致了一些内行和外行的不满与批评。诗歌与散文的文体边界在哪里？这种疑问在西川、于坚、欧阳江河、孙文波等人混合杂糅的诗歌写作中也存在着。然而在雷平阳的散文和随笔中，这种写作方式恰好获得了可信赖的合法性，也使得雷平阳"跨文体"的综合才能得以进一步施展。在我们的胃口不断被败坏，沮丧的阅读经验一再上演时，是否存在着散文的"新因子"？我之所以强调雷平阳的"诗人散文"或者"寓言式散文"是为了与当下一般意义上的散文写作区别开来。在文体的惯性等级上，散文尤其是当下的散文其有效性和合法性都没多少必要予以讨论，因为很多的散文写作者降低了这一文体的难度。时下的散文写作难度空前降低，和我们读民国时期的文体学意义上的散文有着近乎本质性的差异。看看时下的散文吧，琐碎的世故、温情的自欺、文化的贩卖、历史的解说词、道德化的仿品、思想的余唾、专断的民粹、低级的励志、作料过期的心灵鸡汤……由此，我所指认的"诗人散文"正是为了强化散文同样应该具备的写作难度。雷平阳的散文（他也写过小说）我多年来一直在阅读，但并不是视其为诗歌的"衍生品"或"零头"，而是视为一种独立的文体。即是说雷平阳并不是在诗歌无话可说的时候进而在散文或小说中寻求一种日常式的废话，尽管他的散文和诗歌之间的"互文"关系毋庸讳言。我只想提醒各位注意的是雷平阳的散文尤其是《乌蒙山记》让我们关注的"诗人散文"或"诗人与散文"的话题和写作现象的内在必要性——这也许可以理解为雷平阳的一场可选择或者别无选择的"诗歌拓边"行动。

约瑟夫·布罗茨基在评价茨维塔耶娃时谈论过"诗人与散文"，而我只想就雷平阳的散文强调"诗人散文"的可行性、特殊性甚至局限性所在，或者探究下雷平阳的散文写作与一般意义上的散文存在着怎样的差别。诗歌与散文之间的等级优劣和观念性的判断在我看来是一个伪问题,但一个事实是,一个诗人可以成为小说家和散文家,但是一个小说家和散文家很少(绝少,比如哈代)能够成为诗人。我们往往会说"诗人雷平阳",但几乎不会说"散文家雷平阳",尽管雷平阳的散文写作和诗歌写作多年来一直相伴而行。"诗人散文"必然要求写作者具备更为特殊的写作才能。那么具体到雷平阳的"诗人散文"的特质,正是本文所要集中论述的。在我看来,雷平阳的"诗人"身份和散文写作二者之间是双向往返和彼此借重的。这是对"诗歌"和"散文"惯有界限、分野的重新思考,"对殉道者般的诗人来说,那条穿州过府、掠城取国的诗歌捷径早就不复存在了,他得尝试着在不同的学科王国里,打破行业壁垒,充分汲取各个王国的牛奶和蜜糖。"(《农家乐》)这样来说,雷平阳写诗和写散文并没有本质上的区别,但是具体到"诗人散文"自然不同于一般层面的散文,而是一种更为特殊的文体,具有对"散文"拓展、更新、改观甚至颠覆的意义。很大程度上以雷平阳为代表的"诗人散文"具有"反散文"的特征,而"反散文"无疑是另一种"返回散文"的有效途径。诗人散文,是一种处于隐蔽状态的散文写作可能性——一直被忽视的散文写作传统之一。我们在阅读雷平阳的散文时可以留意这些特殊的"反散文"的能力,比如"不可被散文消解的诗性"、"一个词在上下文中的特殊重力",比如"专注的思考",对"不言而喻的东西的省略"以及对"兴奋心情下潜存的危险"的警惕和自省。

在我看来,雷平阳的散文比之他的诗歌写作具有另一种意义上的开放性和活力,他一系列异质性的散文尤其是最近的《乌蒙山记》带给这个时代的是"起底式的写作"——他提前抽出了那张底牌。他拔起了那棵现实土壤上怪异的语言之树,树干、根须以及连带其上的昆虫、腐殖土都一起被等量齐观。这需要阅世,也需要预见。这是"先行到失败中去的写作"。雷平阳的散文写作也许是偏执的、一意孤行的，不给自己和这个时代留退路的，但是这种写作策略显然在形成其文本内在性的法度以及思想深度的同时也使得风格化的雷平阳已然成型。风格化，对于一个作家而言是双刃剑，褒义或者贬讽都自有其一定的道理。西川的"诗歌教导了死者和下一代"在今天是否已经成为现实还存在着诸多未知，尤其是在那些被归入"现实"和"现实主义"序列的写作者们。

"精神出处"与"暗夜中的山水"

"喊魂吗？"诗人在野！这是一个"丧家犬的乡愁"（《黄昏记·序》）。雷平阳是有精神出处的诗人，这也是他的写作宏旨或底线，"多年来，我希望自己永远都是一个有精神出处的写作者，天空、云朵、溶洞、草丛、异乡、寺庙、悬崖，凡是入了我的心，动了我肺腑的，与我的思想和想象契合的，谁都可能成为我文学的诞生地。"（《乌蒙山记·自序》）但是这一精神出处的发生和境遇让人感受到的是鲜血淋漓的"惨败性的现实体验"。围绕着雷平阳的散文和诗歌写作，多年来阅读者和评价者会不断兴冲冲地贴上标签，反复强化那几个关键词——地方性、地域、乡土、乡愁、民生、云南经验、痛感、现代性等等。雷平阳由此被框定和局限于一个"云南作家"、"现实主义作家"——而不是"汉语作家"或"中国作家"。所以雷平阳不得不有些气闷地反问——"为什么我的文字只能属于某个地方、某些人、某种狭隘的审美？"很不幸的是，这些"关键词"已经在新世纪以来的文学场中变得愈加流行和时髦。但是在我的阅读视野中，这种写作类型在美学和思想的双重维度下不是变得越来越开阔，相反是越来越狭窄和市侩化，变得如此媚俗而欺世，变得如此面目可憎。写作者与地方和空间的关系不能是观念性和本质主义的——由"云南经验"我们还可以推而广之到"江南写作"、"西部写作"、"海派写作"、"打工写作"——而应该是自发到自觉的生成性意义上的。

雷平阳警惕于别人称自己为"地方性诗人"、"云南诗人"、"乡土诗人"、"苦兮兮的现实主义者",但是雷平阳在写作中又刻意或自觉地强化了写作与"地方"的关联——这可能像雷平阳说的是对他的误读。但是,说到雷平阳的"精神出处",我们的目光还是会不由自主地转向他写作中的"云南空间"。这关乎他的个人精神史和写作发生史,关乎他前现代性的乡愁,关乎一个写作者的道德和操守。当年汪曾祺在谈论沈从文的时候,反复强调沈从文是"凤凰人",而今天人们谈论雷平阳的时候自然说得最多的是"云南人"。写作者的"地方血统"可以获得一种发言的权利,甚至在某一个特殊的时期占得优先权,但是这种方言属性的话语权利一旦在写作中定型,其危险性也接踵而至。

云南,文字的肉身。

抱着石头,我登上了山冈,把石头放在了山冈下面。它的旁边站着一棵松树。松树有着在逆境和孤冷中生长的异禀,也在心里装着火焰与灰烬。石头受雇于时间之外的法术和技艺,早已挣脱了菩萨为其量身定做的所有虚无角色,更喜欢站在广场上或坟地中。

——《烟云》

广谷大川异制,民生其间者异俗。云南地貌特殊,异土殊俗,多产异秉作家。在雷平阳这里,地方和空间既具有自然属性,又有生命性、当下性和历史性。质言之,地方和空间已经不是自然地理和文化版图上的"云南边地",而是上升为一种精神性的场域——个人精神史的流放地或密室。正像当年耿占春所说的那样,"一个人和自己出生、成长的地方是一种伦理和道德的关系。这不仅意味着他必须接受这个地方的秩序、传统和伦理约束,也意味着他对地方性的事物拥有许多个人传记色彩的记忆"(《自我的地理学》)。正是认识到个人生活和写作与地方空间的悖论式关系,从江南来到西部的沈苇在写作的实践中才会最终发出拒绝的声音——"我突然厌倦了做地域性的二道贩子"(《沙漠,一个感悟》)。对于沈苇,这是在"异域"的情势生发出来的,而对于雷平阳来说生发出这样的感喟和自省要更为艰难并且还远远不够,因为他多年来一直生活在故地的大山和草木间。对于故乡更多的人容易熟视无睹而失语,"乌蒙山里的云朵,在天上怎么飘、聚散、消失,人们并不在意,也很少抬头去看。阳光刺目。即使阳光照射在白岩石上,又反射回来,也还像刀光,还伤人。"(《嚎叫》)"地方"、"空间"都是存在性体验的结果,故乡也正在沦为可怕的异乡——"这些愈来愈陌生的景致与冥想,它们是否有过最为丰饶的土壤?"确然,身处"空间"、"地方"以及附着其上的传统、伦理、秩序的写作者该如何将之个人化、历史化并且在美学上具有陌生化的效果就变得愈发重要而棘手。尤其是在一个"地方性知识"被清零的现代性、城市化语境之下,残山剩水也注定了雷平阳"残稿"式的写作命运——一切都是未完成的状态。雷平阳就是在残山剩水间蹲下查勘——更多是精神意义上的满怀狐疑。他身不由己地关注着现代性语境下的"消亡学"。

我认同汪曾祺对沈从文的评价,"他从审美的角度看家乡人,并不因世俗的道德观念对他们苛求责备。"(《他是凤凰人》)我想这句话也应该适合于雷平阳的写作。而反过来看,沈从文一生的文学教育恰恰不是来自于某个人和某个学校,而是湘西的河流——这是精神的母体和最初的胎教。我的耳边响起的是那个沈从文的声音——"我总是那么想，一条河对于人太有用处了"。雷平阳所说的"山水课"，与此同理。他在"云南"草木间获得了属于自己的文学教育和精神生活。雷平阳不断在散文中写到澜沧江、怒江、金沙江，乌蒙山、哀牢山、基诺山。天空、云朵、寺庙、悬崖、丛林、废墟、墓地接通了雷平阳的"人气"、"地气"和"天气"。所以，雷平阳文字化的"云南"、"地方"不是外在于主体的，而是文字的肉身，是自我精神的一部分或者历史个人化的延伸。这其中既有一般旁人感受不到的深情、热爱，又有着自责、虚妄、无着和救治。这也是他的散文为什么大量地反复写到杀伐、自戕和各种非正常死亡的原因——"昭通是个没有生与死界线的地方，坟地和村庄总是混杂在一起"（《与小学女同学擦肩而过》）。正是从这种直指"地方"、"空间"、"乡土"的视域出发，雷平阳在某种程度上重新打开了诸多的写作可能性和认识"现实"、"现代性"的多层空间。而一种话语的有效性显然关涉"说什么"和"怎么说"。你不能阻止一个幸福的人放声歌唱，你同样不能阻止一个悲痛的人放声大哭。云南与中国乃至世界的关系最终只能落实为雷平阳与语言的关系，因为合法性是诗学意义上的。这是外在现实内化为"现实感"的过程，而非惯性的社会学、理论学的阅读和指认。即使是同一个生存空间，不同经历的人呈现出来的感受甚至所看见的事物也是不同的。多年后，汪曾祺回忆四十年代自己在昆明的学生时代写过一首诗，"莲花池外少行人，野店苔痕一寸深。浊酒一杯天过午，木香花湿雨沉沉"。而今天的昆明作家，像雷平阳，能有这种情致和淡然吗？无论是雷平阳的诗歌还是散文写作，继续从"空间"、"地方"入手，从《云南记》《出云南记》《我的云南血统》《云南黄昏的秩序》《基诺山》《黄昏记》《乌蒙山记》一脉下来，"记"（包括他大量的以"记"命名的诗歌和散文）已然成为文体学（古文常见的四种文体为记、表、书、志)意义上的写作谱系。在一个个碎片化、遗迹式的精神空间,我看到的是一个前现代性的黄昏和黑夜中近乎失魂落魄的孤魂野鬼式的"行者"。归附到修辞上,这是一个躬身于"方言"、"野地"的使徒或行脚僧。雷平阳于文字中的大川大河间漫游和游荡。那些文字化的"地名"不要当真,不要像地理学者那样去敲定,它们都是精神或幻象的客观对应物——完全可以被置换成任意的别的地名,正如当年柏桦的诗句"而冬天也可能正是春天/而鲁迅也可能正是林语堂"。这是诗人的"现实",一种语言化的、精神化的、想象性的"真实空间","我在自己虚构的王国中生活和写作,大量的现实事件于我而言近似于虚构,是文字的骨灰在天空里纷纷扬扬。采用真实的地名,乃是基于我对'真实'持有无限想象的嗜好。"(《乌蒙山记·自序》)由地名,我们进而可以将雷平阳文本中的人名、植物、族类、动物做等量齐观。他是在寻找,也是在一次次丧失,他永远不可能找到精神和灵魂的栖息之地,只能一次次自我拆解——身心异处、丧家无门。这是一种"令人不安的写作"。雷平阳对文字和现实中滇东北的感情是极其复杂的,"在很多诗篇和散文里,因为强调对盲目工业化的反对,我把本已面目全非的故乡、这一条河,当成了'纸上原野'的美好元素,并将其写成了乌有乡,这算不算犯罪?算不算遮人耳目、为虎作伥?"(《上坟记》)现实空间之种种怪现状和异象,对应的正是现代性中并不乐观的那一面。我喜欢雷平阳散文中的那种"土气"、"固执"、"小地方习气",不像现在作家中流行的那股土鳖式的世界主义幻觉,"有一条神秘的邮路,是未来的人们也没有发现的。他们寄出的书籍,巧家群山里的这位中学语文教师竟然全部收到了。书籍上的文字,没有像世界主义者想象的那样变成了英语,仍然是汉字。"(《在巧家县的天空下》)

是的,在雷平阳的散文写作中,我们看到的是一个叙述者正在成为故乡的陌生人和孤魂野鬼。这是否像雷平阳说的自己是这时代的一个偷渡客？因为从生存的普遍性而言，"当代"写作者最显豁的就是现实经验——新旧的共置和体验的对峙，而这更大程度上与现代性这一庞然大物有关。对现代性的理解，无论你是一个拥趸，还是一个怀疑论者，你都必须正视现代性作为一种生活的存在。雷平阳在现代性面前不断追问的则是隐秘的时间立法者何在？写作者的自卫性以及尊严何在？这就是现实和语言的双重困境，而在困境中写作是如此地艰难——"我戮力为之，因为我也想在未来因为它而得到一份违禁般的宁静与沉默"。我想到强调"见证诗学"的切斯瓦夫·米沃什的诗句："专注，仿佛事物刹那间就被记忆改变。／坐在大车上，他回望，以便尽可能地保存。／这意味着他知道在某个最后时刻需要干什么，／他终于可以用碎片谱写一个完美的时刻。"

"现实的失败"与迟到的拯救

　　房屋已被点燃，屋顶上蹲着一个乡野的歌手。在写作中重建"现实感"，承担文字的"真实"是可能的吗？尤其是在遍地犬儒主义和狗智主义横行无阻的时代——此外还有那么多的欣快症患者。齐邦媛说二十世纪是埋藏巨大悲伤的世纪，那么当下的二十一世纪呢？雷平阳的文字中一直回荡着这样一个声音："询问那个小女孩：'你喜欢以前还是现在的江？'她的回答非常简单、干脆：'现在。'她即他们。他们有太多的理由喜欢现在，而不是过去。"（《农家乐》）当下的写作者在涉及现实经验时立刻变得兴奋莫名，但大体忽略了其潜在的危险——不仅热衷于处理现实经验的写作者如过江之鲫，而且他们处理现实经验的能力也大打折扣。雷平阳有着警觉的耳朵和超长的视力，而这一切都是为了反复预演一个语言的悲剧和"惨烈的现代性戏剧",因为这是一个"先行到失败中去的写作者"。

由此我想到了鲁迅笔下那个黑夜荒野上的黑衣人,无比孤独的前行者注定是一个失败者。由那个被儿子追杀骑在梨树枝上的"父亲",我听到的是一个时代的杀伐之声。那些可见和不可见的"新时代"庞然大物对"旧时代"、"旧物"满怀杀戮之心——

> 父亲在梨树上诅咒着,老泪纵横,儿子用铁剑砍伐着梨树,嘴巴里也在不停地诅咒。老人和孩子都知道,再粗的梨树总会在天亮之前被砍倒,但谁也没有力量去阻止,也阻止不了。后来,大家就散了,没人在意月光里响着的伐树的声音。
>
> ——《弑父》

谁被置放于这个时代的肉案之上?人人身上都有一个时代的印记。正因如此,雷平阳的散文中那些人物很多都是残缺的、不健全的,比如瘸子、鳏夫、寡妇、瞎子、傻子。既然现实中有人迫不得已接受了死亡,那么文学家也得在文字中预支失败。"介入"与"担当"有别,"见证"与"作证"不同,而雷平阳则在他散文写作中分别予以了回应。"担当"和"指认"就如一个目击者或者犯案者重新被带到现场,他要重新分辨和指认。指认,是再次发现,也是对于旁观者的提醒。由指认出发,雷平阳的散文一直是对"伪陈述"和矫饰性语法的规避,在他这里叙述和修辞、虚构代表了个人化的求真意志。这种更为内在化和自我化的"真实"、"现实",其具体呈现方式就是历史的个人化、空间的景观化、现实的寓言化和主题的细节化。由此,我们可以在雷平阳的散文世界中找到那条打通了个人、现实和历史的"河流"——

母亲对我说:"门前的这条河流,很多年没有人跳水自杀了!"这条河流已经不能称之为河流了,它不流动,听不到水声,即使某一天下游拦河大坝上的闸门打开,它也是块河流形状的板结了的奇怪的物体,被一种邪门的力量推动着向下移动。这些板结了的水,由形形色色的原料组成,有农耕时代的死畜、玉米秆和稻草,也有充满现代性的塑料泡沫、塑料袋子、牙刷、避孕套、塑料模特等等,如果你戴着防毒面具,决心对这些东西进行更准确的细分,里面还有超现实主义、魔幻现实主义、象征主义、野兽派、存在主义和革命的浪漫的现实主义的边角废料。

——《天国上空的月亮》

现实自身就是魔幻的、变形的、异味的——如露如电,梦幻泡影。更为残酷的还在于写作者除了承担讲述和修辞的道义,还要承受来自文字之外的现实压力或者种种真实的不幸。而更多的人却沾沾自喜于一个个光怪陆离的现实表象的碎片,并且据此以为获得了"时代性的切片"。这种写作的现实幻觉正在大行其道。反观当下的现实写作,很多写作者在这方面沦为了追随焦点访谈式的二手货。正如雷平阳自己所说的,"'写什么'和'怎么写',我的左手和右手从来不打架,形式和内容本来就是同一个躯壳,谁把它们拆散了,谁就得承担风险"。写作者不能再单纯依赖现实经验,因为不仅现实经验有一天会枯竭,而且现实经验自身已经变得如此不可靠。这方面的教训当代很多作家都已经演示过了。雷平阳这里的现实经验转换为文学经验是与其操持的语言意识、自我意识和社会意识生长在一起的,而其他更多的同时代的写作者却是将现实经验和文学经验一起简化为了社会民生问题。历史必须当代化,因为每一个写作者都是在"当下"语境中面对"历史"。这要求写作者必须具备以求真意志为前提的个人化的历史想象力。这种想象力有别于考古学，而类似于重述。这能够让那些在历史烟云和滚沸现实中的"死难者"、"失踪者"重现复活、现身、说话。

如果非要整体性强化我对雷平阳散文的认识，我想到的是象征化的现实主义，意思就是雷平阳对现实经验在写作中的强化、过滤、变形与提升。这也许仍然是大而无当的说辞。我必须再次强调现实经验与写作中的现实感是两回事。在雷平阳的写作中，"现实"与象征、物性与人性密不可分。这样说并不是在拔高一个人的写作，因为这是雷平阳的写作"规矩"使然。在一个阅读也变得如此功利化的时代，雷平阳的散文更近乎"妄言诳语"。现实生活中长得像农民或者农民工的雷平阳是人情练达的，但是在写作中他容不得"一点沙子"，文字中近乎决绝的雷平阳是一个成功的写作者，但是这种"成功"得力于"现实的失败"。这是"先行到失败中的写作"。这种写作并不单是雷平阳个人的，而是成了当下写作者的普遍命运或者宿命。文字成了"宿命般的抚慰"。雷平阳是一个在大地和山川间对现代性的采石场、火力发电厂和水电站心怀恐惧的人，而《短歌行》中身心疲惫无比孤独地去观斗山仰望星斗和企图安顿灵魂的人正是雷平阳的化身。这让我思考的是现实中的焦虑、分裂、挫败感、道德丧乱、精神离乱和丰富的痛苦与写作之间的内在性关系，以及这些精神性的体验是否在文本世界中得以最为充分和完备的体现。雷平阳做到的是推己及人、感同身受。前现代性的废墟导致的内心的余震仍在嗡嗡作响，他无言以对，无以言表，以沉默来对抗悖论。心怀执念的写作者奔波或疲于奔命于日常现实和文字中的"现实感"，这使得雷平阳的散文最终呈现出来的是灰色、黑白色的表意模式。相较于此前的散文集《我的云南血统》《云南黄昏的秩序》《雷平阳散文选集》《黄昏记》《八山记》《天上收乐》，近期的《乌蒙山记》明显少了因日常经验带来的"沉滞"、"臃肿"以及阅读的"阻塞感",而呈现一种更为开阔、更为开放也更为故事化的叙说姿态。在这部散文集中雷平阳有着更为自觉的语言意识,这是重新认识叙说者与"现实"、"经验"的真正关系。

是沉溺还是超逸,是混为一谈还是抽丝剥茧?我一直在心里盘问,雷平阳是一个悲观主义者吗?在一个连忧伤和愤怒都已经式微的年代,雷平阳即使在文学世界做一个悲观主义者也无妨,最重要的或者说我感兴趣的是这一无处不在的悲观情绪是如何在文字中完成的。反讽、无望,碎片式的写作正在成为当下写作的整体精神大势。是的,只有当一切发生翻天覆地的变化,那些写作者才会缩身于写作当中,写作据此成为疗治,"只有在意识到危险在威胁我们所爱的事物时,我们才会感到时间的向度,并且在我们所看见和触碰的一切事物中感到过去一代代人的存在。"(切斯瓦夫·米沃什:《诗的见证》)具体到时下的写作,这已经不是一个乌托邦的时代,也不是反乌托邦的时代,而是非乌托邦的时代,雷平阳的散文写作却仍然有着面向自我和故地的"向上"的冲动。他让我们看到的更多的是阴郁视阈中的自我疗治,这是一个试图乞灵重写证词和"原文"的写作者。这样的写作必须拒绝流行的写作观念和主流趣味,尤其是在重写"乡土"、"地方经验"的时候。自然性、乡土性、物性、神性,现代性或者反现代性,在雷平阳这里最终都落实为"人性"和语言的真实度。

"讲故事的人":脚注、替身、幻象、寓言

在雷平阳的散文中有一个讲故事的人。我们不仅会被讲述者的语气吸引,被那些古怪难解的故事吸引,也会被文字自身的精

神气息吸引。这一切都大体可归入一个写作者的语言能力和思考功力。"讲一个刚刚从乌蒙山听来的老故事。"这是雷平阳作为故事讲述人的声音和语调——低沉的昭通普通话。雷平阳曾经有一首流传很广的诗作《存文学讲的故事》，那里面有一个饶舌而又令人震悚的八哥。如今，雷平阳有些像那个转世的八哥一样在日常生活中和朋友圈讲故事，在散文中他仍是一个痴迷于讲故事的人。我们要注意雷平阳散文中的那个面孔暗沉的"说话人"。雷平阳在散文中不厌其烦地讲故事，他也是善于讲故事的人。这是一个坐在水泥丛林里讲述过去时和进行时相碰撞的牧羊人，是一个没有了时代背景可以考证的"托钵僧"在故事中布道。由这个"说话人"我不自觉地想到了那个写作《西湖梦寻》《陶庵梦忆》《夜航船》的张岱，体味到的是那种追怀故国的况味与浸透在骨子里的悲凉——就如张岱那年在绍兴城夜里目睹的几十年不遇的寒冷无比的大雪。由这种对故地的追怀出发，雷平阳将他所目睹和感怀的地方空间当作旷野来写作。旷野无人，孤独、独立、四顾茫然，前行无路……他不能在旷野中避难或偷生，他只能发出与旷野相应的低吼或者狂啸。一个诗人正在代替小说家。

故事的"正文"自然重要，但是讲述者、说书人自身的分裂、焦虑或深层用心却容易被忽略。实际上，雷平阳的写作心理、精神姿态以及讲故事的方式近些年也发生了不小的变化。早期的雷平阳说，"我很乐意成为一个茧人，缩身于乡愁"，而晚近时期的雷平阳又进行了自我反省，"我从乡愁中获利，或许我也是一个罪人"。这一时代的文本"正文"似乎都需要一个"脚注"，甚至对"脚注"自身的说明、揭示和再次确认性更具有说服力——每个写作者"正文"的自足性和有效性都程度不同出现了问题。由此，当我们阅读雷平阳的散文，都能够在一个文本中发现他的另一个文本。文本间的互文关系或者"正文"与"脚注"正在成为包括雷平阳在内的现象——这也是他的散文中

为什么不断穿插他的诗歌文本的重要原因。而《乌蒙山脉》这首诗则可视为雷平阳散文话语的典型"脚注":

> 上亿的头颅选择了低垂,可巨大的落差
> 仍然陈述着陡峭和威仪,谁也看不出半点卑微
> 岩石和拥有粗糙肌肤的树,开烂了的花
> 以及咧着大嘴的人,再加上充足的空荡与寂静
> 这。只能叫地理,它彻底,犹如垂下刀仍在叫鸣
> 天是空的,所谓沉重和压迫,全是虚拟
> 这好比我们说,一个黑暗的人
> 阳光无力把他穿透。事实怎么会如此复杂?
> 它甚至不具备半点听说能力,也没有"锋刃"
> 最好的解释是:它路过这里。

　　路过、经过、错失,正是包括雷平阳在内对地理和乡土的认识,不可能甚至永远不可能留下来驻足、再次生根。雷平阳在写作中的形象既是一个刨根问底的矿工,也是一个无定的游吟者。无根的现实存在性体验却使得作家必须在文本中建立起根性,这是如此地吊诡而不容争辩;作家的根性又必然与个体存在的现实和历史有着内在性的结构。如果只是将现实中的景象直接搬进文本,该是多么可悲和平庸,可不幸的是,那些信奉"现实"为圭臬的写作者正是这么干的,他们充当的是搬运工和泥瓦匠的活儿。雷平阳则在文中找到了"现实"、"地方"的"替身"。这最终是"黑熊的戏剧"——笨拙、有力、厚实、灵活。"替身"自然与"原型"相似但又有本质不同,这都需要象征来支撑。生死、道义、怀乡病、朴素的原神都需要在文字的"替身"中寻得对应和安顿。对于雷平阳来说"替身"与"原型"之间不是等价交换,而是彼此救赎。在一个"失去象征的世界"(耿占

春语),在一个去除精神寄托物的时代,曾经存在于自然、乡野和世道的秩序、神秘和意义都瞬间土崩瓦解。一切都成了逝去之物,体验失去了根基。不可逆的社会性只能使写作者把头颅和视线时时转向身后,如何能够重绘一份沦丧的、破碎的"精神地图"成了多年来雷平阳未竟的工作。不能感知,何以描述?换言之,写作的语境转捩(更确切地说是"裂变")使得一切足以惊心战栗、莫名所以。这甚至无形中改变了语言与世界、诗人与社会的关系。从写作者来说,词与物的关联发生了倒置,这甚至是前所未有的——"有些词,阳寿已尽,没了"。词曾高于物,如今是物取代了词,所以写作的无力感、虚弱、尴尬和分裂就成为普遍的现象。这种词语无力感或语言的危机如何能够被拯救而免于颓圮就成了显豁的写作难题。由词与物的瓜葛,进而让我们思考的是作者与现实和社会的关系,而这一关系在当下已经变得愈发复杂而难解,单纯躲避或者强烈反抗都仍然是二元对立思维的庸俗化判断。由雷平阳的散文我更认可这样一句话,"象征世界的功能是在观念层面上解决现实层面上体验的矛盾"(列维·斯特劳斯)。

"替身","象征体系",最终形成的正是幻象。这种幻象弥散在雷平阳的整个散文世界。由此,我们发现一个个怪诞不已的故事,一个略显神经质而又不无沉重的讲述者。怪诞,既是近期《乌蒙山记》的风格,也是个体经验在语言中深化的结果——有风格的作家还不失自由度的话就具备成为大作家的可能。考德威尔在《幻象与现实》中忧虑于完全脱离了社会的为个人经验所迫的诗人窘境,"直至最后,诗从当初作为整体社会(如在一个原始部落)中的一种必要职能,变成了现今的少数特殊人物的奢侈品。"雷平阳的散文显然不是纯粹意义上的"美文"写作,而是容留了粗粝硌人的杂质的东西。新旧现实与相应的体验方式形成的拼贴、错位、共置、混搭必然体现在文本中——混合的杂交的。诗学阅读还是社会学阅读从来都不是无关的,而更多的时候往往是彼此交叉的。经验世界与象征和隐喻体系在雷平阳的叙述和转述中带有了"自传"色彩和"原型"意识,这也是写作并不能用流行的社会学意义上的关键词涵括的原因。写作对于他而言成了一场场的"精神事件"。注意,是"事件"而非单纯的偶然"发生"。由此,写作就是自我和对旁人的"唤醒",能够唤醒个体之间"各不相同的经验"(布尔迪厄)。与替身和幻象相应,讲述者的陈述以及故事话语产生的是"寓言"。

整整一个晚上,全家人就这么不停地舔石头,石匠的父母年纪大了,口舌不灵,双唇还被石头碰出了血。天亮了,雪停了,太阳升起来,照耀着洁白无瑕的世界,他们终于舔累了,各自睡去。只有石匠不想睡,把双手背在身后,在村庄里转了一圈,看见了铁匠家的铁猪、铁羊和铁鱼,也看见了木匠家的木鸡、木牛、木马,还看见巫师用红纸剪出来,抛撒在雪地上的红人和红心。最让人惊奇的,在结了冰的河面上,石匠看见,几个失去了寺庙的和尚,穿着单衣,正在打坐。他们的面前,有序地放着用冰块雕刻而成的鸡、鱼、馒头、经书和木鱼。

——《宴席》

寓言是既介入现实又疏离于现场的双重声调的文本。假托的故事以及讽喻和劝诫功能需要讲述寓言的人时时注意分寸、拿捏,既投入又要适度地疏离。换言之这是一种有些冒险式的精神修辞,也只有这种特殊的故事形态能够揭示历史和现实夹缝深层的本相,进而体现讲述者的自由意志。在此,寓言可能突破了经验和现实表层的限度,表层故事和内在指向形成了"夹层"般的异质性空间和意外的阅读感受。雷平阳越是在叙述和描摹中克制、冷静、不动声色,他也就比同时代的其他作家承担了更深层的分裂、焦灼、悖论、无望和心悸。这在其近作《乌蒙山记》中表现得尤为突出。日常的、怪诞的、已逝的事物就获得了现象学意义上的支撑。但是雷平阳也必须意识到散文文体光有寓言的支撑是不够的，在一定程度上他还要进行"反寓言"的工作，因为散文必然是要叙说和呈现同时进行的。正是在此意义上雷平阳讲述的并不是一般意义上的"寓言"，他的"寓言"当然也有假托的故事，但是更多则是现实的对应与精神的投射，从而带有个人精神传记的"本事"。这种真实和委托、现实和象征相夹杂的"寓言"完成的就是返回的工作——如一个人返回故乡，如一个人悬崖上做体操练习。在《乌蒙山记》中，雷老汉仍然在絮絮叨叨地拦住你讲故事，他在喘息的空当不断把烟头在鞋底踩灭。当年王士禛评价《聊斋志异》，"姑妄言之姑听之，豆棚瓜架雨如丝。料应厌作人间语，爱听秋坟鬼唱诗。"实际上王士禛对蒲松龄的评价只说对了大半，而没有注意到蒲松龄那些直接关注人间和现实的入木三分的揭批。雷平阳是阅世的客观诗人，"阅世愈深，则材料愈丰富，愈变化。"（王国维《人间词话》）正如雷平阳自己所说，"从阅历中来，这是我私底下恪守的不多的写作规矩之一"。老僧有云聚石为徒，雷平阳则是聚字为魂。他躬身于针尖上的蜂蜜，也供奉着笔尖上继续存活的魂灵。而雷平阳讲述的这些故事既与日常事务和精神事件有关，又与日常拉开了距离。它们恍兮惚兮，光怪陆离，真假掺半。我喜欢这些天马行空又有精神根基的故事。你不必去较真和考证这些故事的真伪，更重要的恰恰是这种修辞化和伪托性——就像历史上的那些"伪经"和自我杜撰的"引文"一样。它们能够复现、还原、拆解、重构甚至超越现实层面的故事与其真实。这就是"枯水期的写作"，衰败、冷硬、干枯，最终水落石出，纤毫毕现。

雷平阳的故事是"父性"的，这方面代表性的文本是《弑父》《嚎叫》《泥丸》——你同样会在长诗《祭父帖》寻得内在性的呼应，里面那个一生没有出过远门而在临死前买了一匹马、铸了一把铁剑打算去蜀国的"父亲"很容易让我们想到堂·吉诃德。这个"父亲"注定是一个失败者，不被这个时代新生的"儿子"们所待见。"父性"代表的是一种原始的、朴素的、粗粝的、滞重的、沉默的、隐痛的、深广的精神法则。父亲必然是历史化的，父亲就是历史的气象站——

> 父亲不是从手中的镰刀片上看见云朵变黑的，他是觉得背心突然一凉。这一凉，像骨髓结了冰似的。天象之于骨肉，敏感的人，能从月色中嗅出杀气，从细小的星光里看出大面积的饥荒。父亲气象小，心思都在自己和家人的身上，察觉不到云朵变黑的天机，他只是奇怪，天象与其内心的恐惧纠缠在了一起，撕扯着他，令他的悲伤多出了很多。
>
> ——《嚎叫》

这甚至成了雷平阳多年来写作的原动力——内心里是父性的低低的吼叫，也许这声音只有他一个人能听到。这也是一种精神的自我确认、追挽与招魂。雷平阳在很多场合都复述过当年刘文典的说法"观世音菩萨"。实际上，雷平阳自己在写作中已经做到了：观——世——音——菩萨。这是一种入世哲学，也是一种拯救的法度。雷平阳围绕着"父性"展开了一系列的"父性"形象，最直接的对应就是经过了综合处理的"父亲"形象在文本中的反复现身。这一"父亲"显然不是雷平阳一个人的父亲，而是融合了不同个体的差异性经验之后的"我们"的"父亲"。由此，这一形象也带有明显的符号性，尽管附着其上的细节、场景和故事如此鲜血淋漓如在目前。我们已经不能把窄化的"真实"作为唯一的散文标准，尤其是雷平阳的散文因为带有了明显的"诗人"特性而带有强烈的虚构和修辞性特征。这像是小说和散文以及诗歌拼贴之后的产物。雷平阳的故事更接近于我上文讲过的寓言,白描、线条与真实的血肉筋骨构成的正是隐语写作——言不由衷,言不尽意。不能尽言尽意,自然不能像古人那样在文字中立身。由这些故事,我们还必须关注讲述故事的腔调、语气、神情以及气息——这是近似于末日般的腔调,因为"声音优于现实,本质优于现在"。布罗茨基曾经说过:"在日常生活中,把一个笑话讲两三回,并不是犯罪。然而,你不能允许自己在纸上这么做。"雷平阳有时候在诗歌和散文中会陈述同一个故事,侧重点和角度也许有所不同。那么,具体到雷平阳的散文写作,落实在叙述和讲故事的层面,如何能够避开布罗茨基所说的那种危险而又能够反复叙述互文性的"故事"?也就是讲述故事的有效性是最为关键的。当下的很多写作者重复着看似新奇的陈词滥调而又自以为是,每个人都证据凿凿地以为发现了写作的安全阀,而文字从来没有像今天这样变得如此自由而又如此平庸。当代写作是否进入了"枯水期的写作"?这也许未为可知。

"细节"的凝视者与"变形记"

目击道存,这句话非常适合评价雷平阳的写作姿态。也许在我们的生存现场和唯现实马首是瞻的写作者中从来都不缺少"目击者",但是将目击现场内化于写作而又能流于后世则少之又少。1924年9月25日下午,胡兰成在西湖附近行走时目睹了轰隆声中雷峰塔的坍塌,而如何将日常生活中的偶然性的现场上升为精神事件则是作家的道义。我们必须留意雷平阳散文中的"细节",这些"细节"与其苍老而近乎绝望的音调相应,"保存细节就是在宏大的历史中拯救个人的鲜活生命"(李敬泽语)。

作为一个云南的"土著",一个前现代性的游荡者,他的

"凝视"、"走神"状态变得愈益显豁。如何在一个常年打交道的生活的现实空间重新发现、观照那些隐匿的足迹和遗物更为重要。这类似于博物学家戴维·乔治·哈斯凯尔用一年的时间凝视田纳西州森林里一平方米大小的空间（坛城）所做出的微观的考察；也类似于当年的诗人史蒂文斯在田纳西州放置的那个修辞的坛子。那么，雷平阳要做的就是在云南这一现场考察整个时代场域以及精神性的自我游荡。这不是神秘主义者布莱克的"一粒沙中见世界"，而是要实实在在地死磕到底的"现实"写作、在场写作、细节化写作。由此，一个地方的观察者和考古工作者必须有足够的耐心和足够优异的视力，以凝视的状态"保存细节"，尤其要格外留意那些一闪而逝再也不出现的事物，以便维持细节与个人的及物性关联，"当我坐下时，一只萤火虫用闪烁的光芒迎接我。它的绿光忽而升到好几英寸高处，随后在那里逗留一两秒。夜晚的微光仅够我看清这只小虫和它身上的灯笼。绿色的光芒黯淡下去后，这只小虫一动不动地悬在空中停留了三秒，接着俯冲下来，从坛城上空划过。随后它又重复了这一过程：打着灯笼快速上升，熄灭光芒歇息一阵，再从空中划落，一闪而过。"（《看不见的森林》）

  通过细节抵达宏阔，这是雷平阳的写作法则之一。雷平阳由此更为关注的是"小"和"细部"，注重的是小角度和私人性。换言之，散文要靠细节说话。我注意到很多所谓的"乡土作家"能够写出空气中的土气味和草木味，但很少有人像雷平阳这样写出了"甲虫气味"。"甲虫气味"自然是一个隐喻性的说法，雷平阳借此不仅体察那些幽微细小之物而且还在那里发现了卡夫卡式的荒诞和黑色戏剧。这细节关涉自然意义上事物的纹理、肌肤以及具体的时代、历史、生存的场景，进而在景物上完成灵魂的赋形。雷平阳的细节呈现和场景物态最终提升为物候和精神气象。自然秩序瓦解，乡土法则土崩，前现代性的时间终结，如何在这一时刻继续写作和发声？雷平阳找到的是寓言，一切都要经过伪托和变形，因为这一切对应的正是分裂的自然观、背离的社会观和吊诡的世界观。在这一"象征—寓言"的话语声调中，雷平阳散文中的"化身"、"替身"都细节化为"诗人"、"僧侣"、"巫师"、"亡灵"、"鬼魂"、"守夜人"、"守灵人"、"庞然大物"、"神秘主义者"、"行者"。这些具体而微的形象在变形、转义、臆想和揣度中打开了冷森森的日常镜像背后的深层动因，而这又要求写作者必须时刻清除意识形态化的"大词"。这最终使得雷平阳的写作成为一种"人格"的对应，成为个体性的"道德约束"。道成肉身，在雷平阳这里成了确凿的事实。一切必然是精神传记，他成了立法者。当年的昌耀把自己的写作比为"穷途之哭"，那么雷平阳的写作呢？阮籍还能够穷途大哭而返，而雷平阳已经是穷途末路又无路可返？这必然就是先行到失败中去的写作！细节，不是刻板的镜像，而是在写作者的观照中发生了变形。由此，我们必须正视雷平阳散文的"变形"法则。"变形"不是吸引眼球的噱头，更不是装神弄鬼不说"人话"，而是为了加深和抵达"语言真实"的想象力的极限。里尔克说，"我们应当以最热情的理解来抓住这些事物和表象，并使它们变形。使它们变形？不错，这是我们的任务：以如此痛苦、如此热情的方式把这个脆弱而短暂的大地铭刻在我们心中，使得它的本质再次不可见地在我们身上升起。我们是那不可见的蜜蜂，我们任性地收集不可见的蜂蜜，把它们储藏在不可见物的金色的大蜂巢里。"正是得力于这种"变形"能力，雷平阳才能够重新让那些不可见之物得以在词语中现身——就如在梦中见到那些逝去的亲人和故土。

雷平阳把一部分精力投入散文，这也是对诗歌写作的拓展。这是在一个失去了象征世界的转捩点上对自我和生活的重建，尽管这一重建变得愈发不可能。从乡土到城市的现代性裂变使得每一个人被同时置放于两个价值体系的时间和空间，还必须要承受此时此地、彼时彼地两种时间观和空间伦理的挑战。这个时代的作家"贡献"出了过多的"伪教堂"，里面供奉的是写作者的市侩气和文字投机者的炫耀和自得，而谈不上真正的自省、忏悔和救赎。生活的幻觉取代了文学的幻象，沉默的舌头空空荡荡。雷平阳是这个时代的"泥腿子"，他信奉的立世法则只有一个——出水才看两腿泥，真相、失败总会水落石出。也许当代不乏"野狐禅"的妄语断语，但是雷平阳的散文乃至诗歌却带有精神启示录的意义。因为无论他的文字多么成功，他都是现实经验中的一个屡战屡败者。注定了，这是"先行到失败中去的写作"！文字的骨灰在天空里纷纷扬扬。一个现实中的失败者是否注定了也要在文字中低下头颅？试图在文字中开路、返乡、洄游的雷平阳有他自己的疑虑，"当我有一天把文字付之一炬时，它就会变成一束火焰。接下来，是黑蝴蝶一样的灰烬。"

"崩溃"与"枯干":穆旦诗歌语词解读之一

张岩泉

海德格尔提示了进入诗人世界的一种方式,即从基本语词入手。他说:"为了测度里尔克是否并以何种方式是一个贫乏时代的诗人,为了知道诗人何为,我们必须尝试着在通向深渊的沿途标出一些路桩。我们将从里尔克的诗作中选出某些基本词语,用以作为我们前进的标记。这些词语只有处在它们所属的语境中才可能为我们所理解。"(《海德格尔诗学文集》,1992年版,第87页)这些基本词语以语言结构的方式象征着诗人长期探索的人生意义与精神问题。穆旦诗歌围绕对自我存在状态的描绘和对外界事物的表现也形成了一组核心词语,这里只着重剖析两个与本文关系密切的词语:"崩溃"与"枯干",它们在穆旦诗中都是出现频率高、概括意义强的词语。

1

从某种意义上说,每个时代甚至每个人都可能或需要发现、建构自己的思想价值体系和语言隐喻系统,并以此作为叩问自身和探询世界的支撑与中介。对于诗人来说就更是如此，因为语言是人类思维的工具，诗人需要借助语词来表达其出入其中的持续体验及深度思考。其实，每个人对精神价值和万物存在必定有专属于自己的兴奋点与敏感区域，而诗人或作家在长期的直觉感知和审美理想作用下，很自然地会将个人的兴奋和敏感结晶为所钟爱的语词。这些语词在作品中反复出现，就会形成模式相对稳定、意味不断累加的语词系列，并在上下文中造成语境压力，让读者直觉到它的意犹未尽。如此，语词也就上升为诗人艺术思维的核心环节之一，在很高的程度上准确地折射出诗人对自我的认知体验和对世界的理解态度。

"崩溃"及与此近义的"消失"、"倾圮"、"倾覆"等，在穆旦诗中隐喻人类生存根基的朽坏、崩塌和世界支点的摇动不稳，如：

最好的心愿已在倾圮下无声。
——《不幸的人们》
我们的周身已是现实的倾覆。
——《黄昏》

诗人在这些诗句中反复揭示人类安身立命的支撑已不稳固。在现实倾覆的挤压下，一切美好的心愿均消失不见，人类的生存成了把持不住的疑问。《隐现》更直截了当地说："不能站稳的……/是我脚下的路程；/接受一切温暖的吸引在岩石上，/而岩石突然不见了"，"脚下的路程"从"不稳"终至"不见"。人类价值理念的崩坍是一个逐渐朽坏的过程，现代中国加剧了传统价值解体的步伐，整个20世纪便处于价值体系破而未立的文化虚位状态。"崩溃"一词包含了破毁、碎裂、坍塌、朽败、流转、变幻等意思，既可指渐变的过程，也可指既成的结果。诗人在三十岁诞辰之际，感慨"每一个敌视的我"在时间"每一刻的崩溃上"、"向下碎落"（《三十诞辰有感》），连钢铁与巨石也无力挽救，无法幸免；在《隐现》中，诗人高度概括地写到"当我爬过了这一切而来临"，"一切发光的领我来到绝顶的黑暗"后，紧接着两次出现"坐在崩溃（的峰顶）上让我静静地哭泣"。抽去了支点的世界是一番什么样的图景，失去了立身之本的生存又是一种什么样的人生？"枯干"一词便是具体回答。

"枯干"及与此有联系的"干燥"、"枯萎"、"枯死"等词汇确切地指向事物的某种特定状态，如生命万物的枯萎变质、干化僵死。穆旦经常用"枯干"来表述僵固的历史、虚伪的现实与平庸的习俗，借此揭示世界在"枯干"状态下的颓败、沉沦、破碎。如："我们知道万有只是些干燥的泥土"，此句在《悲观论者的画象》与《潮汐》中两次出现，差别只在后者少一个"些"字（去掉量词，语气更肯定，判断更直接）。这里可能化用了女娲抟土造人的创世神话，但从诗的上下文看，则指佛殿与神殿的黄土塑像，指出它们本质的空虚无有。进一步理解，"万有"显然说的是人间万象。如果从神性永恒的角度分析，世界图景流转不定、起伏无常，当然缺乏深厚而真实的生命价值，就如同制造神像的材料——泥土，无一例外地逃脱不了由潮湿而枯干的命运。那么，这样短命的"泥土"又怎能捏塑出真正的神灵——生命存在意义的依据和根基，这是对生命存在悲剧性的深刻揭露。《隐现》两处出现了这一关键性词语，"宣道"一章首节以"枯干的幻象"来隐喻那些"使我们哭，使我们笑，使我们忧心"的事物的虚妄不实，结果"诱惑我们远离"了上帝的慈爱与救护。"枯干"与"幻象"实在是对世界万有远离神性永恒的双重否定。"祈神"一章中间，诗人痛切地意识到"我们一生永远在准备而没有生活，／三千年的丰富枯死在种子里而我们是在继续。"这是对中国历史与现实的沉痛而深刻的总结，涵义丰富：中国以往的所有荣耀像一颗没有萌发的枯死的种子，因而三千年的丰富成为不实的幻象，一切努力终止于开始，然而，尤为可悲的是，"我们是在继续"。枯死的历史形成"阻滞的路"，承继历史的现实不过是过去的沿袭，一切落入宿命的循环。可以仿造一个穆旦式的句子就是："那改变今天的已为昨天所改变"。

2

"崩溃的峰顶"和"枯干的幻象"构成了破碎的世界图景，诗人还进一步具体披露了人类生存已然出现的巨大"裂纹"。

诗人对现代中国社会的矛盾特征有一个绝妙的注解："一个封建社会搁浅在资本主义的历史里。"（《五月》）封建主义的历史传统就像飘荡的僵尸和滚动的白骨，沉积为民族的病根，并一次次以假死的方式（郑敏语）躲过历史劫难，疯狂反扑，啃噬"所有的新芽和旧果"（《鼠穴》）。诗人从中国历史近乎停滞的蠕动中，揭示历史的"还原作用"和对现实的持续危害。

充沛的现代意识使诗人在凝神谛视历史时保持着高度的警觉并作了低调处理。历史与传统从来都具有两面性，其僵固腐朽的因素始终形成社会发展进步的巨大阻滞力，而它的适时激活更是构成对胎孕中的未来的巨大威胁。传统糟粕最容易与现实渣滓结合到一起，诗人多方面地表现历史向现实"还原作用"的负面及惰性："这是死。历史的矛盾压迫着我们，／平衡，毒戕我们每一个冲动。"（《控诉》）中庸和谐的人生准则与文化理想，随时扼杀着一切生命创造的冲动；平衡造成的是平庸，"是巨轮的一环他渐渐旋进了一个奴隶制度附带一个理想"（《幻想的乘客》），而"理想"即诗人下面所说"开始学习做主人底尊严"（"主人"此处应作"主子"理解——笔者注）。鲁迅曾经揭示中国历史只存在两种时代：暂时做稳了奴隶的时代与想做奴隶而不得的时代，深厚的"主奴根性"使中国历史堕入只有"奴隶、奴才、主子"而唯独没有"主人"的命运循环。"四壁是传统，是有力的/白天，扶持一切它胜利的习惯，//新生的希望被压制，被扭转……那改变明天的已为今天所改变"（《裂纹》），这更是惊心动魄的揭示。历史演进总成为传统的一次次凯旋，一切新生的希望尚未长成就被历史向现实的还原扭曲变形，扼杀在萌芽状态，昨天将今天、今天又将明天拖进轮回的宿命。诗人对历史传统的惰性力既有痛切的体验更有高度的警惕，不遗余力地予以多角度的表现，即使是在被普遍认为体现了穆旦现实关切"情调健康"的《赞美》《在寒冷的腊月的夜里》等诗中，诗人仍一如既往地写出了中国广大土地上亘古如斯的苦难不幸，人民尤其农民命运没有变化的重复无望。在《小镇一日》中，诗人惊叹"这旋转在贫穷和无知中的人生"，"永远被围在百年前的/梦里，不能够出来！"诗人揭示从小镇到大城，同一天空下，一只"巨大的黑手爬行"，不妨把"黑手"视为延伸进现实的历史传统。

　　诗人对现实的揭示大致依循三个方向进行：现实生存的暴力原则、现实生存的软骨策略、现实生存的从众心理。

　　弱肉强食、粗鄙残暴仍然是现代社会的生存准则，大到国际关系，小至个人生存，无不演绎着这样的事实。诗人反讽暴力生存原则的现代"进步"形态："他不能取悦你，就要你取悦他，/因为他是这么个无赖的东西，/你和他手拉着手像一对情人，/这才是人们都称羡的旅行。"（《世界》）恃强凌弱的残暴取得伪善的假装，暴力原则支配下的现实生存无奈、荒谬、矛盾而悲哀："告诉我们和平又必需杀戮，/而那可厌的我们先得去欢喜。/知道了'人'还不够，我们再学习/蹂躏它的方法，排成机械的阵式，/智力体力蠕动着像一群野兽。"（《出发》）

战争，是人类暴力行为的高级形式，也是暴力生存原则的直观体现，诗人是这样来揭示战争的贪欲与残酷的：

> 也是最古老的职业，越来
> 我们越看到其中的利润，
> 从小就学起，残酷总嫌不够，
> 全世界的正义都这么要求。
> ——《野外演习》

20世纪的中国与世界充满了暴力事件，暴力原则支配了人的现代生存，它除了制造一个又一个嗜血的强权人物，在这种环境中更大量滋生的是如耗子一般"阴暗的动物"。他们以顺从为投机，识时务而软骨，无操守而擅钻营，小心翼翼维护着自己蝇营狗苟的生存，构成暴力统治下最广泛的社会基础。

> 因为，你知道，我们是
> 不败的英雄，有一条软骨，
> 我们也听过什么是对错，
> 虽然我们是在啃咬，啃咬
> 所有的新芽和旧果。
> ——《鼠穴》

对这类精明的市侩和聪明的奴才，诗人的愤怒某种意义上怕是还要超过对强权者的。

3

穆旦无法搁置、不能释怀的巨大痛苦在于他对世界业已"崩溃"、"枯干"的深刻洞察，还在于他对这种创痛的体验永不放弃。处身破毁的时代，诗人表现出对既有价值规范的怀疑，对现存思想观念的不信任；同时，他又以大无畏的精神独自担当着个人被封锁于现代文化荒原而进退失据的沉痛，不仅是"还没有为饥寒，残酷，绝望，鞭打出过信仰来"（《玫瑰之歌》），纵观整个1940年代，穆旦对所谓社会道义和理想信念始终表现出冷冷的嘲讽口吻与深深的质疑态度。从穆旦的逻辑出发，残暴、伪善、无耻、平庸的现实中不可能存在真实可信的社会道义，在《夜晚的告别》《饥饿的中国》《牺牲》等诗中，诗人暗自讽笑：真善美的理想是"一副毒剂"，因为多情的思索与累赘的良心都"给我以伤害"；"正义"不过是以战争赢取暴利的借口，良心总是伴随着饥寒交迫的命运，而且"不见报酬在未来的世界"；荒年之王教导"饥饿的中国"，怎样"得到狼的胜利"，"屈辱"的"牺牲"毁灭在"苍白的世界"里；暴君固然向大众施虐，而现代社会的群体专政也可能导致对独立个体的伤害与剿杀……总之，诗人描绘的现实图景是"流氓、骗子、匪棍"、"在混乱的街上"结伴而行，社会道义嗫嚅失声、荡然无存。关于未来的美好理想与信念也不免令人疑虑：不仅因为"明天是美丽的，而又容易把我们欺骗"的虚幻，而且因为"那改变明天的已为今天所改变"的屡试不爽。所以，当"一个全体的失望在生长／吸取明天做它的营养"时，诗人坚决表示："无论什么美丽的远景 是都不能把我们移动。"值得补充一说的是，"九叶"诗友袁可嘉的《诗三首》也表达了对相关命题的相似思考。

这里有一组诗可供解读。《诗四首》写于 1948 年 8 月，是穆旦 1940 年代最后的作品，集中地体现了他对这些问题的成熟思考，一首诗分别表现一个方面：

第一首提醒人们为了迎接新世纪，"但不要/懒惰而放心，给它穿人名、运动或主义的僵化的外衣/不要愚昧一下抱住它继续思索的主体。"表达了一个独立思考的知识分子对 20 世纪层见迭出、纷至沓来的个人崇拜、社会运动和将学说膨化为主义、将主义夸饰为真理的行径的警惕。《时感四首》之一也对"每一步自私和错误都涂上了人民"的当政者行径予以嘲讽，对象虽有差异，思路是相通的。因为"在风和日丽的气候中才能茂盛的信仰没有什么价值，无比珍贵的信仰必须经受最严峻的考验。如果你的信仰承受不了全世界的诽谤，那它就是褪了色的圣物匣"（《圣雄箴言录》，2007 年版，第 4 页）。穆旦虽拒斥盲信，但在此诗和其他诗中却一再表现出对个人生死体验与历史沉重苦难的珍惜。

第二首揭示人类往往因为精神的饥饿，盲目崇信与恐怖并肩的权力，"用面包和抗议制造一致的欢呼"，预先抹去未来的"不"，"向新全能看齐"，"划一人类像坟墓"，点出了全能政治和统一信仰的盲视可能造成的危害。

第三首则揭露"必然"法则下的血腥与伤害。"那集体杀人的人"，从后台到前台，假借"必然"之名，导演了一出出令人心碎的历史："权力进驻迫害和不容忍"。这里值得抄录一段罗素的话，以便和诗人互相印证："过分肯定必然性，是当今世界上最坏的事情的根源，而且这正是历史的沉思所应当给我们纠正的东西。"（《现代西方历史哲学译文集》，2002 年版）再看诗人的悲痛描述：

因为一次又一次，美丽的话叫人相信，

我们必然心碎,他必然成功,
一次又一次,只有成熟的技巧留存。

第四首是对暴力行为的凝然深思。手段与目的、起点与终点、工具与价值,就其对应关系,诗人强调并不能因为目的正当就可以不择手段地诉诸暴力,不赞同由于"英雄:相信终点有爱在等待",就无视其"脏污"的"错误";诗人对不加限制地"相信暴力的种子会开出和平"之花是深深置疑的,因为"这变成人们无法打破的一个邪恶循环"(姚大力:《〈成败萧何〉的成败与思想维度》,《粤海风》2011年第4期)。本末倒置往往南辕北辙,这就像:

逃跑的成功,一开始就在开始失败
还要被吸进时间无数的角度,因为
面包和自由正获得我们,却不被获得!

当年诗人对革命暴力凝神结想时心情的沉重与玄思的深远甚至异于鲁迅。鲁迅曾说,一首诗吓不走孙传芳,一炮就把他轰跑了;还说,革命必然混有污秽和血。这些"遗言"仍让人怦然心动。

《诗四首》虽然每首用心于一个问题的思索,但四个问题有内在的一致性与联系性。由此看来,出国前夕(同月底赴美)的诗人所萦绕心怀的正是这些已露端倪的问题,而他的玄思既不同于时人也大大超越了时代,表现出他一贯的深思内省的精神风骨与诗歌品格。

4

现代社会，完整的自我与统一的世界趋于分裂破碎的图景渐见清晰。里尔克将他的感受写入《预感》，自比长空包围的风旗，表现了诗人敏感激动、孤独无依的复杂情怀。1940年代的中国也早早卷入全球性的动荡中，恰如叶芝的诗句："一切都四散了，再也保不住中心，/世界上到处弥漫着一片混乱。"（《基督重临》）对中国而言，混乱，不仅是历史现实意义上的山河破碎，更是文化思想意义上的价值涣散。一方面是战乱流离，国破家亡；另一方面是"圣人已死"，价值崩溃，人心泛滥无归。穆旦的诗作正写在重重危机和种种矛盾的当口，他直面世界的破毁，鞭打裂变的自我，以沉思的风格和诚挚的气度写出"破毁"、"熬煮"的炼狱般的精神苦旅，成为知识分子悲怆的"受难的品格"的代表。

还是与诗歌渊源很深的哲人海德格尔说过："诗人是在世界的黑夜更深地潜入存在命运的人，是一个更大的冒险者；他用自己的冒险深入存在的深渊，并用歌声把它敞露在灵魂世界的言谈之中。"（《海德格尔选集》，1996年版）穆旦置身1940年代中国燃烧的大地，面对着血火交迸、方生未死的现实世界和错杂着鲜花与歧路的观念世界，以奥登式介入又超然的方式与时代保持广泛而紧密的联系，以"承担历史的独立姿态"重建战时中国现代诗歌的新生代形象。他努力写出那一代人独特的历史经验，表现了严肃的青年知识分子在战时环境下对世界万物、人类历史、社会现实和自我生命存在的深刻的观察、思考、体验与感受，创造出一个"丰富和丰富的痛苦"的诗歌艺术世界。

穆旦是一位对自我有深刻体验和对世界有独到理解的成熟的

现代诗人。他感到不能承袭现成的语词意象来建构自己的心理图式和语言系统，他走的是改造和创新的路子。"崩溃的峰顶"，这是诗人对人类现代处境的本质描绘，也可以说是诗人矛盾痛苦的前提和他所有诗歌作品主题的起点。在世界根基朽坏、人类基本价值倾覆的背景下，生命存在、人生追求的意义成了没有肯定答复的疑问。"枯干的幻象"和"流过的万物"可以看作是从"崩溃"母题中派生出来的分主题，是对前者的进一步证明。既然世界已经破碎，那么一切事物必然陷入"时流"的捉弄，枯干是暂存性事物的蜕变过程，流过是万物的宿命；因崩溃而流失不存，因流过而枯萎死亡。一切事物流而不返，注定不能永世长存，这正是"流过的万物"的基本含义，包括知识传统、家族历史、英雄业迹和所有庄严、愉悦的事件与经历。"自我"是万有、万物中的个类，同样逃脱不了"枯干、流过"的命运。一方面是人在时流中无法阻止的变形，另一方面是一切自救的努力都不免"枉然"的现实。"变形的自我"是从人的生存挣扎角度来补充和深化对"崩溃的峰顶"的揭示，个人分裂为互相冲突的自我，正是世界破毁为无数碎片的对应象征。

《致马雅可夫斯基》的创作动因探究

王海燕

吉狄马加政治抒情长诗《致马雅可夫斯基》,发表之后获得读者一片赞美,也是在情理之中的事情。这么多年以来,还很少有这样敢于批判与揭露的长诗,并且是抒情性的。许多诗人都不敢直接抒情了,不敢涉及国家大事和国际政治了,似乎"政治抒情诗"可以从此在中国绝迹了。(所谓"政治抒情诗",是指在20世纪五六十年代兴起于中国的一种抒情长诗,往往以时代性的政治事件与政治人物为主题,表达诗人自己鲜明的政治倾向与政治情感,具有很强的政治鼓动性。政治抒情诗重要代表诗人是郭小川、贺敬之,其作品在当时社会上产生了广泛的影响,形成以一首诗而名天下的现象,如郭小川的《致青年公民》《投入火热的斗争》,贺敬之的《放声歌唱》《雷锋之歌》等。)在多年的诗歌创作之后,诗人吉狄马加突然想起前苏联诗人马雅可夫斯基(1893—1930,前苏联伟大的政治抒情诗人,1930年4月14日自杀,著有诗文13卷)来了,并且以与他对话的方式创作了这样一部抒情长诗,的确是一件令人高兴的事情。它的意义与价值,也许人人都可以说出几条来,并且大致也不会差:它以关注现实的眼光来对话马雅可夫斯基,表现了对当今世界的一种批判;在与已故诗人的对话中,作者表达了对当代中国诗坛现象的强大反思；它具有世界性的视野，站在人类的高度来探索现实存在的问题；它采取政治抒情诗的体式，让政治抒情诗创作发展到了一个新的高度，如此等等。我也认为，这首长诗具有重大的思想与艺术价值，因为它在许多方面都具有相当的开创性。可是，我们不得不思考一个重要的问题：他为什么要写这样一首诗？其原因与动力是什么？诗人实现了自己的创作意图与美学目标了吗？这就是本文要回答的问题。

  诗人并没有发表创作谈，所以我们无从明确地知道，他为什么要写这样一首诗；也没有见到有人对他访问而得到回答，我们也无法了解这首长诗的前因后果。然而，我认为作家是靠作品说话的，作品本身就可以说明所有的问题，作品是研究作家的最重要、最可靠的根据。因此，通过反复阅读，我们现在可以来回答这样的问题，并且我相信以上所提出来的所有问题，都可以得到有效的、全面的、圆满的解答。诗人之所以要在今天创作这样一首在当代中国绝无仅有的抒情长诗，主要原因有五：

  其一，是出于对前苏联大诗人马雅可夫斯基的高度崇敬。这位具有世界影响的大诗人，曾经以"先锋"与"革命"的姿态，开创了一种全新的诗体形式——"楼梯式"，被有的人命名为"马雅可夫斯基体"（这种诗体高低错落，像楼梯一样的形状。而之所以如此就是为了形成强烈的节奏，不按常规断句，往往一句分成数行，有利于情感抒写的高低起伏与开阔大气，特别注重对于某些词句的反复强调。因由马雅可夫斯基所开创且以其长诗为代表，后人称其为"马雅可夫斯基体"）。然而，由于诗人当年以自杀方式结束自己生命的原因，加上他个人生活上所存在的一些问题，他的诗在当时引起了很大争议，在后世也褒贬不一，有的肯定并且是高度肯定，有的否定并且是彻底否定。然而，吉狄马加却有着自己独立的见解，他认为马雅可夫斯基是一位世上所少有、才华卓越的大诗人，其独立的诗学与高超的诗艺在世界上也是独一无二的存在。正如诗人在长诗中所说:"也许你就是刚刚到来的那一个使徒/伟大的祭司——你独自戴着荆冠/你预言的 1916 就比 1917 相差了一年/这个世界的巨石发出了滚动前的吼声。"(本文所引吉狄马加《致马雅可夫斯基》诗句,皆出自《人民文学》2016 年第 3 期,以下不再一一注明)这里的"也许"只是一种自谦的说法,诗人直接肯定马雅可夫斯基是一位具有预言能力的伟大诗人,因为他对"十月革命"之发生时间的预言只差了一年,这种超越时代的眼光与关注人类命运的胸怀让人特别景仰。诗句中的"使徒"、"伟大的祭司"这样的用词,一个来自于基督教神学,一个来自于古希腊悲剧,足以显示诗人对那位前苏联诗人的政治态度与情感倾向。"因为你始终相信——你会有复活的那一天/那一个属于你的光荣的时刻——/必将在未来新世纪的一天轰然来临!"马雅可夫斯基是不是相信自己有"复活"的那一天,并且是在未来"新世纪"的某一天,我们不得而知,但是,我们可以肯定的正是诗人自己有此高见,认为马雅可夫斯基会有"光荣的时刻",那就是他认为的那一个重要的日子"轰然来临",实现了真正的"复活"。同样来自于神学的这个词语"复活",也足以显示出诗人对那位前苏联诗人的高度向往与充分评价。"你是词语粗野的第一个匈奴/只有你能吹响断裂的脊柱横笛/谁说在一个战争与革命的时代/除了算命者,就不会有真的预言大师。"在诗人看来,马雅可夫斯基正是这样的"预言大师",远远超过一般所谓的"算命者",并且是在那样一个动乱不已的年代里。"第一个匈奴"这样的用语,不可用在一般诗人头上,诗人以"词语粗野"加以限制,说明他对马雅可夫斯基诗歌语言达到了五体投地的崇拜程度。"你的诗才是这个世界一干二净的盐/如果有一种接骨术,能让灵魂出窍/那是刻骨铭心的愤怒的十二之后/你是胜利者王冠上剧毒反向的块结/因为只有这样——或者相反/才会让你刀削一般高傲的脸庞

/在曙光之中被染成太阳古老的黄色。"这里的最后两行,是对马雅可夫斯基诗人形象的塑造,以一种艺术形塑的手法对前面的高度肯定进行表达,给人以强烈的印象。诗人说其诗是"这个世界一干二净的盐",而那位前苏联诗人则是"胜利者的王冠上"、"剧毒反向的块结",这样的评价实在是很到位的,至少在诗人看来是如此。以上的所有诗行所显示的,都是诗人对于那位前苏联诗人的高度肯定与景仰之情,也许在诗人的眼中,在这个世界上,再也没有哪一位诗人,可以与马雅可夫斯基拥有同样的地位。所以我认为他之所以要创作这首政治抒情长诗,首先是出于诗人自己的政治态度与人生情感。如果没有这样的态度和情感,则没有这首以对话为创作基础和主体内容的抒情长诗。为什么诗人独对马雅可夫斯基产生这样的情感?可能要从他这些年的诗歌阅读与对外访问说起。据我所知,诗人在青海工作多年,后又在中国作家协会工作,多次到俄罗斯进行文学交流,参观了马雅可夫斯基生前留下来的一些遗迹,以及后人为了纪念他而修建的一些塑像,在这个过程中产生了很深的印象。同时,诗人扩大了自己的文学阅读,在主持多年的青海湖诗歌节的过程中,他接触了大量的外国诗歌作品,欧洲、非洲、美洲和亚洲的诗人及其作品,包括他在这首长诗中所提到的与马雅可夫斯基相关的诗人群体,如聂鲁达、巴列霍、阿拉蒂、奈兹瓦尔、希克梅特、阿拉贡、帕斯捷尔纳克、叶赛宁等。在这个过程中,他对这一批在世界上产生重要影响的"先锋"与"革命"诗人产生了深厚的感情,其中以对马雅可夫斯基的感情为最。这是他之所以创作这首以前苏联诗人的名字而命名,并且采取直接对话的方式,以"致"为体的长诗最根本的原因之一。

其二,是出于对马雅可夫斯基的反方一群小人的绝对反感。一个人有自己的敌人是不奇怪的,况且是在那样一个动乱时代,对一位有个性的、有追求的杰出诗人来说。诗人之所以高度评价马雅可夫斯基,应当还有别的缘故,因为如果诗人只是对马雅可夫斯基及其诗歌进行赞美,可能仅出于对其卓越才华的肯定,可是,无论是在生前还是在死后,马雅可夫斯基都受到过程度不同的批评、误解与攻击,有的时候还相当厉害,而诗人不可能对此没有任何关注。事实正好与此相反,那就是诗人不仅关注马雅可夫斯基本人的命运,并且关注与他对立的那一批人的存在,而对此深恶而痛绝之。也许这正是诗人呼唤马雅可夫斯基回到当代世界与当今中国的重要原因之一。"那些无知者曾讥笑过你的举动/甚至还打算把你钉上谎言的十字架/他们哪里知道——是你站在高塔上/看见了就要来临的新世纪的火焰/直到今天——也不是所有的人/都知道你宝贵的价值,那些芸芸众生/都认为你已经死亡,只属于过去。"在这里,诗人首先指出了当年那些"无知者"的存在以及他们的荒诞举动,同时,诗人可怜今天我们这些芸芸众生的粗浅见识,正是在这样的基础上,诗人肯定了那位前苏联诗人把握未来的眼光及其所产生的重大思想价值。可见,诗人是在批判他者的前提下来肯定马雅可夫斯基的,那样一些马雅可夫斯基活着时代的无知者与死后年代的无知者,诗人觉得他们也是十分可怜与可恨的,在此基础上对马雅可夫斯基的肯定,就显得更加有力。"那些有关你的流言蜚语和无端中伤/哪怕是诅咒——也无法去改变/今天的造访者对你的热爱和尊敬。"诗人在这里针对的是当年那一批恶言相向的人,是站在与马雅可夫斯基的对立面的那一批人,他们的言行不是误解所造成的,而是出于根本的政治立场与不同的人生态度。诗人在一种阔大的历史时空里,把生前与死后的不同事实结合起来,揭露了当年那一批阴险小人的可恶与可恨,同时也就肯定了后来读者对马雅可夫斯基的"热爱与尊敬"。"他们无数次地拿出你的遗书——/喋喋不休,讥讽一个死者的交待/他们并不是不知道,你的小舟/已经在大海的深处被撞得粉碎/的确正如你所言——在这种生活里/死去并不困难,但是把生活弄好/却要困难得多!然而天才总是不幸的/在他们生活的周围总会有垃圾和苍蝇/这些鼠目寸光之徒,只能近视地看见/你高筒皮靴上的污泥、斑点和污垢。"、"他们"也是一种历史的存在,即在马雅可夫斯基死后,有一批人出于各自不同的目的而采取的荒诞举动,诗人在一种对比中来进行揭示与肯定,从反面赞美了马雅可夫斯基的天才与人品。诗人认为在马雅可夫斯基生活的那个时代,也有诸多的无耻之徒,可是他们在马雅可夫斯基面前微不足道,因为他们"鼠目寸光",有的人在外形上与本质上还只是"垃圾和苍蝇"。正是在这样的对比中,前苏联诗人的形象才真正地高大起来。"你从不服从于油腻溢满思想的君王/从一开始,你的愤世嫉俗,不可一世/就让那些无知者认为——你仅仅是一个/不足挂齿的没有修养的狂妄之徒/而那些因为你的革命和先锋的姿态/来对你的诗句和人生做狭隘判断的人/他们在乌烟瘴气的沙龙里——/一直在传播着诋毁你的谗言和轶事。"在这里,诗人事实求是地指出马雅可夫斯基生活时代的景况,其人生姿态与过激言行曾引起了很大的争议,因为他的个性与气质不随流俗而流言四起,反对与攻击的声音不绝于耳。然而,诗人却十分欣赏那样的性格、那样的姿态,因为正是这样的"革命和先锋的姿态"才成就了一位伟大的诗人,才体现了他的超越性与价值度。诗人明确地看见了那些当年的反对者和后来的误会者,并且以自己好恶反感他们的言行,诗人之所以创作这么一部曲折丰富的政治抒情长诗,这是一个重要的原因。这也因此增加了长诗的厚度,扩展了长诗的广度,加强了长诗的深度。诗人没有回避这位前苏联诗人身上的问题,也没有回避当年的那些矛盾,而是如实地加以展示与呈现,体现了一种历史唯物主义精神,这也是长诗之所以获得力量、取得成功的关键因素。这只是对话的部分内容,而不是对话的主要目的,诗人十分清楚地认识到,敌对者的存在正是这位前苏联诗人的伟大之处能够显示出来的基础。因此,他用了比较多的篇幅来进行反面抒情,揭露与批判当年那样一些不合理的存在,同时,诗人笔下的这些反面形象本身也有象征意义,让我们想起历史上和现实生活中的一些人群,他们的生活方式与生存哲学,他们在历史上与现实中所发生的反面作用。

其三,是出于对中国当代诗坛现实的一种批评。诗人处于当代中国诗界的中心,每天都会接触各种各样的诗人,在这种大的时代与文化背景之下,当然就会有对与此相关的各种各样问题的思考。诗人之所以要在今天呼唤一位过世多年的前苏联诗人的回归,当然也是出于今天的需要,出于中国诗坛与诗艺的现实。"就在昨天,他们看见你的光芒势不可挡/他们还试图将一个完整的你分割/——'这一块是未来主义'/——'那一块是社会主义'/他们一直想证明,你创造过奇迹/但在最后的时光,虽然你还活着/你却已经在十年前的那个下午死去。"诗人以尖利的语言和意象,批评我们有的评论家出于自己的无知或需要,对于那位前苏联诗人没有基本的认识,虽然承认他曾经创造过奇迹,然而认为他早就死去了,与世界无关,其作品也没有了生命力。"未来主义"加上"社会主义",支离破碎地理解诗人及其作品,这样的研究实在没有很大意义。诗人认为这样的批评是没有合理性的,简直是对诗人的不敬,也是对诗的误解与歪曲。实用主义的态度与机会主义的观点,不可能正确地认识诗人的个性与价值。"那些没有通过心脏和肺叶的所谓纯诗/还在评论家的书中被误会拔高,他们披着/乐师的外袍,正以不朽者的面目穿过厅堂/他们没有竖琴,没有动人的嘴唇/只想通过语言的游戏而获得廉价的荣耀。"诗人认为在当代中国诗坛上,的确有一些形式主义者,他们在作品中只是玩弄所谓的"语言",而没有现实的内容与真诚的情感,没有任何可以称之为诗的东西存在,却得到了一些评论家的高度肯定,也得到了一些本不该有的诗坛荣誉。这样的作品自然与马雅可夫斯基难于相比,甚至差之十万八千里。批评界与诗歌界存在的这些不良现实,至今也少有人指出,诗人却在这首长诗中加以无情的批判,是需要很大勇气的。更大的勇气还在后面:"但是,毫无疑问——可以肯定!/你仍然是那个时代最伟大的诗的公民/而那些用文字沽名钓誉者,他们最多/只能算是——小圈子里自大的首领!/当然,他们更不会是诗歌疆域里的雄狮/如果非要给他们命名——/他们顶多是贵妇怀中慵懒的宠物。"在这种鲜明的对比中诗人表明了态度:一个方面是"那个时代最伟大的诗的公民",一个方面是"小圈子里自大的首领";一个方面是"诗歌疆域里的雄狮",一个方面是"贵妇怀中慵懒的宠物"。这样无情的对比,不仅指向前苏联时代的诗坛,同时也指向当下的中国诗坛,并且在我看来诗人所讥讽与批判的人,并不只是一个两个,而是一大群。(九十年代以来中国诗歌虽然取得很大成就,然而也出现了许多问题,有的诗人不关注国家的命运与人民的生存,只关心自我的内心与自我的悲欢,结成一个一个小圈子而相互取暖,以网络为主要生存方式,产生一个个小团体。民间力量的兴起本是正常现象,然而一个时代还是要有能够代表这个时代的伟大诗人。这首抒情长诗的产生,正表明了诗人对此种现象的不满。)不过他主要是指出问题的存在,而不是要解决这个问题。由此可见,诗人之所以创作这首长诗,也是出于对当下中国诗坛现象的深沉思考,他要借助与马雅可夫斯基的对话,来表达他独立的诗观、独到的诗见,以及他对于现实主义诗歌思潮复兴的愿望。诗人并没有钻进故纸堆,他并不只是要发掘这位前苏联诗人的思想价值与艺术价值,因为他并不是在写论文,而是借此表达他对当代中国诗坛不良现象的不满,表现他对未来中国诗歌的一种期许。根据诗中所写,他所提倡的是一种批判现实主义的诗歌思想,关注现实、关注苦难、关注世界、关注自我,以"先锋"与"革命"的姿态来表现一种伟大的时代情怀,不怕别人的指责与嘲笑,以鲜血和生命为人类代言、为艺术开路。对于当代中国诗坛现实的观察与思考,正是此首长诗创作的重要起点与雄厚基础。

其四,是出于对当今世界一些丑恶现象强大反抗的需要。马雅可夫斯基是一位勇于反抗权势的诗人,一生以"革命"、"先锋"为唯一的人生姿态,这样的人格与气度是吉狄马加特别欣赏与敬重的方面。诗人之所以要创作这首长诗,与他对于当今世界大势的观察而得出来的印象,存在直接关系。诗人不仅是为了历史而创作,也不仅是为了今天而创作,更不是为了自己的名气而创作。当今世界的政治现实,出于一位诗人的敏感,他是真切地感觉到了,也深刻地认识到了。"但是,在那高耸入云的电子广告牌下/毒品贩子们和阴险的股市操纵者/却把人类绝望的一面也反射在墙面。"在这里,诗人批判人类社会中那些可恶之人,他们的行为说明了当今的人类之所以绝望,他们在世界经济方面的阴险狡诈与作恶多端是一个重要原因。"电子广告牌下"这个意象充满了一种现代意味,让我们想起当今西方社会里那一双双恶毒的眼睛,以及背后丑恶的灵魂。"那些独裁者和银行家最容易遗忘你/因为你是一个彻头彻尾的诗人"。当今世界的政客与金融大鳄,当然没有也不会把一位诗人放在眼里,因为他们关心的只是自己的利益,而不是社会的良心与人类的未来。他们的自以为是与自我封闭,让他们看不见除了他们自己之外的任何东西。"马雅可夫斯基,并不是一个偶然的发现/20世纪和21世纪两个世纪的开端/都有过智者发出这样的喟叹——/道德的沦丧,到了丧心病狂的地步/精神的堕落,更让清醒的人们不安。"在这里,诗人说他并不是偶然发现了马雅可夫斯基,有许多智者对人类的道德与精神病态发出过同样的感叹,而今他只是发出了一种更加沉重的感叹,因而想起了马雅可夫斯基,在他的身上和他的诗歌里发现了重大的思想意义与艺术价值。"你将目睹人类的列车,如何/驶过惊慌失措,拥挤不堪的城市/那里钢铁生锈的声音,把婴儿的/啼哭压扁成家具,摩天大楼的影子/刺伤了失去家园的肮脏的难民。"在这里,诗人设想如果马雅可夫斯基真的回到了当今世界,他将会发现人类存在的严重问题,特别是都市中种种不堪入目现象,他会感到十分惊奇而感叹不已。更加严厉的批评还在后面:"他们绑架舆论,妖魔化别人的存在/让强权和武力披上道德的外衣","这个世界可以让航天飞机安全返航/但却很难找到一个评判公理的地方/所谓国际法就是一张没有内容的纸/他们明明看见恐怖主义肆意蔓延/却因为自己的利益持完全不同的标准/他们打破了一千个部落构成的国家/他们想用自己的方式代替别人的方式/他们妄图用一种颜色覆盖所有的颜色/他们让弱势者的文化没有立锥之地。"根本不需要分析,我们就可以知道诗人是在无情地批判什么样的国家、什么样的人了。按照诗人的看法,当今世界所发生的几场局部战争,让许多人死于非命,其数量并不比两次世界大战少多少,所以诗人的怒火并不是没有原因的。由此可见,诗人对于当今世界与人类所存在的种种问题,特别是对某一些强权的国家与强权的组织,他们的种种荒谬言行与可恨之虚伪品质,有着仔细的观察与深入的思考(当今世界存在的最大问题,就是强权政治的为所欲为,某些西方意识形态国家,把自我的价值观强加于世界上所有的国家,发动了好几场针对他国的局部战争,造成重大的社会动荡,完全不顾人民的死活。许多诗人对此却视而不见,充耳不闻,不敢提出反对的声音、发出正义的怒吼)。而这样一首诗,就是他在长期的观察与思考之后,以诗的方式进行表达的重要成果。

其五,是出于重塑前苏联大诗人马雅可夫斯基形象,而让所有的诗人认识到"何以为诗"与"诗人何为"问题的重要性。在这首长诗中,诗人多次以画家的眼光与雕塑家的笔法,为我们描写了马雅可夫斯基的诗人形象,从而表现了这位具有世界影响的伟大诗人内在的精神世界,以及他崇高壮美的人格品质。"从低处看上去,你那青铜岩石的脸部/每一块肌肉的块面都保持着自信/坚定深邃的目光仍然朝着自己的前方。"是不是有一座诗人的雕像是如此的形状,我们不得而知,然而在诗人的笔下其脸部与眼睛却有了坚定的质感,个性鲜明、精神饱满、掷地有声的诗人个体,就这样出现在我们的面前,让我们难于忘记。"你可以从城市的任何一个角落/影子一般回来,因为你嘴唇的石斧/划过光亮的街石,每一扇窗户/都会发现久违了的震耳欲聋的声音。"诗人在这里着重写到了马雅可夫斯基的像石斧一样的"嘴唇",以突出他诗人品质与精神的尖硬与沉重。"因为只有这样——或者相反/才会让你刀削一般的脸庞/在曙光之中被染成太阳古老的黄色。"这里再一次突出了马雅可夫斯基的脸庞,如刀削一样的清晰与尖利。"马雅可夫斯基,时间和生活已经证实/你不朽的诗歌和精神,将凌空而至/飞过死亡的峡谷———座座无名的高峰","马雅可夫斯基,新的诺亚——/正在曙光照耀的群山之巅,等待/你的方舟降临在陆地和海洋的尽头。"这两节诗人是以意象的方式呈现其广博的诗情与伟大的情怀,把它当成人类的救星和世界的梁柱,这也是诗人之所以要呼唤马雅可夫斯基回来的最重要原因。马雅可夫斯基的形象,人们早已经熟悉,可是诗人为什么一而再、再而三地以画家的眼光与雕塑家的笔法,向我们描画与强化他的形体?就是为了告诉我们一个诗人当是如何的,一个时代的伟大诗人与一般小圈子里的诗人之不同。因此,我们认为这位前苏联诗人的形象,显然在当代中国诗人的胸中已经存在多时,生活多年,只是没有机会把他显示出来,并且以诗的方式呈现出来。出于上述原因,诗人有了创作抒情长诗的欲望,所以正好把马雅可夫斯基的形象,以意象的方式呈现出来,让所有的读者特别是诗人们能够认识到伟大的诗人之所以伟大的根本所在。

诗人为何要创作这样一首长诗？虽然他自己并没有明确说过，我们也不便猜测，然而，我们可以根据诗的内容与情感，进行反向式的、还原式的解读。以上五个方面的分析，就足以说明吉狄马加之所以创作这首政治抒情长诗，并不是无缘无故的，而是有着广阔的时代背景与深刻的现实根据的。诗人的创作动因，以对马雅可夫斯基及其诗歌成就的认同与赞赏为起点，以对当今世界强权政治的反抗为爆发点，以对当代中国诗坛某些现象的不满为机缘，以对马雅可夫斯基那个年代的小人之无端仇视为助力点，而诗人在俄罗斯访问时的种种所见所闻、所思所感，让以上五个方面的内容得到了有机的、高度的统一。经过了反复的思考与探索，经过了长期的酝酿与熔冶，经过了思想与艺术的锻造，诗人最后才完成了这样一首杰出的政治抒情诗。它重要的思想意义与艺术价值，也正是从这些方面体现出来，并且也是因此而得到了充分的说明。这首长诗的思想内容是相当丰富的，时代的、世界的、人类的、历史的、文化的、道德的、伦理的、地理的、心理的、宗教的内容，都充分地存在于具体的文本中，如果我们用博大精深、关乎天地、涉及人类未来与文化传统之类的语汇来评价，不仅一点也不过分，反而十分恰当与准确，关键是看我们如何去进行揭示与探讨。同时，这首长诗在艺术形式与技巧上的创新，也丰富地存在于具体的文本中，语言雄阔、情感奔放、词汇华美、质地坚硬之类的语言，用在对它的评价上也没有一点问题，只是看我们有没有能力进行把握与体察。像马雅可夫斯基一样的自由体，视野开阔，题材广博，所涉及的历史材料真实可信，抒情自由开放，意象的创造独到而新颖，语言的运用相当生活化，所用的词汇具有血质，不是古老的文言也不是没有力度的现代口语，除了"题记"之外，还有十多条的引用与注解，让这首长诗充满现代意味与学术气息。当然，最重要的创新还是以与古人对话的方式，借古讽今，一切都可以落实到今天的现实，而一切都是从前苏联诗人马雅可夫斯基那里来的。正是这种具有跨越性的对话体式，让古今实现了对接，让中外实现了联通，让诗人所拥有的所有的知识实现了融汇，才成就了这样一首东西一体、古今一体、上下一体、内外一体的"大诗"。当然，我们不能说这首长诗可以开启一个全新的诗歌时代，政治抒情诗在当代中国也只是诗体中的一种，然而在这样一个真正缺少政治抒情诗的时代，它的出现所具有的重要意义与价值，是绝对不可低估的。当代汉语诗歌虽然在多方面取得了进展，然而在政治抒情诗创作方面却落后了，并且许多人对于这种诗体产生了没有根据的偏见，认为它已经过时了，不会再有生命力了。当我们在纪念新诗一百年的时候，重新阅读这首由当代中国诗人所创作的长诗，会对政治抒情诗这种诗体的现实作用与历史意义有新的认识，从而推动汉语诗歌的整体创造。郭沫若、艾青、郭小川、贺敬之甚至是李季、田间、叶文福等这样的诗人及其作品，不仅没有过时，反而具有重大的思想与艺术意义。我们的国家与民族面临许多重要的问题，而我们许多诗人还是去写小情调、小感悟，不关注我们所处时代所发生的大事、不关心人类未来的命运、不思考我们民族的历史、不反思我们自己的文化传统，如果长此以往，我们的新诗就会发生生存的困境与发展的失衡。正是在此意义上，我们从《致马雅可夫斯基》这首长诗中可以获取许多重要的诗学信息与创造性的美学思想。

诗人研究

时代共振与诗人自我内心的混响
——重读北岛《回答》

吴投文

卑鄙是卑鄙者的通行证，
高尚是高尚者的墓志铭。
看吧，在那镀金的天空中，
飘满了死者弯曲的倒影。

冰川纪过去了，
为什么到处都是冰凌？
好望角发现了，
为什么死海里千帆相竞？

我来到这个世界上，
只带着纸、绳索和身影，
为了在审判之前，
宣读那些被判决了的声音：

告诉你吧，世界，
我——不——相——信！

纵使你脚下有一千名挑战者，
那就把我算作第一千零一名。

我不相信天是蓝的；
我不相信雷的回声；
我不相信梦是假的；
我不相信死无报应。

如果海洋注定要决堤，
就让所有的苦水都注入我心中；
如果陆地注定要上升，
就让人类重新选择生存的峰顶。

新的转机和闪闪的星斗，
正在缀满没有遮拦的天空，
那是五千年的象形文字，
那是未来人们凝视的眼睛。

1976. 6

（选自北岛诗集《履历（诗选 1972—1988）》，
三联书店 2015 年版）

我对北岛的诗有特别的偏好，但又似乎说不出具体的原因，或者，能够说出来的也仅是一些表层原因。比如，北岛诗中的质疑和诘问所包含的低沉和悲郁，还有诗中酷烈的趋向于毁灭的冒险和孤绝的气质，以及他对抗时代而又返回时代漩涡的沉思，都使我着迷。北岛诗中的激昂和激愤是在低音区发出的，反而是一种沉着，他往往把激情克制在时代的背景上，反而凸显出更深一层的悲怆底色。即使在朦胧诗诗人群体中，他也是一个另类的战士诗人，他不仅比别人要多出一份直面现实的清醒和理智，还多出一份鲁迅式的"绝望之为虚妄，正与希望相同"（《野草·希望》，1981年版，第178页）的生命拷问。所以，我有一个奇怪的想法，觉得在中国现代诗人中，北岛与鲁迅最为相像，是属于同一思想谱系的自由战士。他们的内心都有对黑夜的隐秘渴慕又有撕开黑暗的思想洞察力，不过，鲁迅显得更绝望和虚无一些，又在抵抗绝望中靠近虚无的生存真实，因此，鲁迅的思想矛盾表现在艺术上却是和谐的；北岛更显得急促和敞亮一些，大概北岛对政治的实践意向更强烈一些，他在另一个时代更贴近现实政治的具体问题。北岛似乎没有鲁迅那种充满痛楚的思想矛盾，却有鲁迅那种与现实短兵相接的坚韧和挺拔，更多地表现出一位诗人面对现实的特别敏感，表现在艺术上可能更迫近忠实于自我个性的原声抒唱，一些作品有隐隐可见的裂隙。

从另一方面来看，北岛似乎并不相信"纯诗"艺术，他在艺术中站位于迫近现实的哨所，他的诗中始终没有脱去现实政治的迷彩衣，即使在他去国之后远离中文语境的写作中，政治仍然是一个隐含的写作维度，与现实的对抗始终没有松懈，诗人面对现实的紧张似乎并没有缓解。尽管去国的生命体验在他的写作中呈现出更驳杂的渴求，但沉淀在其中的忧郁似乎并未离开早期创作的路径。当然，北岛的早期创作更迫近直接的现实语境，去国以后更迫近内心生活的困境，但他的内心生活始终是以母语的在场作为参照的，因此，去国对北岛是一种偏离，而母语写作是一种故国皈依和近乎强迫性的返回。母语写作作为化解生命危机的方式，对北岛具有精神补偿的意味，是抵抗也是自我拯救。诗人说，"中文是我唯一的行李"（《中文是我唯一的行李——北岛访谈》，《书城》2003年第2期），其中包含着被放逐的沉痛，也折射出诗人割不断故国情结的苦闷和渴望，写作的拯救意义于诗人变得更加彻底。北岛的创作有异常坚定的美学追求，他的修辞显得孤冷,有一种峭拔的张力感,显示出寸铁杀人的精确和力度,在诗的形式感上倾向于流线型的简洁,傲然于一个时代的审美趣味之上,但又与时代的总体性情绪形成共振,因此,北岛的诗有其内在的复杂性。他忠实于自己的生命体验,但又在某种程度上受限于总体性的时代语境;他是一个被放逐者,但也顺从自我放逐的虚无体验,这又使他的诗歌呈现出深刻的生命反思的内涵。

于此,我们来看北岛的早期代表作《回答》,可能会有一份特别的回头看的清醒和感动。根据相关资料,这首诗原题为《告诉你吧,世界》,创作于1973年3月15日,当时还只是一页草稿。修改稿在1976年"四五"诗歌运动中张贴,尽管位于一处并不引人注目的角落,也颇有一些反响。再后来,这首诗出现在1978年底的《今天》创刊号上,伴随这份著名地下刊物的冲击波而传诵一时。不过,迟至1979年3月,《回答》才公开发表在中国大陆第一大官方诗歌刊物《诗刊》3月号上。这次公开发表是一个标志,被认为是第一首公开发表的"朦胧诗"。在《回答》的写作和修改后面,实际上隐藏着理解此诗的密码。结合特定的时代来理解此诗的主题和形式上的特点,可能会更清晰地看到特定时代投射在诗中的斑驳暗影,会领悟到诗中更深一层的情感皱褶。

北岛后来被看作朦胧诗的领袖,与《回答》在当时的巨大影响力有关。作为朦胧诗的引领者,北岛的创作奠基于一个时代的总体精神苦闷,他的怀疑和批判也在某种程度上代表一个共同体的声音,但他的忧郁是独特的,有独特的气味和声音,似乎以一种斩钉截铁的坚定契合于自我内心的渴望。《回答》正是如此,诗中既有时代的共振,也有自我内心的混响,诗人作为一个挑战者的勇气来源于公共正义和个人气质的深度融合。《回答》所呈现的是一位诗人对文革荒谬时代、罪恶现实的怀疑、批判和挑战，也包含着对未来的凝视和期望。

就我个人的阅读感受而言，《回答》是带给我震动最大的一首诗，可能对朦胧诗时期的读者都是如此。"卑鄙是卑鄙者的通行证，/高尚是高尚者的墓志铭"，这一悖论式箴言已经成为我们耳熟能详的名句，不仅是对当时刚刚过去的文革时代的一个精当概括，也是对人性幽暗的质疑和审视。诗以两句议论开始，实际上是相当冒险的写法，给人力举千钧之感，又让人担心诗人会后继乏力。不过，此两句虽显得突兀，却在孤峰拔起中又延展出壮阔的视野，能恰到好处地铺展一个时代的精神图景。"看吧，在那镀金的天空中，/飘满了死者弯曲的倒影"，紧承上面两句，严丝合缝，由议论带出诗中的具象，文革时代的悲剧触目惊心地呈现在读者的面前。此处尤其要注意"天空"这一意象，死者弯曲的倒影飘满天空，想象奇崛，以天空这面镜子映射大地上的悲剧，"死者弯曲的倒影"表明死者曾经处于被极度凌辱的状态，"飘满"表明悲剧的普遍性，这何尝不是文革时期惨绝人寰的真实状况？1986年5月，《北岛诗选》由广州的新世纪出版社出版，诗集的扉页上有这样一段文字："十年浩劫时期，他的诗开始喷吐郁怒的火焰。在正义和爱情遭到虐杀的日子里，他歌唱受难的土地；在只能选择天空的时刻，他歌唱自由的风；待到冬寒初解，大地苏生，他面对历史的废墟，唱出一代人的觉醒、沉思与追求。"这是北岛早期创作的基本主题，而《回答》可以说是北岛早期创作的序章，正是这一主题的集中体现。

诗的第二节转入对现实的质疑和诘问。"冰川纪过去了，/为什么到处都是冰凌？/好望角发现了，/为什么死海里千帆相竞？"冰川纪已经过去，但大地上的冰凌并没有消解，这里面包含着一个想象的转换，冰川纪是自然现象，而冰凌则隐喻当时的社会现实。这一转换凭借的不是现实逻辑，而是诗性逻辑，是诗性想象带来的结果。这也表明，诗性逻辑是超越现实逻辑的，想象的情感性是诗性逻辑的动力和基石。好望角意指"美好希望的海角",是西方冒险家通往富庶东方的航道,在苏伊士运河通航之前,是西方通往东方的必经航道,在诗中象征人类的美好前景。死海是世界上最低的湖泊,也是世界上最深的咸水湖,由于湖水盐分浓度太高,水中没有生物存活,沿岸的陆地上也少有生物,因此,死海就是死亡之海,这也是诗中的隐喻意义。此处,过去(冰川纪)与现在(冰凌)形成对照,理想(好望角)与现实(死海)形成对照,诗中呈现出一幅万户萧条鬼唱歌的悲惨图景,毫无生机,只有沉寂和死亡,这恰恰是对当时社会现实的真实反映。诗人的愤懑如同粗糙的巨石滚滚而下,但声音却是低沉的,处于极度压抑的状态。

　　诗的第三节是诗人对罪恶现实的抗议和挑战。"我来到这个世界上,/只带着纸、绳索和身影,/为了在审判之前,/宣读那些被判决了的声音",此处"我"的出现在诗中至关重要,既是一个传达时代声音的"大我",也是一个显露诗人孤绝个性的"小我"。诗人化身于一个孤绝的战士形象出现在诗中,把"大我"与"小我"融合为一体,实际上,这正是《回答》的生动之处,也是《回答》的深刻之处。北岛早期诗中的"大我"形象饱受诟病,我觉得是不公正的,而着意把北岛诗中的"小我"从"大我"形象中切割出来,也是对北岛早期诗歌的曲解和肢解,并不符合北岛诗歌的命意取向。在我看来,北岛诗中的"大我"是非常真诚的,不是诗人强加上去的空洞面具,而是搏击着时代强音的真实生命,远非一个能指性的公共符号。北岛诗中的"大我"与"小我"也不是叠加的,而是发自个体生命对时代现实的真实感受,因此,北岛诗中的诗人形象是统一的,而不是分裂的模块和碎片。诗人为什么"只带着纸、绳索和身影"?因为纸上面写着一个时代的证词和判决,这是对文革罪恶的审判,也是对端坐在高台上享用人血的审判者的审判;绳索是诗人面对真理时悬挂在头上的刑具，在真理获得自由传播的地方，必然有献身者被绑缚着押上刑场；身影代表献身的决心，身体的真实并非只是肉体的固定居所，还有溢出肉体边界的精神实体，这就是身体在阳光下多出来的那一部分，而身体在黑暗中是最少的，是孤立的，处于幽闭的废墟状态。身影之轻不是虚无的，而是灵魂的舞蹈带动的光影，是灵魂挣脱肉体的闭塞所形成的对真理的眺望。显然，在北岛那里，纸、绳索和身影都是对称于现实压力的反抗方式，面对时代的险恶和被无端审判的命运，诗人毫无畏惧地发出挑战者的声音。这是一个孤绝的战士诗人形象，似乎从诗的文字缝隙中放大出来，如此清晰地凸显在我们面前。

诗的第四节至第六节是诗人的"回答"，是全诗情感最浓烈的高潮部分。这三节的基调显得慷慨激昂，却不是失去节制的情感宣泄，而是在激烈的抗议中有深沉的思考，呈现出诗人异常冷峻的面孔。每一节又各有侧重，大致说来，第四节是挑战，"纵使你脚下有一千名挑战者，／那就把我算作第一千零一名"，挑战者以前赴后继的勇气挑战罪恶的现实，诗中充溢着浩然正气；第五节是怀疑，四句"我不相信……"一气呵成且句式基本对称，像重锤一样击打在读者的心上，让人警醒；第六节是承担，"如果海洋注定要决堤，／就让所有的苦水都注入我心中"，诗人舍生忘死的情怀洋溢着英雄的激昂，这种献身的壮烈出自诗人信仰的真诚和热烈，呈现出时代情绪的某个侧面。这是诗人基于正义的选择，时至今日，读者仍然可以感受到诗中搏动的时代强音。

第七节恰到好处地把诗人的激昂情绪收束在对未来的希冀中，这是诗人对民族远景的瞭望，同样显得真诚而炽烈。另一方面，我们要注意到《回答》是一首包含着复杂情绪的诗，诗中情绪的激昂、高亢与壮烈是在低音区进行的，显得沉着、浑厚，似乎也有悠远的回声。诗人被挤压在时代的缝隙中,他的内心空间却有炸裂的奇观,如一道升腾的闪电出现在夜空中,闪电先是固定,然后又缓缓降落,然而当炸裂的声音传来,听起来却是无声的。北岛早期的诗中有激烈的呐喊,他的呐喊中有强劲的追求真理的献身的意志,但同时又是低郁的,像一个战士从战场转身流露在眉头上的郁结。诗人的激昂与激烈代表时代的最强音,但低抑在词语的碰撞中,因此,读北岛的诗,既要关注其诗的时代底色,又要在时代底色之外,看到更深一层的北岛气质上的忧郁。《回答》也是如此,这是一首具有强烈时代感的诗,另一方面却是诗人自己的面孔,诗中的闪回与重叠就是诗人面孔不同侧面的明暗变化。

我觉得北岛后来的《不》是一个与《回答》形成对照性的作品:

答案很快就能知道
日历,那撒谎的光芒
已折射在他脸上

临近遗忘临近
田野的旁白
临近祖国这个词
所拥有的绝望

麦粒饱满
哦成熟的哭泣
今夜最忠实的孤独
在为他引路

他对所有排队

而喋喋不休的日子

说不

(选自北岛诗集《在天涯（诗选1989—2008）》，生活·读书·新知三联书店2015年版)

从写作时间来看，《不》要晚于《回答》二十多年，是北岛旅居国外时期的作品。1989年4月，北岛离开中国，相继在德国、挪威、瑞典、丹麦、荷兰、法国、美国等国家居住。从2007年8月至今，北岛执教于香港中文大学，担任该校人文学科讲座教授。在北岛的诗集《在天涯（诗选1989—2008）》中，此诗是"辑四（1997—2000）"中的一首。北岛旅居国外近二十年，辗转多国，漂泊不定，处在一种疏离于母语的悬浮状态。他在《乡音》一诗中写道，"我对着镜子说中文"，"祖国是一种乡音/我在电话线的另一端/听见了我的恐惧"，创作语境的转化所带来的文化乡愁在北岛旅居国外时期的创作中是一个异常鲜明的印记，乡音不可逃避，而祖国远隔在诗人所携带的乡音之外。中文是诗人"唯一的行李"，他带着孤独的背影在旅途上叩问被放逐的命运，这使他的创作更多地呈现出内倾于自我心灵的特质，"更关注自己的内心历程"（《中文是我唯一的行李——北岛访谈》，《书城》2003年第2期）。

虽然隔着二十多年的时空，但《不》中似乎回响着《回答》的余音，两首诗的主题延续在某种相似的命运中，都有一种基于自我反思的清醒。不过，《回答》表现为一种慷慨激昂的基调，又夹杂着悲凉的心绪，《不》则表现为一种平和内敛的基调，又掩抑着愤慨的情绪。两首诗中都有一种徘徊歧路的忧郁，同时又抵抗濒临深渊的绝望，只是《回答》中到底还有一个乐观的远景，而《不》显得更孤单也更虚无一些，诗人呈现在两首诗中的自我形象都有一种坚韧的果决。在某种程度上,《不》可以看作是对《回答》的回答。

《不》是一首极其晦涩的诗,布满诗人内心的创痕。诗人清醒于自己漂泊的命运,在漂泊中确证自我存在的价值,但并非如诗人所言,"答案很快就能知道",所谓的答案不过是一个谎言,诗人只能在虚空中叩问虚无的答案。"临近遗忘临近",意味着前面是无尽的旅途,只能无限靠近而永远无法抵达。"田野的旁白"也不是答案,只能"临近祖国这个词/所拥有的绝望";"成熟的哭泣"也不是答案,它只是"今夜最忠实的孤独",为诗人引路;"所有排队"也不是答案,不过是"喋喋不休的日子"所重复的那种单调。诗人对所有这一切"说不",这就是诗人的回答。诗中的意象疏简却有内敛的力度,指向诗人不可测度的内心处境,很容易让读者联想到鲁迅笔下的过客,"状态困顿倔强,眼光阴沉,黑须,乱发,黑色短衣裤皆破碎,赤足着破鞋,肋下挂一个口袋,支着等身的竹杖"(《野草·过客》,1991年版第188页)。

这是一个思想者的上下求索,诗中包含着深沉的悲剧性内涵,因此,《不》可以看作是诗人的自画像,是一首漂泊之诗,也是一首叩问之诗。当诗人说"不",是对自我内心的叩问,而他的漂泊仍在前方无尽地延伸。与《回答》对照来看,《不》更像是一个命运寓言,回答的是命运的不可知性和对于命运不可知性的抵抗。

《回答》带有历史审判的性质,诗人的回答是"我不相信——"但他的回答实际上还是有些空洞,"我不相信天是蓝的;/我不相信雷的回声;/我不相信梦是假的;/我不相信死无报应。"诗中所带出的现实感似乎尚未达到历史反思的深度,现实与历史的对照多少还停留在政治激情的宣泄上,诗人主体性的扩张主要体现在呼应时代急剧变化的敏锐上,似乎还没有转化为个体生命意识的充分觉醒,缺少内在于个体生命中那份从容和宁静的沉思。从严格的艺术性上来推敲,《回答》尚未达到袒露在一首诗中的把历史、现实与自我命运融为一体的高度完整性,技巧并不显得十分圆熟,尤其是诗的结尾一节,声调显得过于高亢,在诗的整体结构中似有突兀之处,没有与诗的第一节形成遥相呼应的对称与均衡,尚不能把一首诗完全镇住在稳固的基座上。尽管《不》并不是北岛最有代表性的作品,却在平和内敛的语调中包含着对于人生价值完整性的渴求,但他又不得不面对人生残酷而真实的一面。人类总是茫然于自我命运的不可知性,而这正是人类的宿命。于是,我们说:"不!"实际上,诗中隐现的乡愁是诗人的一种生命形态,也是诗人对自我命运的观照,他的内心布满哀伤的水垢,那是乡愁留下的抹不掉的痕迹。对诗人来说,乡愁是一种残缺,也是一种丰富;乡愁是一面镜子,也是一面镜子后面的空白和破碎后留下的尖刺。可以说,《回答》中的回答所留下的巨大空白,正是《不》所要回答和补充的。

生命书写的浪漫邀约
——车延高诗歌论

刘 波

车延高在几篇创作谈中曾提到,他写诗大多集中在每天早晨五点十分至七点四十分之间,这样的写作时间一开始并非自由选择,而是因工作原因不得已而如此。但是后来,在这一固定时段里,文思泉涌是否也会习惯成自然?我曾考虑过这个问题。也就是说,写诗对于车延高来说,已成为了一种自觉,这种自觉从2005年开始,一直持续到现在。虽然他还在写作的途中,但那颗为诗之心早已献给了这语言构成的情义和灵魂之域。"我命中犯诗,无端地热爱它,不写手痒,心中一条情感的大河,要给它一个出口。"(车延高、刘蔚:《用心熬血去写诗——车延高访谈录》,《中国诗歌》2012年第三卷)我相信,车延高困惑于诗,也享受于诗,这种矛盾恰是他笔端诗意生成的契机。他折服于语言创造的过程,而情感的觉悟和救赎,同样是诗与思的诉求,是灵与神的呼告。

贴近生活,"再造"现实

不像很多诗人选择复杂和极端的主题入诗,车延高不故作高深,他以真心进入诗域,所以,他提出了写诗要"贴近生活,直逼现实"。这并非新鲜说法,好像很多人也曾提出过类似观念,但有多少人真正做到过?就像有些诗人号称"先锋",但他的写作到底有多先锋,是否言行合一,其实也很难说清楚。生活和现实,这两个词并不讨巧,要真立足于此,是可以写出大作品来的。车延高诗中的生活和现实,不是一句随便甩出的口号,他所写的就是自己的生活。耳闻目睹,所思所想,皆是他的日常;亲情友情,自我他者,都是他的现实。他很少溢出自己的生活,去作纯粹天马行空的想象,即便有,那也是在现实地基上完成的诗意转换。对现实作诗意转换,这是经验书写的价值所在,不像某些叙事作品那样照搬生活,保存了人生现实中诗性的存在,这是诗境有别于俗世的根本。"诗人必须跟着时间走进生活,了解生活并解读生活。生活是诗的泥土和肥料,是诗的家乡和故土,只有跟着时间走进生活,才能发现那些钻石和祖母绿,才能站在比生活更高的地方为生活化装和造型,才能使老百姓看了你的作品以后,带着微笑去哭,又含着眼泪去笑。"(车延高:《诗可以从时间挤出来》,《诗歌月刊(上半月刊)》2007年第7期)这样的感受,并非多么高远,它很朴素,但道出的正是我们常常忽略的部分。车延高身体力行的,就是将个人的生活投射到文字中,能够让繁忙工作之后的身心得以安放,这是情感释放的精神去处,也是创造获得快感的落实。

在车延高的诗中,我们读到更多的是他对生活的一种承担。他不遮蔽过去,也不掩饰当下,光亮生活的背后往往有一段艰辛的历程。情感的微妙,所对应的可能就是一种复杂,生活被刻意简化之后,露出的或许就是一片苍白。车延高并未刻意去拔高生活,也没有过于简化现实,他只是顺从生活本身的指引,来如实地观察、感悟和理解。"他是我早年的朋友,为廉租房/给我打了几次电话/我知道他的生活又沉重了/就帮他。因为我一直在心里看重他/这么多年他一直不如意,没气馁/总是一张笑脸抵挡艰难,他说/活法不一样/能把一根鸡肋嚼出味道也是生活/他的话让我想到了空/空是本原/拥有的太多,现在累,最终空/走的时候心有千千结,不安宁/而清贫的人现在空,习惯了/走的时候,心无羁绊,像去度假/挥挥袖子,来去如风。"(《一张笑脸抵挡艰难》)这里并没有多少怜悯之语,更多的是一种朋友间的宽谅,心灵对话的侧面有着无言的默契和认同。这认同就是对终极观念的接受,甚至不需要劝诫,也无悲愤的叹息,有些事可为,有些事不可为,强求并不是解决之道,争取或放弃是随着生活的变化而自然做出的选择。朋友的人生经历,是诗人在精神上作自我设计的参照,他所言不是高深的哲理,就是生活和现实本身。这样的诗看似平淡无奇,但正是这对人世的感怀,才是切实的自我提醒。

  我们要警惕什么样的虚幻现实进入诗的内部?虚无感和无聊性,有时可能是生活和现实的反面。诗人的体验,就是以个体感悟的方式进入,掺杂想象和超越感,一种新的现实得以重塑。当有些人热衷于写隐私和欲望,虽然切己,但无法从更深层次上让人产生共鸣;当那些带着自我审判色彩的生活统摄诗人的写作时,这种切己才会及人。"让去墨尔本的朋友代我看看女儿/女儿躲着不见,也不接电话/征得我同意/朋友在校门口猫了一天/放学后,尾随她到了居处/朋友回来后这样向我叙述/开门,进了她住的房间/大约六平方米左右的面积/有一张旧书桌,一盏台灯/靠墙处有一个地铺,收拾得干干净净/朋友说他当时眼圈就热了/我妻子听到这里转过身去/我心里也一阵一阵的酸/因为女儿不止一次在电话里说/她和一个外国女人合住在一起/条件很好,很宽敞/可现在听到的信息却截然相反/我思前想后,得出了结论/这几年里/我和妻子在熬/女儿也在熬"(《想我的女儿》),这异域留学生活艰辛的酸楚,以平铺直叙的方式述说,有着父亲对懂事的女儿一种特殊情感在里面。这样的诗,无需形式上的抒情,现实已经如实地映在了诗人所投射的情感中,这就是我们日常的生活。但凡理解亲情者,都能领会这其中的真意,诗人在肯定某种价值,从爱的角度,建构和守护更内在的价值。包括那首《提心吊胆地爱你》,也透出了父母对女儿的良苦用心,还有《乡里来的》《所有的车停下来》《宽慰》《我咬着牙齿发誓》等诗,都是源自诗人对生活的感悟。他通过揭示某些苦难的主题,触及了日常现实的内部。在车延高笔下,真实是诗的核心,他敢于去书写各种真实,这是心明眼亮的性情之人所为。何以如此?因为"存放在时间里的记忆和活在记忆里的生活都给了我底气"(车延高:《诗可以从时间挤出来》,《诗歌月刊(上半月刊)》2007年第7期)。不刻意去规避真实的人,才可能将爱与善寄托在一种肯定上,那在于他有信任、敬畏和向往。"故乡,是一头老牛/蹲在母亲老眼昏花的目光里/走不出的距离,我一生想念"(《等我知道回头时》),这是现实勾起了诗人对往事的反刍,虽然悲苦,但我们不可忽视隐藏其间的善。诗人总是在诗里留下他的乐观,一颗平常心足以让那些不快化解,成为内心确证的力量。他书写生活的正面,而那些负面呢?他作了自我消化,然后转变成正面的力量。尤其是那些值得珍视的记忆,在诗人笔下就是对生活的备忘,他以诗的形式,用虔诚之语将它们定格。从这方面来看,相比于那些号称"先锋"的"无心"写作,车延高的诗歌更接地气。这些年的诗写历练,让他更懂得诗需沉下来,而不是飘上去,因为那样会显得太轻浮。如何沉下来?书写最真实的生活,让未知的现实也可获得灵魂,让静态的记忆完成精彩的自我重构。

以抒情对抗功利和喧嚣

　　以生活为蓝本，以现实为根基，可写出小生动，也可写出大气象，这是轻与重的融合，缓与急的对比。在那些书写日常经验的诗里，车延高注重微妙情感的渗透，不动声色的背后暗藏一颗真心，这样能通往重的维度。但是，诗人也有他浪漫豪放的一面，此由性情决定。或许这时代太过物质化了，当所有的物事都可用名利来衡量时，我们又以什么来判断人心，以何种方式来敞开我们的精神？对于车延高来说，他是自觉地以诗情来抵抗社会的浮躁与时代的喧嚣。在一个诗的国度，浪漫主义遭遇了困境，尤其是新世纪以来，诗坛似乎形成了一种约定俗成的美学，那就是反抒情，反浪漫，只有叙事或冷抒情，才是先锋诗歌的既定规则，传统的浪漫主义成为了诗的反面。很多年轻诗人在写作上是反浪漫主义的，但抒情的浪漫在文学中并不是一种耻辱。很多人写诗到最后，浪漫大概就是境界和高度，它与生活并不发生必然的冲突。车延高诗歌中的浪漫主义倾向，在我看来，与其性情有关，也和他的诗歌立场相联。"我总梦想诗歌有灵动的翅膀，寄托对唯美的追求。作家要为难自己，用左边的翅膀承载现实，用右边的翅膀抒写浪漫，大胆创造陌生美，敢让李白和杜甫在一首诗里握手，听不会开口的石头说话，让一朵花开出 99 种颜色！"（车延高：《种一树光宗耀祖的花香》，《绿风》2013 年第 6 期）在这个意义上，我不怀疑诗人有着对现实和浪漫的相对性认识，如此平衡，方可让所有的经验获得美的再创造和更具水准的诗意。车延高这方面的诗作很多，这从一定程度上印证了他在现实和浪漫之间的综合美学选择。

　　也即是说，虽然他的写作绝大多数时候立足于生活经验，但他没有将日常写得乏味，而是赋予其生动，让诗歌不同于别的文字，而有创造的审视和飞翔的快感。他有一首诗名为《把东边的黎明惊醒》，既写出了作诗状态，也表明了美学立场："梦笔生花/是我的九十九个梦/把天生的才华种植在云朵里/骑一匹灵感的天马独来独往/诗一样的雨滴是激动的泪/不用擦，淋湿的叶片在体会幸福//不管那些发疯的草/它们都是春天里的动词/围着树的部落欢呼/我只在最高的山顶拴好马蹄//让诗句在时间的笔尖儿上/我给蓝天投稿/鸟翅的第一次滑翔是我的处女作/我有时坐在一片雪花上构思/有时睡在一片亮光里苦思冥想//一个太阳的能量是我一天的消费/一个月亮的情感支付我一夜的荒唐/我的笔常常把纸背写透/咳嗽时/可以把东边的黎明惊醒。"主题很现实，但诗人没有去平淡地处理它，而是用想象对抗了模式化，从而接通了古典主义的浪漫，有着传统的灿烂格调，又不乏现代的自由心性。

车延高的诗，在语言创造基础之上所作的延伸和探索，其实是要为自己找到一块诗意栖居之地，但那不是语言的乌托邦，而是能让心灵之路得以延展的梦想空间，有着现世的底色，有时还会上升到哲理的高度。如其所言："写诗必须进入语言和存在相互观照的状态，因为只有这样，诗人才可在想象中追求一种浪漫和张力，又在挖掘现实中寻找一种深刻和细腻，使诗在虚和实之间行走，尽量做到表达情感时抓住现实中最细致最入微最能打动人的东西去展开，而在表现手法上该返璞归真就让它发芽于泥土；该用语新颖就让它跟随翅膀，流易飞扬。"（车延高：《我在武汉写诗》，《延安文学》2009年第1期）诗人在飞扬的表达中圆他语言的梦想，而我们同样能在阅读中感同身受地体验他诗与思的浪漫。"一棵树，种在云彩上/拴一匹骏马，让路休息/心解开纽扣，坐在返老还童的地方/陪时间品茶/一把一把/替远方的日子洗牌/等她眉清目秀从双井站来/一团紫云坐下/窗外，好明亮的半月/榕树、紫薇、丁香/她额前一排刘海,天的屋檐/比我高/我已老于江湖,披头散发/吟风摆柳的手替镜子梳头/看她左眼/古渡口,一叶横舟被昨天搁浅/看她右眼/老墙外,千顷芦花替自己白头"(《江湖》),这是浪漫之诗,一种豪气尽显江湖本色,我们在诗之外早已感受到;而在诗之内,则是语言的纵横开阖所营造的另一种"江湖"氛围。字里行间的英雄气,不仅需要语言创造来体现,而且那精神境界也在自我审视中获得了思想提升。提升应是车延高以浪漫主义诗情抵抗浮华时代之喧嚣的目的。让写作既不落窠臼,也不靠夸张搞怪来哗众取宠,有感而发,本分而为,这似乎应是很多人对车延高的定位。其实,他在诗中有时是狂热的,创造的无所顾忌是独立求新的前提,"诗人要不断地刷新自己,就要敢于摧毁自己,为艺术的再生,诗人在创作中要敢于'自杀'。"(车延高、刘蔚:《用心熬血去写诗——车延高访谈录》,《中国诗歌》2012 年第三卷)诗人如是说。"昨夜,把自己喝成红颜/一杯酒是误入江湖的知己/杯盘狼藉的诗歌和散文醉着/躺下的筷子铺出一条天路"(《把自己喝成红颜》),只有敢想,才可将那新奇诉诸笔端,诗人要勇于刷新自己。他说:"诗可以长在很静的山间,顺着一缕清泉流淌出来;诗可以是一滴晨露,一个早晨只洗净一片树叶;诗可以让睡了的汉字在稿纸上舞蹈,让诗人在看不见的舞台上表达自己丰富的内心世界;诗可以使诗人的灵感和才气浩浩汤汤,横无际涯。"(车延高:《诗可以从时间挤出来》,《诗歌月刊(上半月刊)》2007 年第 7 期)这才更符合他诗写的浪漫之风,既有肌理,也有血肉,在张扬一种理想主义精神时,也肯定浪漫给人生带来的暖意和力量。

诗人研究

古典与现代的融合性选择

　　立足于现实的浪漫，是要有好玩之心的，诗人先将自己整体置放进去，再自由洒脱地走出来，这方可得大随意、大自在。车延高本是幽默之人，记忆力惊人，出口成章，生活上平和亲切，而这给他写诗所带来的，则是另一种大方的气质。"诗一定是有血有骨头有肉的，诗有自己的牵系和连接生命本体的脐带。"（车延高：《诗可以从时间挤出来》，《诗歌月刊（上半月刊）》2007年第7期）此一言说和他的人共同构成了某种颇富意味的张力。其诗好读，丰满，大致与此相关；尤其是那涉笔成趣的想象性书写，打破了很多既定规则，既不是刻板的思想教化，也非僵硬的政治图解，他以古典的浪漫和现代的精神，共同指向了诗歌书写的活力。对于古典和传统文学的热爱，是车延高在现实书写之外的另一层背景。他读古书，学习并借鉴之；然而，他不是泥古不化，而是改造并创新了古典，以现代意识对接了传统的优雅。这几年，车延高对李白其人其诗尤为专注，不仅为诗仙写了评鉴性著作《醉眼看李白》，而且还借鉴了其浪漫主义手法，真正做到了"为我所用"。只要看看他那些组诗的题目——《审视古典的微笑》《诗活在返老还童的地方》《种一树光宗耀祖的花香》——我们即可洞悉其中古典入诗的缘由。诗人并非在解密，他是在以自己的兴致激活隐藏于传统艺术中的伦理，由此，内敛隐忍的现代性可以获得舒展。从其近作来看，车延高的写作角度，越来越趋于以现代嫁接古典的意境，温婉和硬朗并存，拒绝缠绕与隐晦，以绵密和明晰的表达接续传统的文脉。

　　其实，在车延高的诗中，古典和浪漫书写是相辅相成的。很多浪漫主义者皆以古典立心，他似乎也不例外。古典的大气磅礴是很多文人追求的风范，这也是中国人的德性和修养所在。而以现代诗的形式来写古典情境，创新得当，也会开出一片新的带有历史感的审美之域。"我很想看诗歌在古代和现代之间行走，将古典艺术的珍珠系于现代新诗的项链。"（车延高：《种一树光宗耀祖的花香》，《绿风》2013年第6期）在他这里，现代诗是一根主线，而古典因素只是串在这根主线上的珍珠，诗的精神是现代的，而诗的内容可以从传统中获取。这是诗人的愿景，也是他尝试的方向。他有一诗名为《一寸狂心未说》，我们从中可见出其笔墨兴致如何通向古典的深处。"刘海遮额时，我不认识你/住在那里的一棵树叫银杏/每到橘灯挑亮，我都在风里眺望/你家镜子里，有一张红扑扑的脸/梳头，手臂的姿势优美/东起西落的月亮就去窗边/看你的眼睛漂漂亮亮/我胆子小，躲进丁香花丛/你走路，走出林黛玉的腰/这时小园香径徘徊，月华如练/天未老，情初发/含情脉脉的手摘一片扇状的叶子/贴于鬓边，是一枚金色发簪/脸就侧过来，一往情深，不知看什么/窗外的我，正为相思所累/一寸狂心未说/心有千千结。"从遣词造句到意象主题，都可看出诗人对古典的敏感，他以豪言写出了某种风骨和情怀，词语的盛宴生成古典的场景，诗的魅力和信任感被唤醒。稍通古典者，即可理解他是在化用传统，寻找新的路径：让自己立于还原历史的现场，追索快意而纯粹的诗性之境。在《红颜》《儒雅》《双凤亭》《英雄》《聊斋就有了炊烟》等诗中，车延高直接触及了历史的现场，有对自我的戏拟，有对他者的缅怀，诗人以凭吊或追忆，激活了深藏于传统的潜流。他写自己对李白的敬重："如果诗句里的李白肯向我举杯/今夜，让漂亮陪着，我一定把自己喝醉"（《爱，可以非物质化》）；他写一种古典爱情："冷落烟波以外的长亭短亭/好高骛远的手折柳/送你于灞桥，等你在七夕"（《那一世如果相遇》）；他写另一种古典爱情："提着没有绯闻的灵魂，在梦外游荡/你家院墙高，相府门第,青灯彻夜/可我就爱你身后的一段书香/心野,就有了翅膀,擅长在梦里做梦"(《爱你身后的一段书香》)。这些都是诗人和古典的对话,表达畅快,却又绵延出无尽的智慧,其中历史感的获得,在于他将"死的传统"写活了。比如,他写诗圣的《憔悴》:"杜甫都瘦成这样了/那群宫女能不肥美/我不问歌舞升平之后,她们/去不去华清池净身/我只担心秋天漠漠向昏黑/风不怒号/就把一个倚杖叹息的老人吹倒/为诗消得人憔悴/又满腹绝句而去/唐朝悲哀,诗圣已不会悲哀/那一世没有灯/放弃了喘息的人扶都扶不起/不捻须/哪来的力气吟诗。"这是诗人与杜甫的心灵对话,不管是同情,还是叹息,都渗透着现代与古代的博弈。

至此,我似乎才真正理解了诗人的这段话:"我写诗追求真情迸发,所以喜欢一气呵成,有时可能粗糙,但粗糙本身就是一种真实,就像我喜欢天工化物的奇石,一旦人工雕凿了,我碰都不想碰它,那种光滑扎心扎眼。"(车延高、刘蔚:《用心熬血去写诗——车延高访谈录》,《中国诗歌》2012年第三卷)他化用古典,对接传统,其实都是出于平和持中的真情,只不过他借用了豪放之气,并形成了自觉的文体意识,其书写是入心的,温润的。就像他的一部诗集名为《向往温暖》,与之前的《日子就是江山》以及近年的新诗集《灵感狭路相逢》,共同见证了诗人在现代生活与古典风度之间的探索。

如何有感而发,怎样以情动人

我一直认为,诗歌的本质就是有感而发。当我们看多了那些装腔作势、无病呻吟之作后,难免会为其中的虚假而脸红。只有投入了真情实感,诗才可获得生机和力量。车延高从生活现实出发的诗，在修辞上追求古典的优雅，在精神上有着更人性的流露，而对于情感，他在大爱和小爱之间转换，最后超越俗世，通向高远。在我看来，或许正是爱让诗人在人生的中年将感触通过诗的形式释放，这样，他的心灵世界才会完整，才会获得一种终极关怀。对于这世道人心的坚守，还是源于诗人对爱的向往，即便这爱是想象的，抑或是虚拟的，但经过诗人的心灵开启，也可通达人性与诗性的境界。在对生活的感悟中，车延高一方面是记录日常现实，另一方面，也是在挖掘人生的可能性。人生可能有的遭遇，有时也会在诗中成为超验的精彩，内里有其命定的丰富性。诗人能做的，就是竭力召唤，而我们作为读者能做的，就是寻求契合的度。在有感而发的现实里，这个"感"，即为感悟，其实也带有灵感的意思。对灵感的理解也因人而异，这是从写作实践中体悟出来的。对于灵感，车延高有他自己独特的理解："灵感是挤进空余时间的缝隙里，靠生活的积累和文化知识的积淀，使一个人的修为达到一定境界后，才华对你的一份特殊眷顾。"因此，灵感在诗人看来并非凭空而现，它是需要做日常功课的，"因此我在对工作很投入的同时，对生活的观察也很投入。我的很多灵感都是通过细心的观察，用眼睛从别人看不见的细微之处捡起来的。"（车延高：《诗可以从时间挤出来》，《诗歌月刊（上半月刊）》2007年第7期）这与那些完全认为自己靠才气写诗的人是不同的，一种入心的勤奋，可能比才华更长久，更有效。车延高在这样的意义上对自己的写作负责，他的诗歌不是苦吟美学，也非出其不意的瞬间捕捉，他要在做足了准备工作之后寻找那合适的方式来呈现。

有感必有情，在诗人的书写里，它们紧密相联。有感而发，以情动人，这也是我从车延高诗歌里所领悟到的一种思路。那些本真的表白，其实都是有感而发的结果，从各种现实和领悟中收集起精神碎片，让它们发酵，在岁月和时光的淘洗中汇入时代的内部。这些心绪，可能是悲情的，可能是率真的，还可能是向外界的坦白，但它们都在打动人心的前提下有了穿越的力量。古典爱情似乎是车延高书写较多的一个主题，它们源自想象力的释放，"你的出现让我看到了岸/现在，沧海成为事实/是不会站立的悬崖//我知道爱是唯一的舟/海太大，岸太远//我的前生苦度/今生苦度/来生还要苦度//我不问三生有多长/我只问/当三世的白发全朽了/飘为雪，遗为霜，空灵为纸幡/你还等不等我"（《我只问》），这爱情在宗教体系里所获得的追问，被诗人写出了深深的命运感。诗中暗含着激情，但他并未将其和盘托出，而是在一种节制的抒情中，娓娓道出爱的真义。宗教意识的渗透，能为诗带来世情所涵盖不了的视野，从而更耐人寻味。"无法超度，爱和恨同体/微笑之后，精神还是分裂的/有时/真怕看你迷人的眼/那是世外桃源/你抬眼看我，又低头/羞涩就是教诲/朴素得让我不好意思/有时/我真想逃回童年/和单纯过一辈子。"（《教诲》）在宗教的意义上理解人世和爱情，其让人回味之处更显绵长，尤其是那回望的姿态，是生命力所透出的质感再现。就像诗人夫子自道的一种感慨："是不是诗人不重要/重要的是你能从一片落叶读懂秋天/而我种下那么多柿树/秋风一来/叶子失魂落魄/最后/把自己丢了"（《无奈》），这无奈的叹息中，有更深的诗意绽放，诗人将其写得更充沛，也更人性化。

在对人生的感悟中，车延高擅长写人物，写亲情，这是其优势所在。一首《母亲和村庄》，他似乎写尽了对母亲的怀念："三十七年，它可能早把我忘了/就像这石板路忘了走过的脚印/可我脚穿着母亲为我做的鞋，细密的针脚/纳在心里/在哪里我都走不出母亲的目光/母亲属于她的村庄。有月亮的夜晚/让灯把影子描在墙上，描着描着背就弯了/到我和玉米一般高，要进城读书/她才站在村口送我，像棵老榆树/头发全白了，两行泪/一句话没有/炊烟在身后，替她摆手/那时我觉得泪让我模糊，母亲和村庄/就是一个人。都不说话。"在这以无声胜有声的表达里，我们所获得的共鸣就是一种警醒：时刻不忘父母之恩。对于抒写女性，车延高也有他的认知："一个有良知的诗人，更该用笔写出她们的勤劳、温柔和善良。这是为自己的母亲，为孩子的母亲树碑立传。"（车延高、刘蔚：《用心熬血去写诗——车延高访谈录》，《中国诗歌》2012年第三卷）《我咬着牙齿发誓》同样与母亲有关，那是记忆所带来的情感之痛，虽然已成过往，但遗憾和悔恨仍然绵延不绝。对生活的有感而发，终至要以情动人，这是车延高朴素的写作之道。他注重学习，"我要借优秀诗人的灵性弥补自己的笨拙"（车延高：《让一朵花开出九十九种颜色》，《文艺报》2010年10月25日第9版），在这种虔诚里，他始终葆有一颗诗心，首先能打动自己，方可打动别人。诗人就是在这入心的写作里，真正挺立起了诗的内在力量。"诗歌已经是我生命的一部分，我会惊醒每天的黎明，在自己心里为它腾一间最安静的房子，让灵感成为一盏灯，把一生的精力铺为稿纸，挤进时间的缝隙，用情感去写……"（车延高：《在时间的缝隙里写诗》，《星星（上半月刊）》2009年第2期）这是肺腑真言，也是诗人持续性写作的保证。在那些动态的变化中，会有一种诗性的常道永久存于心间，它引领着诗人去面对世界，固守尊严。

迷于时间的诗人
——关于梁平诗集《深呼吸》

程继龙

当代诗坛，梁平可算是资深诗人了，稍早面世的《巴与蜀：两个二重奏》，稍晚的《三十年河东》，都给人留下深刻的印象，如果有心会不难发现，"时间"是梁平诗歌抒写的一个兴趣点、着力点。前一诗集以恢弘的历史意识挖掘重建了巴蜀的文化地图，后一诗集以见证者的立场记录下改革开放以来中国社会从日常生活到精神深处的种种深刻变革，前者是通史的，后者是断代史的。之后出版的《深呼吸》写历史、写现实、写精神深处的梦魇与守望，同样贯彻了深厚的时间意识。"时间"成为梁平诗歌抒写的一大秘密，作为诗歌主题、方法、风格而存在，以多种面相和功能综合作用于梁平的诗歌抒写。"庄生晓梦迷蝴蝶"，"不知周之梦为蝴蝶欤？蝴蝶之梦为周欤？"因了诗，梁平迷于时间，倒过来，亦复如是。

在历史长河中：有深度的时间

时间与历史扯不开关系，二者互为表里，离开历史，时间会成为无限窄薄的空壳。作为五十年代出生、主体范型塑成于八十年代的一代诗人,梁平特别具有历史感,有论者称梁平特别善于通过"将历史景观、历史事件和历史人物密集地呈现在诗歌文本中"来实现"历史复活"(史习斌:《巴蜀大地的历史复活与今昔对话》,梁平新浪博客,http://blog.sina.com.cn/s/blog_5e9be9700102vbyy.html),通过寻访散落在巴蜀大地的文明碎片,陈列出巴蜀的历史风貌,重构出曾经有过的历史图景(赵金钟:《历史图景的寻找、陈列与重构》,梁平新浪博客,http://blog.sina.com.cn/s/blog_5e9be9700102vbyy.html),这些都是中的之论。历史是时间的科学,马克·布洛克说历史学是"关于时间中的人的科学"(转引自俞金尧:《历史学:时间的科学》,《江海学刊》2013年第1期),在历史与时间的二向纠缠中,混入了"人"的因素。应该说,不论是直线递进的时间还是环形轮回的时间,对于人均非外在的,人是实践中敏感多思的主体,内化了的时间和合了历史进程以及各种细节,参与了人群以及具体个人的自我建构,这正是问题变得繁难而关键的奥秘。进而言之,人的自我建构,离不了美学观念的规训与导引,正如唯美主义者所信仰的,人们按照美的理想建构自我、世界。这样,奉诗为艺术的诗人,经由个体的生命体验与文化的捡拾重构,迈入了时间,也迈入了诗的畛域。

从不缺场的过往经验:诗是经验的回返与营构,里尔克与艾略特皆如是说,这也是现代诗学的基本结论之一。现代经验是纷杂的,而时间维度上的过往经验无疑是经验世界版图的重要组成部分,过往经验在人和诗人的意识中都存在,只不过有的展示得多,有的展示得少罢了。读《深呼吸》,不难感受到,梁平是一个处在"历史阴影"中的人,过往经验是他人生经验的重要构成部分,他倚重"过去",展示出很多过往经验类型。"从殷商一大堆甲骨文里,/找到了'蜀'。/东汉许慎说它是蚕"(《说文解字：蜀》），这里近乎抽象地执着追寻他心目中的"巴蜀精魂"；"四人合围，银杏数千年的婉约，/因半阕宫词的残留，/而凄凄惨惨，悲悲切切"（《龙居古银杏》），借助古树的文物价值追缅古国的悲惋情怀；"那人在暮年离去，走失在风雨中，/一粒微尘落在云雾笼罩的盆地，/非佛非儒非道，非官非民，/回到太极"（《吊卫元嵩墓》），想象性地复活了一个崇佛从道却非佛非道的历史人物的生存经验；"红原的红埋在记忆里，/有一支红色队伍从这里经过。/那是一次死亡行军，/那是一次红色暴动。"（《红原》）人不可能两次踏入同一条河流，同样人也不可能踏入只流一次的河流，过往就睡在当下的身旁，作为过往的遗物的人，也永远有一只脚不能完全迈进当下。梁平记录、呈示了如此之多的过往经验，魏紫姚黄，斑斓陆离，一方面使他自己游心于过往之域，一方面导游般地引领读者移步换景，领略大千世界的多变与恒常。过去只是过去了的现在，现在是过去的儿子兼情人。"时间明显地是一种有组织的结构。过去、现在、将来这所谓的时间的三要素不应当被看作是必须凑合在一起的'材料'的集合"，哲人萨特坚信理解时间、研究时间"唯一可能的方法，就是把时间性当一个整体去加以剖析"，必须达到"对时间性整体的直觉"（萨特：《存在与虚无》，陈宣良等译，三联书店，1987 年版，第 154 页），离弃三维中的其他两维的时间经验严格说来都是片面的，这与人的直觉、体验密切相关。假若梁平一味地沉溺于过往经验，而无视现在及将来，那么他的写作必然是片面的，幸好他避免了这一点。今昔对比，同时在两种经验类型里作业，正是梁平值得重视的体验方式。今昔对比提供体物缘情的视角、方式，这种对照也是价值因素的生产力。物是人非的感触将物事置于一个有意义的场域中，克服了物事在人面前的零散状态。

> 曾经隐秘的光鲜，
> 被地铁和地铁上八车道的霓虹，
> 挤进一条昏暗的小巷。
> 都市流行的喧嚣在这里拐了个弯，
> 面目全非的三间老屋里，
> 我在。在这里看书、写诗，
> 安静得可以独自澎湃。
> ——《燕鲁公所》

在诗中"燕鲁公所"是作为一个"历史景观"被抒写的，它是标准的古典式的，让人想起诗人白桦《在清朝》令人神往的意境，"门庭谦虚谨慎"，官员和商贾在这里"深居简出"，然而诗人提醒我们，"燕鲁公所除了留下名字，/什么都没有了，青灰色的砖和雕窗，/片甲不留。"、"过往经验"终归是过去时的了，一种历史虚无带来的怅惘感很容易占据我们的心，而诗末"现在经验"的引入，借助今昔对比，既使过去获得了意义，也使现在获得了意义，二者在一个场中相互倚重，交相辉映。"我在"，在这里看书、写诗，享受孤独，古典的沉静赋予了喧嚣的现代安然自处的能力，切身存在的现代也克服了古代的虚无。如果说《燕鲁公所》一类诗是从古代走向现代，那么《读书梁》一类诗则是从现代回溯古代，"北郊一个普通的山梁，/名字很好，梁上飘飞的书香，/在百年前那间茅屋里的油灯下，/弥漫多年以后，/从那根羊肠子的路上，/走出一个秀才。"（《读书梁》）虽然诗性体验的时序不同，但是今昔对比的方式是相通的，正是借助今昔对比这种体验方式，梁平获得了进入历史、进入时间的有效性。体验是经验的生产机制，像萨特说的那样结构性地看待时间、体验时间，克服了事物在时间中的零散状态，抵抗了时间向虚无滑落的趋势，赋予了历史的内涵，正如梁平自己所意识到的,他是在以"地方志"的形式建构整个巴蜀大地的文明地图,这是他宏伟的抱负。地图上的一个个景点,是空间的存在,更是时间的存在,时间将这些散碎的点联结成了整体,正如繁星构成星座,使它们成为"文化"的载体,也是在这个意义上,时间获得了深度。

在现实场域中:批判性的时间

时间在过去、现在和将来这三维上所具备的结构性特征,决定了在时间中进行的体验,以及在时间中出产的经验类型的互融不可分性。在一个大的尺度里,现在甚至包括将来,都仍然是处于历史中的,那么我们应该思考是什么赋予了"现在"以独特品质,使"现在"确立了起来。奥古斯丁说:"你的日子,没有每天,只有今天,因为你的今天既不递嬗于明天,也不继承着昨天。你的今天即是永恒。"(奥古斯丁:《忏悔录》,周士良译,商务印书馆,1982年版,第241页)奥古斯丁是在对上帝的思考中得出这一结论的,侧重感性、体验的诗歌也可以达到这一点。人不管多么钦慕尧舜或昂首未来,都首先是一个现实的人,在现实中存在,现实就是一个统摄各种资源的场域。查各种辞书,"现实"一词都包含"当下"和"实存"两种义项,这也和我们今天一般对"现实"的理解是一致的。"现实"隐含在"时间"中,它是我们对当下这一段时间的体认,同时还隐含着我们对世界的感知与价值判断,真而不妄是我们判断事物的一个标准。所以,如果一个诗人对"现实"有强烈的体认,势必走向对当下实存之境况的体认与批判。

与梁平对"历史"的倾心相对应,梁平同样对现实倾心,二者具有一种对等性。在诗歌领域里,梁平首先在观念上有一种

"现实"意识,他认为诗歌应该成为"现代社会的真实版本",创作时"把诗歌的形式和技巧置于我的写作目的之后,我更看重诗歌与社会的链接,与生命的链接,与心灵的链接"(梁平:《诗歌是现代社会的真实版本》,《阅读的姿势》,四川文艺出版社,2014年版,第212页),"诗歌是生存的事实,是人与事物在时间上的证词"(梁平:《隐之诗:倾听花园里的其他回响》,《阅读的姿势》,四川文艺出版社,2014年版,第125页)。现实就是在这一刻、这一天、这一时代正在发生,正在进行着的事情,真实在"这一刻"的存在其实是无边的,是"无边的现实"。梁平感觉到,当代诗歌在艰难走出政治的捆绑之后,又单向度地溺入了自我的内心,见己不见人,见树木不见森林,在经验上难与他者通约,难以走向复杂与辽阔。他以自己的方式,竭力倡导诗歌的"现实性",积极寻求介入现实的途径。不管是"城市写作"、"乡土写作"还是"打工写作",都应该找到经验表达的出口,重视自己的内心,又与时代的苦乐同在。在一定意义上,这决定了诗歌创作的有效性与否。即使是在历史书写中,梁平也不时表现出尖锐的现实意识:

> 一个喷嚏就到了现代,
> 遗风比遗精更加前仆后继。
> 岸上的书声翻墙出来,
> 灯红酒绿里穿行,
> 跌成不朽的闲言碎语。
> 八卦逍遥,一段时期的视屏,
> 贴在桥头的人行道上,
> 一袭裙裾撩起的强烈暴动,
> 九只眼都闭上了。
>
> ——《九眼桥》

诗中充满了刺激性的"悖谬搭配","遗风"和"遗精"、"不朽的闲言碎语"、"裙裾撩起的强烈暴动",古迹"九眼桥"注视着历史的风华,也注视着现代的喧嚣,喧嚣深处是无尽的欲望。这里所展示的诗性刺目而震撼,堪称成功的修辞,阻断了对历史经验的一味沉迷,实现了美学上的古今对话,而修辞的成功得力于主体"现实精神"的活跃,对当下这一刻的真实审视与思考随物赋形地化成了语言进而成为了诗。这样的"现实介入"很有质感和说服力。再如《读书梁》:"秀才不知了去向,/……对面半岛上的城市一天天发胖,有很多脂肪飘将过来。/最先堆积起坡月山庄,/后来有了爱丁堡……"一个极具文化价值的古迹,在现代社会里被商业打着为古典的名义过度开发,沦为富豪的享乐之地,侵略性地耗尽了其精神意义。

《深呼吸》中有一组作品,《邻居娟娟》《刑警姜红》《好人张成明》《痴人唐中正》是直接介入现实的作品。诗人脱弃了历史的重负,当下观物,直接记述"现实人物"的命运轨迹。"邻居娟娟"是一个夜店坐台女,她的笑"比哭还难看",娟娟的生活是这样的:

摇晃的灯光,摇晃的酒瓶,
摇晃的人影摇晃的夜,
摇晃的酒店,
摇晃的床。

娟娟后来终于沦落到"被人带走","再也没有人见她回来",一个当代社会的风尘女就这样逝去,然而光鲜与欢娱的背后,"娟娟的哭穿透坚硬的墙,/让人心生惊悸,/秋天的雨,在屋檐上,/一挂就是好多天。"作为一个常人,娟娟有着超乎常人的悲哀,这正是悲剧的症结所在,生为一个常人,却被迫过非正常的生活。而且更重要的是，娟娟是一个早年辍学者，是"生在巷子里的人"，陀思妥耶夫斯基《罪与罚》的主人公说："贫穷是有罪的"，今天我们仍然经常面临着拉斯科尔尼科夫式的选择，这句话可以反过来理解，娟娟的命运令人扼腕，同时造成悲剧的原因也引人深思。同时，"刑警姜红"、"好人张成明"、"痴人唐中正"们的遭际也引人深思。姜红原来是一个飒爽英姿、一身正气，令坏人闻风丧胆的刑警，后来被"紧急召回"下了枪，"姜红的红，与黑只有一步"，多年以后"我"去探监，"我们相拥而抱，无语"，又是现实中另一个"罪与罚"的版本。发小"张成明"在时代的变迁沉浮中，一直是个好人，最后离奇地死于肚中一把手术刀，令人哭笑不得。唐中正死活要加入作协而不得，最后真的变痴。反讽、冷态叙事、戏剧化、现场感，梁平综合运用了这些现代诗歌的技法，努力写出自己对现实的体验。罗振亚认为梁平这一类"人物志"式的诗，"目光聚焦于几个小人物"，"进而折射出人生的含混、无奈和世相的卑微、凌乱，人间烟火气十足"（罗振亚：《梁平：寻求新的可能性的写作》，《文艺报》2012年11月21日，第5版）。激活现实意识，将主体的情思体验积极地投入到当下这一刻乃至整个时代中去，从而克服了奥古斯丁式"现在"的离散性。"诗歌是一种永远的痛。诗歌的本质不是风花雪月，真正优秀的诗歌是在摒弃风花雪月之后的发现与批判。"（梁平：《诗歌是永远的痛》，《阅读的姿势》，四川文艺出版社，2014年版，第218页）归根结底，梁平的批判是一种伦理精神，一种对诗歌使命的当下担当，其伦理性使"现实"的时间性充满了批判性，这为其注入了质感与重量。

在瞬间体验中：消失了的时间

时间的三维性，意味着我们还应当注意到梁平诗歌的"将来性"，然而梁平在这一方面并没有太多的表现，倒是以"瞬间"弥补了时间结构中的一维。瞬间即永恒，中国古典美学不乏这类瞬间体验的例子，"子在川上曰：'逝者如斯夫！不舍昼夜。'"这句铭言一般被解释为孔子对时间的永恒流逝性的体悟，然而同样可以理解为对瞬间的无限性的体悟，流逝中的每一个当下，无限微小的这一刻，时时维新，永不枯竭。永恒流逝在它本身即反向滋生出瞬间永恒，这正是时间的吊诡。古希腊"飞矢不动"证明了时间线条上每一个点的抗流逝性。奥古斯丁对今天、此刻的偏执，也可以导出瞬间无穷的性质。李白"相看两不厌，唯有敬亭山"，是通过道家的"心斋"、"坐忘"遁入瞬间，遗忘了时间的流逝，沉于山水的美妙与丰盈。禅家致力于一念细含大千之境界的达成，也遵循同样的理路。进入现代以后，"瞬间"的美学价值被发挥到极致，现代诗歌的鼻祖波德莱尔说"现代性就是过渡、短暂、偶然，就是艺术的一半，另一半是永恒与不变"（波德莱尔：《波德莱尔美学论文选》，人民文学出版社，1987年版，第485页），波德莱尔即体认到瞬间（过渡、短暂、偶然）的重大价值，他在大都市巴黎的拱廊、橱窗、腐尸、黑猫中体会到令人震撼的内容。

梁平是一个对未来有些悲观的诗人，他以"这一刻"的复杂感受替代了对未来的想象。这一刻身心两重的感觉被剪裁过去，补贴到"历史"、"现实"的关节中，就像在时间的链条上，缀上一些异样的大珠子：

交子街香消玉殒,但还在,
在东风大桥的一端,
那枚巨大的钱币雕塑墙上,
"交子"两字很小,
却睁着眼,看天上凌乱的云。
——《交子街》

交子在古益州沉浮的历史命运,到如今确实结束了,历史出现某种裂缝,在这个"空场"中,诗人跃入了诗意的瞬间,他注视历史的仿像"钱币雕塑墙",在一些象征性的细节上想入非非,"交子"两字无限小下去,一天乱云却变幻、弥漫、澎湃,这是主体在历史的间隙里的无穷体验,最后"乱云"的意象标示了瞬间的无穷,时间拉长了、凝滞了,或者干脆说消失了。"长空澹澹孤鸟没,万古销沉向此中。看取汉家何事业,五陵无树起秋风"(杜牧《将赴吴兴登乐游原》),小杜在夕阳鸟没的瞬间体会到宇宙的无穷,迈入了一个更为宏大而生动的存在之中,与世人"乱云"的体验其实相通,在审美体验中古今的壁垒是可以打通的。在一些诗中,梁平体验到瞬间的自由与迷人,如《立秋》:

微风细雨进入我的黄昏,
沿河一路抒情,雨中滴落的佳句,
被轻轻咏唱,墨色的林荫下,
双人椅在河边虚位以待。
人到哪里去了?河水闪烁其词,
路灯暖得暧昧。而我,伸出五指。

风景,只有在人瞬间进入审美情境时才能与人发生密切的关联,"我"在恍有所思的心灵状态中看到的雨、河流、路灯都充满了迷人的情味,"季节的衣裳一件件脱落,眼前一片灿烂,/蝴蝶的翅膀在夜色里格外透明,/我看见了自己的飞翔,/从一个城市到另一个城市,心静如水。"瞬间的洞开,使得"我"脱弃了一切外在的浮华,内外清净,心静如水,甚至产生一种飞翔的感觉。瞬间的自由与迷人,引得诗人留恋不止,这是一种绝妙的"高峰体验","没有人觉察这里发生的变化,/以前和以后,都不会像今天这样干净。"末尾明确昭示了对时间"变化"性的出离。在一些作品中,梁平还记录了"灾难瞬间"的"灾难体验":

仅仅一次呼吸,
吐出时速八百迈的海啸,
站立的蔚蓝,
扛起整个印度洋的重量,
砸向班达齐亚……

班达齐亚骤然死于蔚蓝,
重新浮出的时候,
像海底沉睡了几百年的废墟,
剩下空洞、破碎,
以及伤痕累累的死寂。
蔚蓝脱缰了……
——《疯狂的蔚蓝》

诗人截取"一次呼吸"的瞬间,以强力的笔触描绘海啸发生时骇人的情景,一切在一瞬间成为悲剧,整个印度洋直立起来砸向海边城市,在这些重大时刻,时间的连续性失效,留下的只是时刻,诗人有责任铭记这一时刻。在这样的时刻,时间往往消失,世界成为只有空间性的存在。当然,客观的时间不可能真正消失,这是一种美学上的形象性的描述,意为在体验的一些特殊时刻,忘却了时间,时间不再发挥作用,事物不再按照时间结构,如果硬要说"消失",其实可以看做对线性时间的超越,这是现代诗歌中常见的现象。梁平《鱼的舞蹈》《夏威夷的泪》一类的"灾难诗"都是"时间的切片"(梁平:《时间可以证明一切》,《阅读的姿势》,四川文艺出版社,2014年版,第128页),将瞬间性体验发挥得淋漓尽致。"时间"有物理时间、人文时间之分,人不可能单纯生活在物理时间中,"人是会思想的芦苇"(帕斯卡尔语),人借助"思想"将自己与草木鱼虫区分开来,又借助"思想"不断地建构自身,人文时间即是人对"物理时间"的"思想"。这种思想化的"时间"带上了人的体温、意味和象征,这一时间可快可慢,可以变快,甚至可以暂时消失,"方寸自有千古"。作为人文领域的尖端部分,诗与时间关系的命题是古老而常新的,每一个诗人都通过自己的体验,经营着"时间"。在梁平的个人诗学中,"时间"是作为诗歌必不可少的构成元素,作为个人独特的体验方式,作为表达方式等等而存在的。通过建构和复活历史,梁平赋予了时间以深度;通过介入现实的在场抒写,梁平给时间注入了批判性;通过瞬间体验,瞬间经验得到最大化的发挥,超越了线性时间的束缚。梁平沉迷于时间,得到诗歌上的丰厚回报,提升了诗意,发展了诗艺,长远点看,也反向丰富了人文时间。

精益求精,追求至美

田 禾

精益求精是指把一件事情做好了,追求更好。文学创作就应该这样,要有一种好了还追求更好的艺术精神。坚持精益求精,追求至善至美,才能创作出经得起时间淘洗,经得起历史检验和深受人们喜爱的精品力作。

文学创作要做到精益求精,我认为,主要的途径就是对文学作品的反复琢磨,反复思考,反复斟酌,反复润色,反复推敲,反复修改,真正做到千锤百炼。

我曾经写过一篇《诗是越改越好的》的小文,在《文艺报》上发表过。我认为一篇真正的好文章,一首真正的好诗,都是经过作者不断地打磨,反复地修改,精雕细刻而成的。很多朋友看了此文,都很赞同我的观点。我在文章中说:"璞玉要成为价值连城的宝玉尚需要名家大师的精心雕琢,一篇文章的出炉更如璞玉般需要上十次上百次的修饰、打磨,方能成为读者认可的好文章。"今天,我再次写这样一篇持同样观点的文章,说明我非常看重对文学作品的反复锤炼,精益求精。

孔子学琴的故事,想必知道的人很多,重温一遍,相信对写作的人,多少还会有点教益。孔子向一位叫师襄子的琴师学弹琴,师襄子教孔子练习曲子,练了数日,师襄子认为他已经弹得很好了,便对孔子说:"你可以练习别的曲子了。"孔子听了,笑了笑说:"我学得很肤浅,还没有掌握弹奏的技巧。"于是又弹了一些时日,师襄子对孔子说:"你已经掌握了弹奏的技巧,可以练习别的曲子了。"孔子又说:"我还没有领会曲子的意蕴,没有了解曲子表达的意境。"接着又弹了一段时间,师襄子对孔子说:"你已经领会曲子的意蕴,了解曲子表达的意境了,可以练习别的曲子了。"孔子听了却说:"我虽然弹得很好了,但我还没有领会曲子歌颂的是一个什么样的人。"说完,孔子每天继续专心致志地弹奏、练琴。又过了一段时间,孔子对师襄子说:"我知道曲中赞美的人是谁了,此人高大魁梧,两眼有神,志向高远,有君王气度,此人应该就是周文王。"师襄子听了,不禁对孔子连声夸赞,说:"你说的很对,这首曲子的名字就叫《文王操》。这是因为你的勤学苦练,才让你达到了如此高的境界,真是功夫不负苦心人。"

　　孔子学琴,精益求精,不断深入,不断加深理解,直至达到一种至高境界,这就是孔子的为人和严谨的治学精神,进取精神,相信它对我们写作的人,会很有启示作用。

　　想想孔子为圣人尚且还学而不倦,学不满足,我们在写作过程中,就更应该有恒心、有耐心去面对自己的文学创作。文学创作如果不能彻底地深入,不能对事物深刻地了解,不能用心投入,不能领悟其中更深的道理,没有经过持久和苦心的琢磨,创作的作品,就会停留于表面,显得肤浅,这样的作品,不可能感染人,不可能有生命力。

　　要想让自己的写作卓尔不群,胜人一筹,作者必须做到,每当在提笔写作的时候,首先应该多作一些思考,深入地思考,向主题的纵深处挖掘,天马行空,行文自如,有条不紊,把每一个细节处理得恰到好处,淋漓尽致地发挥自己的想象力和创造力,使作品尽量做到有更多的闪光点,多一些抓人的东西。

做到了这些，如果还不是很满意，要想使作品成为真正的精品佳作，接下来就是打磨和修改作品。其实修改是文章写作过程中必不可少的一道工序，玉不琢，不成器，三分文章，七分改。再好的题材，再好的材料，再好的构思，写成了文学作品，多少会有不妥帖、不准确、不满意的地方，甚至有瑕疵和错误。仔细斟酌，精心打磨，认真修改，精益求精，就是对自己和读者负责任的行为。

　　"精"有许多种解释：精巧、精奇、精炼、精美、精细、精当、精密、精彩、精粹、精绝等等。文学作品的构思要求精巧、精奇，语言叙述要求精炼、精美，提取细节要求精细、精当，谋篇布局要求精密，场景和情节描写要求精彩，最终使其成为一篇精粹、精绝的精品妙文，这才是作者真正的终极目的。

　　鲁迅先生有一名言："我有一言应记取，文章得失不由天。"这是一代文学大师的经验之谈。他告诉我们，文章的得与失、好与坏、成与败，不是由上天决定的，而是靠自己。一篇文章写成之后，要仔细斟酌，反复推敲，一遍一遍地修改，不厌其烦地修改。清代唐彪在《读书作文谱》中就有这方面的论述："如文章草创已定，便从头至尾一一检点。气有不顺处，须疏之使顺；机有不圆处，须炼之使圆；血脉有不贯处，须融之使贯；音节有不叶处，须调之使叶。如此仔细推敲，自然疵病稀少。"

　　根据鲁迅自己的经验，他的文章基本都是经过多次润色加工、反复修改而成的，比如《藤野先生》修改稿与原文比较，就有多处作了修改，全文不足四千字，改动的地方就达一百六十多处。钱钟书先生的《围城》，修改、删除和内容变动达上千处，正是因为有了对《围城》的精心琢磨，耐心修改，才使得这部作品最终成为中国文学的宝贵经典。曹雪芹在写《红楼梦》时，披阅十载，增删数次，修改数次，最终使其成为了举世闻名的文学巨著。还有杨朔的散文《雪浪花》，仅仅只有三千多字，改动的地方就有两百多处，后来选进了中学课本。对自己的作品下如此大的功夫去修改，我们现在的作家，可能绝大多数人都做不到。这些前辈作家的确是我们的榜样。我们要相信，文章不厌百回改，真正的好文章是改出来的。

修改文章，现代人是这样，古人也是这样。宋代诗人、政治家王安石的"春风又绿江南岸"，改了十来遍才得一出神入化的"绿"字，其中的故事被传为佳话。王安石还有一个帮人改诗的故事。一次，一个叫王驾的诗人，写了一首《晴景》的诗送给王安石审阅，诗的内容是："雨前初见花间蕊，雨后全无叶底花。蜂蝶飞来过墙去，却疑春色在邻家。"王安石看后，帮王驾把"飞来"改成"纷纷"，这样一改，诗的意境更高远了，诗味更浓烈了，让人真实地感受到晚春雨后清新明净的美景，"飞来"改"纷纷"，成神来之笔。

讲一个众人改诗的故事，很有趣。苏东坡有一次与其妹苏小妹和友人黄山谷在一起论诗，苏小妹要求哥哥和黄山谷按她的提示现场作诗，苏小妹说出"轻风细柳"、"淡月梅花"，要哥哥从中各加一字，说出诗眼。苏东坡稍一思索，说：前句加"摇"，后句加"映"，即成为"轻风摇细柳，淡月映梅花"，不料被苏小妹评为"下品"。苏东坡又认真思索片刻，对妹妹说：前句加"舞"，后句加"隐"，即"轻风舞细柳，淡月隐梅花。"妹妹还是不太满意，说："虽然不错，但仍不属上品。"这时，站在一旁的黄山谷忍不住问苏小妹："依小妹之见如何呢？"苏小妹答："轻风扶细柳，淡月失梅花。"苏、黄二人边吟诵，边玩味，翘着大拇指，连连对苏小妹说："妙！绝！"前句加一"扶"字，后句加一"失"字，使诗歌变得空灵活泼，生动传神，意味深长。

古今的中国文学大师是这样重视文章的修改，外国文学大师也是如此，比如托尔斯泰、巴尔扎克、海明威等对自己的长篇小说，都要修改十数遍甚至数十遍。

我当初写诗也很草率，一写出来，第一感觉还不错，马上就投给了文学刊物或诗歌刊物，过了一段时日再拿出来看，觉得还可以修改得更好一些，可是这时候，刊物已经发表出来了。不过我后来还是按自己的想法，对不满意的地方重新作了修改，有的甚至改得面目全非，似乎与当初的原作没有什么关系了，但肯定比以前的诗更好，更有诗意，更有韵味。我的很多作品就是这样改出来的，比如《山寺》《黄河黄》《我的乳娘》《江汉平原》《骆驼坳的表姐》《草民》等等都是发表或编进诗集之后，又作了调整和打磨修改的。由于篇幅关系，这里我就不一一举例了。我就摘一些我修改后得来的诗句，如："对于表姐，土地就是存折，洒下汗水，/就是不断地往存折上存钱。/那些红薯、麦子和土豆，是每年可取的利息。"（《骆驼坳的表姐》）"有时缸里没有一粒米，/有时苦难从她的眼睛里流出来。"（《我的乳娘》）"一颗葡萄是我最小的故乡/我用指尖丈量她/抚摸她完整的血脉和皮肤"（《葡萄架下》），"山寺是钟声堆起来的。半老的和尚/敲响了山寺上空的月亮。"（《山寺》）等等。这些诗句都是在修改的过程中得来的，过后看来，似乎都是每一首诗的精华部分，有的甚至就是诗眼。由此说明，修改、润色，锤字炼句，精益求精，对于一首诗多么重要。

精益求精，追求至美，是文学创作中一种认真严肃的写作态度，也是古今中外作家、诗人们创作的宝贵经验，值得我们每位写作者学习，不可忽视。修改文章是一种综合能力的表现，要提高这种能力，作家们必须多体验，多学习，多积累，丰富知识，扩大视野，汲取经验，认真对待自己的每一篇作品，删繁剪秽，字斟句酌，反复推敲，精雕细刻，使作品表达更准确，更形象，更有力量，打造出自己心目中的真正的文学精品。

中国新诗格律观念与实践的迁变

张桃洲

中国新诗是文化和诗学变革的产物，相对于古典诗歌而言，新诗在诸多方面发生了很大变化，其中尤为显著的是语言与形式，即以白话取代文言，并取消了古典诗歌的根本元素——格律。不过，新诗诞生后，自 20 世纪 20 年代起，针对初期白话诗的自由散漫而提出的各种格律方案就没有停止过，对于新诗是否需要格律、能否建立格律等问题，至今仍然众说纷纭，莫衷一是。综观围绕新诗格律所展开的种种探索——无论理论探讨还是创作实践，抑或某种学术化的研究——则不难发现，人们在对格律的理解和界定上显示出两种倾向：一种是将格律视为诗歌的外部音响特征，着眼于对诗歌的音步、韵脚、平仄、建行乃至句法的斟酌与探究，从早期的陆志韦、闻一多、朱湘等人的部分实践直至当下的某些理论著述，无不如此；一种是试图依据格律的内在化趋向，重视对诗歌的内在节奏与旋律的经营。而从格律观念和建构的来源来说，也出现了明显的分化：一是受西方诗歌的影响较多，一是强调格律的传统与本土特色。格律的内、外之别与中、西分野，显然缘于人们诗学意识的差异。

值得肯定的是，有关新诗格律的探讨显示了新诗形式建设的富于理性的思考，具有严密、系统的理论传承性，为新的诗学建设和创作实践积累了值得珍视的历史经验；但另一方面，由于新诗文体的特殊性和历史境遇的复杂性，一些格律方案存在着较多认识上的偏误，并且与创作实践明显脱节，其间的得失亟待进行反思和探究。

1. 技术难题

一般认为，闻一多《诗的格律》一文的发表，标志着关于新诗格律问题系统探讨的开始。尽管在此之前，周无、李思纯、陆志韦等曾针对诗歌的音律、节奏等话题进行过讨论，但似乎只有在《诗的格律》发表的 1926 年，在徐志摩主持的《晨报副刊》"诗镌"上，闻一多通过回应饶孟侃关于新诗音节的探讨，正式亮出了"格律"的旗号，以至于以新月诸子为核心形成了一个"新格律诗派"。闻一多提出："诗的实力不独包括音乐的美（音节），绘画的美（词藻），并且还有建筑的美（节的匀称和句的均齐）。"他还特别强调自己推崇的新诗格律并非来自传统的律诗（并指出了二者的三点不同），而是更多地取法于英国浪漫主义诗人的作品。

闻一多对格律的倡导带来了双重后果。从负面的效应来说，就是模仿者亦步亦趋，认为只要行句"均齐"即可，最终使格律在写作实践中陷入僵化，导致"豆腐干"诗盛行一时。对此，徐志摩不得不做出声明与辩解：

> （格律）这原则却并不在外形上制定某式不是诗，某式才是诗；谁要是拘泥的在行数字句间求字句的整齐，我说他是错了。行数的长短，字句的整齐或不整齐的决定，全得凭你体会到的音节的波动性；这里先后主从的关系在初学的最应得认清楚，否则就容易陷入一种新近已经流行的谬见，就是误认字句的整齐（那是外形的）是音节（那是内在的）的担保。实际上字句间尽

你去剪裁个齐整，诗的境界离你还是一样的远着……说也惭愧，已经发现了我们所标榜的"格律"的可怕的流弊！谁都会运用白话，谁都会切豆腐似的切齐字句，谁都能似是而非的安排音节——但是诗，它连影儿都没有和你见面！（徐志摩：《诗刊放假》，《晨报副刊·诗镌》，1926年6月10日）

与"建筑的美"引起的误解（片面追求诗句整齐）相类似，闻一多主张的"音乐的美"常常被误解为诗歌的外部音响（外在声音），将表面的铿锵指认为新诗的节奏。两种误解都是以表象代替了实质。就此而言，梁实秋的疑虑不无道理："把诗写得很整齐……但是读时仍无相当的抑扬顿挫。"（梁实秋：《新诗的格调及其他》，《诗刊》，1931年1月创刊号）

与此同时，闻一多要新诗格律取法西方诗律的设想，也遭遇了技术上的难题，这是因为在汉语形态和西方语言之间存在巨大的差异。象征派诗人王独清就深感中国语言（汉语）在处理"音"方面的困难，他列出一个关于诗的公式"（情+力）+（音+色）=诗"后解释说，"在以上的公式中最难运用的便是'音'与'色'，特别是中国的语言文字，特别是中国这种单音的语言与构造不细密的文字。"（王独清：《再谈诗——寄木天、伯奇》，《创造月刊》，1926年3月第1卷）应该说，中国语言文字本身在音韵的营构上是有其优势的（比如文言之于古典诗歌），问题可能在于新诗的格律能否以外国诗律为依据进行建构。对此，另一位"新月派"同人叶公超持不赞成的态度，他认为"西洋的格律绝不是我们的'传统的拍子'"，"论新诗我们最好能不用西洋名词则不用"，特别是，"我们语言中就缺少铿锵脆亮的重音和高音，因此我们也就不能有希腊式的或英德式的音步，假使有人一定要勉强摹仿的话，也一定只是费力不讨好的。"（叶公超：《论新诗》，《文学杂志》，1937年第1期）这就从语言差异的角度,指明了新诗格律之借鉴西方诗律的难处甚至不可能,毕竟汉语诗的平仄并不对应于西方诗的轻重音和抑扬格。

这种技术难题同样出现在20世纪50年代几次关于新诗形式讨论所提出的方案中。参与讨论的诗人、理论家、语言学家贡献了各自关于新诗格律的见解:王力提出格律应该遵循"有客观标准"和"具有高度的音乐的美"两条原则,认为"韵脚是格律诗的第一要素","第二要素是节奏"(王力:《中国格律诗的传统和现代格律诗的问题》,《文学评论》,1959年第3期);罗念生详细剖析了格律所包含的节奏、顿和韵等要素的特点及相互关系(罗念生:《诗的节奏》,《文学评论》,1959年第3期);周煦良指出,"对于一个写诗的人来说,具备一种格律感是和画家具备一种色彩感或形象感是同等重要的事情"(周煦良:《论民歌、自由诗和格律诗》,《文学评论》,1959年第3期);金戈提出可以建立两类新格律诗:"较严格的新格律诗"和"较自由的新格律诗"(金戈:《试谈现代格律诗问题》,《文学评论》,1959年第3期);金克木认为格律"大致是以平仄、单复、奇偶、虚实来相间排节奏,使几种矛盾的因素相反相成"(金克木:《诗歌琐谈》,《文学评论》,1959年第3期);林庚提出新诗格律的关键——"建行",并对之进行了阐发:"中国诗歌根据自己语言文字的特点来建立诗行,它既不依靠平仄轻重长短音,也不受平仄轻重长短音的限制;而是凭借于'半逗律'。"(林庚:《再谈新诗的建行问题》,《文汇报》,1959年12月27日)这些看法有不少是回应1920—1930年代关于新诗格律的探讨的,比如林庚认为应以中国语言文字特点"建行"、突破"平仄轻重长短音"的制约,便是呼应了叶公超的观点。事实上,他早在1930年代即开始尝试"半逗律"和"九言诗",惜乎并未得到响应和延续,这部分地缘于他自己也意识到的实际操作上的困难。

在上述见解之外，何其芳、卞之琳关于"现代格律诗"的阐述格外值得注意。在《关于现代格律诗》这篇长文中，何其芳在充分肯定自由诗"非常富于创造性"的前提下，表述了建立现代格律诗的必要性，并着重就"顿"和"押韵"两方面讨论现代格律诗的依据："现代格律诗在格律上只有这样一点要求：按照现代的口语写得每行的顿数有规律，每顿所占时间大致相等，而且有规律地押韵。"（何其芳：《关于现代格律诗》，《中国青年》，1954年第10期）卞之琳则进一步凸显了"顿"在现代格律诗中的位置，将其实践表现细化为两种基本的调式，即偏向于说话式的"诵调"和偏向于歌唱式的"吟调"（卞之琳：《哼唱型节奏（吟调）和说话型节奏（诵调）》，《作家通讯》，1954年第9期）。他们的理论具有系统性和开放性，遗憾的是在当时并未得到广泛支持（尤其在实践方面），很快被淹没在时代喧嚣和历史烟尘中。何其芳同叶公超一样，留意到了现代汉语偏于口语的特性对新诗节奏（"顿"）之形成的影响，却也因为不能摆脱对外在的"韵"的依赖，而难掩其过于形式化的不足。

纵览探讨新诗格律的数十年间，李思纯、陆志韦、闻一多、徐志摩、朱湘、饶孟侃、孙大雨、叶公超、卞之琳、林庚、何其芳、朱光潜、王力、罗念生、周煦良、郑敏等诗人和理论家，从理论、技术层面所提出的包括"音组"、"顿"、"格调"、"半逗律"等在内的形式、格律主张或方案，为新诗探寻具有可行性的格律积累了丰富而宝贵的经验，奠定了坚实的理论基础。

正如当年何其芳批评"民歌体"在体裁上有限，句法与现代口语不符，"写起来容易感到别扭，不自然，对于表现今天的复杂的社会生活不能不有所束缚"（何其芳：《关于新诗的"百花齐放"问题》，《处女地》，1958年7月号）——历史和实践证明，探讨新诗格律倘若仅仅注重外部音响（外在的顿与韵）的话，其缺陷是明显的。实际上直至当前，仍然有不少关于格律的讨论过分注重外部枝节，导致新诗格律的确立之路趋于闭锁。

2. 语言困境

为何在对新诗格律的理解和构想上，很多人会将重心放在声音的外在层次？古典诗歌的音律传统及其形成的对诗歌的惯性认识（思维）与期待，固然是其中一个很重要的原因；某些寄附于这一传统和认识的举动也会潜在地起作用，比如由"吟"转化而来的"诵"。诗歌的表面音响之受到重视，大概正是受到了朗诵的促动。但人们往往忽视了一点：阅读文字和朗诵文字其实是两种不一样的对待诗歌的方式，二者产生的效果也迥乎不同。

在此过程中，现代汉语本身的特性对新诗格律的基础性意义应得到充分考虑。在一首诗里，或许不是字数的多少、句子的长短，而是语词的组合方式，也就是它的句法决定了它的声音构成。新诗在句法上是偏于欧化的，受西方语法的影响很深，朗诵的时候较为拗口、繁琐，并不符合一般口语的习惯。朱自清曾经准确地指出了汉语新诗之难以诵读的原因："新诗的语言不是民间的语言，而是欧化的或现代化的语言。因此朗读起来不容易顺口顺耳"；除此以外，"新的词汇、句式和隐喻，以及不熟练的朗读的技术，都可能是原因。"（朱自清：《朗读与诗》，《新诗杂话》，三联书店，1984年版）

另一与此相关、易于陷入的误区是：由于注重诗歌的外部音响，人们在关于新诗格律的探索中，总是力图确立某种固定的格律模式，这从现代汉语特性来说恐怕难以实现。现代汉语作为诗歌语言的局限性十分明显，废名就认为："新诗的音乐性从新诗的本质来说是有限制的"（废名：《论新诗及其他》，辽宁教育出版社，1998年版），他继而提出的"新诗是散文的文字，诗的内容"之论，则从一个侧面点明了新诗的某些特性。何其芳也提出："五言七言首先是建立在基本上以一字为单位的文言的基础上。今天的新诗创作语言文字基础却是基本以两个字以上的词为单位的口语,用口语来写五言七言诗就必然比用文言来写还要限制大得多。"(何其芳:《话说新诗》,《文艺报》,1950年第4期)现代汉语作为新诗语言带给新诗的"限制"正是如此:散文化的句式、芜杂的语汇和日常化、应用型的表达方式。这些不仅制约了新诗格律的生成,而且给新诗创作本身提出了挑战。

面对语言的"先天"困境,优秀的诗人总会从上述限制出发,通过精心锤炼、锻造,探寻能够彰显现代汉语特性的诗歌形式及格律。事实上,新诗在草创阶段即已体现了这种努力,如沈尹默的《月夜》(1917年)、康白情的《和平的春里》(1920年)等。《月夜》被认为是新诗史上"第一首散文诗","其妙处可以意会而不可以言传"(此为1919年的《新诗年选》中"愚庵"所撰的"评语"),其实该诗的"妙处"便在于现代汉语虚词的巧用:

霜风呼呼的吹着,
月光明明的照着。
我和一株顶高的树并排立着,
却没有靠着。

全诗只有四行,每行末尾有一个"着"字,这构成了此诗在外形上的突出特征。这四个"着"字的恣意铺排,恰好成为引发诗意的源泉:一方面,"着"字放在每句的尾部,在整体上起到一种很好的平衡作用;同时,"着"的降调音节显示某种坚韧和执着,实现了与诗的主题相得益彰的效果。类似的如《和平的春里》,其句末虚词"了"字的运用与《月夜》有着异曲同工之妙。给人印象深刻的还有当代诗人昌耀的诗歌,其诗作的某些句子显得冗长,如《冰河期》里的一句——"在白头的日子我看见岸边的水手削制桨叶了"——共有19字之多,不过其中声音的起伏规律是可以进行的,原因就在于诗句间形成了一种内在韵律组织。确如研究者分析的:"为了凸现质感和力度,他(指昌耀——引者)的诗的语言是充分'散文化'的。他拒绝'格律'等的'润饰',注重的是内在的节奏。常有意……采用奇崛的语汇、句式,并将现代汉语与文言词语、句式相交错,形成突兀、冲撞、紧张的效果。"(洪子诚、刘登翰:《中国当代新诗史》(修订版),北京大学出版社,2005年版)这是现代汉语特性在诗歌中的创造性展示,同时从另一角度表明,对于新诗来说,外在的声音确实不再重要了,而应该使节奏、音韵等要素"内在化"。

这种"内在化"将对新诗格律的探索导向语言的更深层面。人们常常引用美国诗人弗罗斯特的一句名言"诗是翻译中失去的部分",来说明诗歌声音的重要性。不过,一些诠释者乐于将"失去的部分"理解为外在的音韵或声音。诚然,一首西方诗歌被翻译成汉语诗歌,亦即经过了一种语言间的转化之后,原有的声音、韵脚确实难以保留,可是倘若细究下去会发现,弗罗斯特的"失去的部分"也许更符合俄国文论家巴赫金所推举的"语调"。在巴赫金看来,由于"生动的语调仿佛把话语引出了其语言界限之外",因此诗人们应"掌握词语并学会在其整个生涯中与自己的周围环境全方位的交往过程中赋予语词以语调"(巴赫金:《生活话语与艺术话语》,《巴赫金全集》第二卷,河北教育出版社,1998年版)。他所说的"语调"是诗歌中的综合的喻意或韵味,超越了一般意义的节奏、音韵。按照巴赫金的看法,一个语调放在不同的语境里会生出不同的涵义,因此语调既包含了诗人的情感和体验,又是渗透在字里行间的一种特别的上下文关系,甚至它还包含了倾听。"语调"对一首诗的个性的展示十分重要,它也许是风格意义上的,但又似乎超出了风格的范围。

在很多人的阅读经历中，大概常会遇到这样的情形：一首诗从外形看可能是十分杂乱的，但读过之后却会产生某种强烈的感觉，这主要是隐藏在其中的语调发挥着作用。正是语调，把一首表面芜杂的诗作贯通起来而激活了其内部蕴藏的力量。与之相反的情形是，一些表面上很有节奏、朗朗上口的诗作，其内里实则空洞无物，枯燥乏味。这两种截然相反的情形提示人们，对于诗歌的语调要仔细辨析——"倾听"。

不过，这"倾听"却不是朗诵意义上的倾听，而是用感知与心智之耳去聆听。弗罗斯特本人尽管非常强调诗歌的声音，但他心目中的声音是多层次的，更多地建立在语调的基础上。人们常常认为他是一个自然诗人，然而正如诗人布罗茨基所指出，弗罗斯特诗中的自然是"诗人令人可怖的自画像"（布罗茨基：《文明的孩子》，刘文飞等译，中央编译出版社，1999年版），这里"可怖"的涵义不仅仅指弗氏诗歌的主题，而且更指其诗的语调，布罗茨基显然是从语调上"听"出了弗罗斯特诗歌的"可怖"的。比如，弗罗斯特很多写田园风光的诗作采用了一种轻快、咏赞的调子，但那些诗里更为深层的意蕴，是一种非常悲观的对自然、生命以及无形的恐惧，渗透了一种强烈的悲剧意识。人们往往忽略了他诗中那一层不易被觉察的语调，一种深沉的悲音。

遗憾的是，很多诗人虽然也懂得把自己的语调放进诗里，却只将注意力停留在表层的字音的协调与顺畅上，更为深层的语调未能建立起来。

3. 探求可能性

因此，从现代汉语特性来说，建立新诗格律的可能之途在于：舍弃一种形式化的外在的音响，代之以深入到声音的内在层面进行探究。正如不少人意识到的，新诗格律的问题不可能

"一次性"获得解决,与其提出一个一劳永逸的固定构想,不如比较一下这其中发生了什么变化,并从实践出发分析一下格律建构的可能性。从以上分析可知,今后新诗或许是一种包含了语调的写作,而不必预设某种固定的韵脚和音节。或许那样的写作,才真正地回到了格律的本义:

格律是形成整齐的节奏、从而发挥表现媒介(语言文字)底性能的方法或工具,它应当使内容起更大更深的作用,所以必须是整首诗底有机的功能或有组织的力量底源泉……格律在一首诗里的作用乃是使语言作有秩序的、合乎时间规律的、有组织的进行。(孙大雨:《诗歌底格律》,《复旦学报》(人文科学版),1956年第2期、1957年第1期)

20世纪80年代以来,自由体诗占据了新诗创作的主流,但也有相当一部分诗人体会到形式、格律的重要性。人们开始辩证地看待格律的意义:"格律当然不是产生好诗的保证,同样自由诗也不是;但格律是一定程序上不可或缺的'组织大纲'……正是格律探索使新诗在更高的层次上认识到:任何文学样式均有其特征的规定性,否定了其特征规定性也就是否定了此种文学样式本身;新诗可以没有固定的形式,但不能缺失形式意识。"(龙清涛:《新诗格律探索的历史进程及其遗产》,《中国现代文学研究丛刊》,2004年第1期)其中,宋琳、王寅、西渡、朱朱等新一代诗人的诗歌观念和创作实践,便显示了这种意识。

对于这些年轻诗人来说,至关重要的是:一方面,他们受到戴望舒、艾青、穆旦、昌耀等前辈诗人的启发,领悟到新诗格律内在化的趋向;另一方面,他们从声音的复杂内蕴入手,有意识地在其诗歌创作中调配多层语调。例如西渡诗歌中对双重声音的设置:"一个人曾经歌唱/现在他一声不响——"(《悟雨》)、

"在拐角处/世界突然停下来碰了我一下/然后,继续加速,把我呆呆地/留在原处"(《一个钟表匠人的记忆》);桑克诗歌中语词的变调处理:"在乡下,空地,或者森林的/树权上,雪比矿泉水/更清洁,更有营养。/它甚至不是白的,而是/湛蓝,仿佛墨水瓶打翻/在熔炉里锻炼过一样"(《雪的教育》);以及朱朱诗歌中韵律与色调的调配:

  雨中的男人,有一圈细密的茸毛,
  他们行走时像褐色的树,那么稀疏。
  整条街道像粗大的萨克斯管伸过。

  有一道光线沿着起伏的屋顶铺展,
  雨丝落向孩子和狗。
  树叶和墙壁上的灯无声地点燃。

  我走进平原上的小镇,
  沿着楼梯,走上房屋,窗口放着一篮栗子。
  我走到人的唇与萨克斯相触的门。
    ——朱朱《小镇的萨克斯》

  这首仿佛一幅"印象派"油画的诗作,以单纯的布景和简洁的线条勾勒了小镇上宁静、安详的景象与氛围;它又宛若一支悠扬宛转的萨克斯曲,诗中的情绪随着曲调的高低缓急而波动起伏。萨克斯管是此诗的核心意象,它对应着小镇的街道,不仅诗中的各种人、物围绕它而聚合在一起,而且全诗的节奏也与它弯曲的形体保持了一致。作者似乎有意克制自己的笔触,小心翼翼地不让语言之流恣肆向前。在雨丝等意象的映衬和变幻光线的照射下,全诗的色调显得十分柔和;"铺展"和"点燃","小镇"、"唇"和"门"等词，交织成了一种特别的韵律。这些创作实践，无疑拓展了新诗格律探索的路径，体现了新诗格律从闭锁到敞开的趋势，令人对新诗格律的可能性充满期待。

或许，新诗永远无法获得像古典诗律那样"固定"的格律，却始终应该保持现代意识烛照下的对形式的追求。

从开阔的视野来说，新诗格律问题集结着传统（古典）与现代、本土与西方、自由与规范等一系列相互纠缠的命题，既有持续的历史和理论沿革，又颇具创作实践的指导意义，还关涉新诗的未来建构。显然，这一研究将有助于澄清新诗发展中自由与格律相对峙引发的一些问题，表明自由诗与格律诗这两条新诗主脉，在理论和实践上是可以互相参照、彼此启发的。从更深层面来说，新诗格律折射出一种悠远的民族文化心理（这从近年来旧体诗词创作活跃即可看出），它毕竟与深厚的古典诗律有着千丝万缕的联系，而且一度被视为新诗重返文学中心、重温古典辉煌的切实可靠的途径。因此，对于新诗格律问题的深入研究，亦可被纳入当前的文化探讨与建设中。

唐代诗人寒山的审美创造
与当代汉语诗歌

邹建军

寒山是唐代伟大的诗人,虽然在中国,他的地位完全不能与李白、杜甫、白居易相比,可是在日本和美国,却是其他唐代诗人无与伦比的。根据寒山诗中自述,其诗歌作品一共有六百多首,可惜大部分已经散佚,现存只有313首(史原朋编著《寒山拾得诗赏析》,收录寒山诗313首,拾得诗54首,中国社会科学出版社,2004年版)。在《五言五百篇》中,他说:"五言五百篇,七字七十九。三字二十一,都来六百首。一例书岩石,自夸云好手。若能会我诗,真是如来母。"也许这不是他最后的创作数量,因为我们无法确定此诗的写作时间。据说他的老年期特别长,在诗中说自己已经活了一百多岁,然而也不知道具体的年纪。在此,我们并不想讨论其诗究竟有多少,不想讨论他究竟活了多大的年纪,也不想讨论他的诗在日本流传时所创造的神话,更不想讨论他的诗在美国所产生的重要影响,而只就其诗歌的审美创造及其种种体现,来探讨其诗在思想与艺术上所形成的重要特点,之所以有这些特点的原因,以及对于当代汉语诗歌创作的启示。对于文学作品特别是诗的解读,首先要关注作品的审美特点及其成因,关注作品的审美过程及其结果,这样才会对当今的文学创作发生意义。如果只是满足于讲一些外在的东西,一些以你争我斗为主要内容的所谓文学史,几乎没有什么学术意义。而我们现在许多所谓的学术论文,几乎都是如此,我一直有保留意见,并对此感到忧虑。

寒山诗歌的审美创造及其审美特点,主要体现在以下几个方面:

一是以审美的方式观照自然并表现自然。自然无所不在,可是在有的人眼里却没有自然,他们的眼中只有自我,只有社会,只有时代。在寒山的诗歌作品中,存在着大量的自然诗篇,有着对自然风景的精细描写。"四时无止息,年去又年来。万物有代谢,九天无朽摧。东明又西暗,花落复花开。唯有黄泉客,冥冥去不回。"(《四时无止息》,见史原朋编著《寒山拾得诗赏析》,中国社会科学出版社,2004年版。以下不再一一注明出处)"四时"是指一年中的春夏秋冬,一种物候去了一种物候又来了,春天还是那个春天,可是每一年的春天却是不一样的,所以说"万物有代谢",生命有轮回。"九天"就是指天地,时间过去了多少年,天地万物仍然生机勃勃,成为一种永恒的存在。只是在南北东西,各地的景色有所不同,让世界充满变化。一批又一批故去的人,在昏暗的路上一去不回,没有任何的消息。也许这是寒山早年诗作。那个时候,他具有积极进取思想,少有道家与佛家情怀,还没有佛教所主张的生死轮回观念。如果是在中年出家以后,再来看人间的生与死,就不会出现"冥冥去不回"这样让人绝望的诗句。此诗表现的重点不是人,而是自然的荣枯与天地的永恒,反衬的是生命的易逝,表达的是人生的伤感。"岁去换愁年,春来物色鲜。山花笑绿水,岩树舞青烟。蜂蝶自云乐,禽鱼更可怜。朋游情未已,彻晓不能眠。"(《岁去换愁年》)诗人在此表达的全是对于自然的喜爱,以至于从黑夜到白天都不想休息,要与友朋一同观赏大自然的美景,并且一直观赏下去。春天的景色，在诗人的笔下是那样的新鲜与丰富，通过"山花"、"绿水"、"岩树"、"青烟"、"蜂蝶"、"禽鱼"几个意象及其相互之间的关系，形成了一幅完整的春天寒山图。"杳杳寒山道，落落冷涧滨。啾啾常有鸟，寂寂更无人。淅淅风吹面，纷纷雪积身。朝朝不见日，岁岁不争春。"（《杳杳寒山道》）这更是一首奇诗，以自然的语言表现诗人所隐居地方寒山的山水环境，在艺术上也形成了自己的特点，对偶相当工整，没有任何人工的痕迹。特别是复词的运用，似乎让我们看见了寒山的山重水复，与曲折幽深。从春天到夏天，从夏天到秋天，从秋天到冬天，复从冬天到春天，虽然景色有所变化，然而诗人对于寒山的感知与感觉，却少有变化。寒山所隐居的天台山附近的那座小山，的确是别有一番天地。"寒山多幽奇，登者皆怕慑。月照水澄澄，风吹草猎猎。凋梅雪作花，杌木云充叶。触雨转鲜灵，非晴不可涉。"（《寒山多幽奇》）此诗更是独到表现了寒山的风光之奇特。"怕慑"是说山道之险要，给人一种惊悚之感，一般的人是不想上去的，如果不是晴天，也难于上山。那里的树木虽然没有叶子，云彩成为了叶子飘来飘去，一幅多么美妙的图画。通过对以上四首诗的分析，可以认为寒山诗歌最大的贡献，就是集中地描写与呈现了他隐居之地寒山，也就是浙江天台山的自然风景，成为了一位杰出的、了不起的自然歌手。有的人认为他是一位禅者，似乎他所有的诗都是其佛教思想的表现，其实并非如此。在对于自然的表现上，他与美国作家梭罗是有一比的，只不过后者表现的是瓦尔登湖，他所表现的是寒山而已；后者采用的是散文文体，而他所采用的是诗歌而已。寒山的独到之处，不是注重表现自然的外在之相，而是表现自然的内在之质，并且总是以自我的经验与体验进行表现。他的感觉、他的感知、他的感受、他的体会、他的认知等，全部融入于诸多的自然诗篇之中。地理感知，对于寒山而言就是一种实践，对于寒山的诗来说就是一种存在。他的绝大部分诗作,就是对"地理感知"的一种注解,一种阐释。

二是以与自然相融的方式观照自我,在诗中大量表现与保存了诗人的自我。自我随时都在,可是在有的人眼里,却没有自我,只有他者,只有社会,只有时代。有的诗人眼里虽然有自我,而在笔下却没有自我,只有外在于自我的社会与政治。寒山不仅是一位自然诗人,同时也是一位自我诗人,准确地说,是一位自我与自然融为一体的诗人。"重岩我卜居,鸟道绝人迹。庭际何所有,白云抱幽石。住兹凡几年,屡见春冬易。寄语钟鼎家,虚名定无益。"(《重岩我卜居》)"重岩"是在寒山中诗人所隐居的一个地方。"鸟道绝人迹",说明这个地方地理位置高,只有鸟儿的身影,而没有人的痕迹,也就是说,除了诗人自己以外,再也没有人到这个地方。后来的四行,前两行是隐居地的空间,后两行是隐居地的时间,对于空间是实写,对于时间也是实写。最后两句是劝告天下的有钱人,追求虚名的无意义与求道成仙的重要性。诗中的所有景象,都是"我"的感观与感觉,并且都是通过"我"而得以表现的,在诗的最后也是通过"我"而表达思想,出家求道成仙是正确的人生选择,而追求虚有的功名与利益是没有意义的。此诗中如果没有"我"则没有自然的呈现,也没有了诗人所要表达的深远意义。"一为书剑客,二遇圣明君。东守文不赏,西征武不勋。学文兼学武,学武兼学文。今日暨老矣,余生不足云。"(《一为书剑客》)这首诗表现了寒山对过去生活的回忆,说自己青年时代曾经是一位儒生,总是将书与剑带在身边到处游历,并且也遇到了圣明之君,做了官而实现了自己的事业。然而人生的命运也是左右不济,文没有得到奖赏,武也没有得到功勋,可是自己的确是文武兼备,一直没有得到朝廷重用,现在已经年老了,当然做不成什么事情了。这首诗可能是寒山晚年的作品,所以对于前半生有所回忆,也有一些遗憾在其中。此诗最大的价值，就是将自己少年时代、青年时代以至于中年时代的生活经历，前半生的成与败，以及老年的境况，都一一地保存其中。"有一餐霞子，其居讳俗游。论时实萧爽，在夏亦如秋。幽涧常沥沥，高松风飕飕。其是半日坐，忘却百年愁。"(《有一餐霞子》) 这是诗人对于自我隐居生活的写照。那个地方是一般俗人不可去的，因为诗人总是以餐云饮霞为生活方式，相当简朴与直观。这里天气的凉快与宜人是远超其他地方的，夏天也像秋天一样。雨水常年不断，风流天地之外，如果坐上半天，所有人生的忧愁与生死的忧虑全都消失。有人曾经说寒山是一个世俗和尚，说他出家以后也照样吃肉，看来并非如此。从此诗可以看出来，寒山是一个具有仙风道骨的高人，他已经远离世俗的生活，看轻了生与死的界限。"一向寒山坐，淹留三十年。昨来访亲友，大半入黄泉。渐减如残烛，长流似逝川。今朝对孤影，不觉泪双悬。"(《一向寒山坐》) 这首诗，记载了他在隐居寒山三十年之后，回到故乡探亲访友的情形。他发现过去的亲友大半都已经死去，想到自己的生命也已经像烛火一样，时间如江河一样流逝，他只有对着自己的影子，孤独地流泪。据美国学者研究，诗人早年曾经生活在祖辈留下来的土地之上，多次参加科举考试并没有考中，受到很大的打击。由于与兄弟们之间关系不好，所以他抛弃了自己的妻儿，离家出走，来到寒山隐居。所以，有人说寒山其实并没有真正地出家为僧。诗中用的"淹留"一词，也许正是表现了人生的独特道路。如果说前诗着重于自我与空间的关系，那么此诗则着重于自我与时间的关系，"逝川"一词及其典故的运用，具有深厚的内涵。"个是何措大，时来省南院。年可三十余，曾经四五选。囊里无青蚨，箧中有黄卷。行到食店前，不敢暂回面。"(《个是何措大》) 此诗讲诗人自己的历史。这个年轻的穷书生多次参加考试，时时来科举放榜的南院观看结果，三十多岁了，考了四次五次都没有考中，小箱中装满了书，可是身上已经没有分文，即使到了食品店，也不敢回头看，因为已经买不起任何东西。诗人青年时代的穷困与可怜，在此可见一斑。也许这正是他出家隐居的重要原因，也是他的思想由儒家转向道家与佛家的原因之一。"寻思少年日，游猎向平陵。国使职非愿，神仙未足称。联翩骑白马，喝兔放苍鹰。不觉大流落，皤皤谁见矜。"（《寻思少年日》）这是诗人老年时代对于过去生活的回忆，有的可能只是一种美好的想象，不过，意气风发的青年时代对于诗人来说是存在的。那个时候，就是国使这样的职位也不想当，有做神仙的机会也认为不重要，因为伟大的事业正在等待自己。然而现在却流落乡间、头发变白，谁会可怜我呢？在前后的对比中，表现了人世的沧桑与生命的伤感。因为历史上没有关于寒山的记载，也没有他者日记与回忆录，所以这些作品里的只言片语，关乎他自己的人生轨迹，关乎他的个人生活，就显得特别的宝贵与重要。当然，更多的诗作是以象征的方式进行表达，我们只能隐隐约约地从中感觉到一些东西。"昨见河边树，摧残不可论。二三余干在，千万刀斧痕。霜凋萎顿叶，波冲枯朽根。生处当如此，何用怨乾坤。"（《昨见河边树》）"河边树"其实就是诗人自己，从中可以看出他的中年情怀，这首诗也许写于人生的中期，在科考失意之时。诗人说自己生长的地方与环境就是如此，抱怨天造地设也没有任何用处，也许正是认命了，他才出走并自动地出家，成为游方道士与和尚。从以上七首作品可以看出，寒山是一个出身穷苦、经历坎坷、情感丰富、感受深切的诗人，并非如有的学者所说是皇室之后。诗中对于过去生活的写照，也许存在一些想象与夸张的因素，并不完全可信，然而从总体上来说，他的诗是自我之诗、自由之诗，是诗人个人生活的写照，有的时候虽然也写到了他人，特别是一些女性与同伴，然而也总是以自我的眼光进行观照。特别宝贵的是，他总是将自我与自然结合起来，以自然表现自我，以自我表现自然，自我与自然在他的诗中得到了有机的统一。一个方面他总是生活在自然之中，一个方面他在自然中总也看见了自我的影子。与自然对话与交流，与自然共生共存，成为了他表现自我的主要途径与重要方式。

三是以自我的方式并总是通过自我，表现了那个时代的诗人可以达到一种博大精深的思想。在中国，许多人没有思想，更没有哲学，寒山是一个有思想的人，在许多诗歌作品的最后，他总是要进行一种直接的表达。这位唐代的诗人，会有什么样的重要思想呢？"庄子说送终，天地为棺椁。吾归此有时，唯须一番箔。死将喂青蝇，吊不劳白鹤。饿着首阳山，生廉死亦乐。"（《庄子说送终》）此诗首先引用的是关于庄子的典故，庄子认为人死之后要以天地为棺材，不仅自然而且大气。最后引用了伯夷与叔齐饿死首阳山的典故，表示了对于人间的生与死的看法。诗人认为在进入天地棺材的时候，要有一个竹帘子来遮蔽，将身体贡献于虫子，也不需要任何人来吊唁。这样的诗句实实在在地体现了诗人的生死观，没有任何道家与佛家观念，却是一种正统的儒家思想。道家要求成仙，而佛家讲究生死轮回、善恶有报。这首诗可能是诗人早期的作品，在身强体壮的时候，诗人居然如此地考虑生与死，似乎有一点不可思议。"驱马度荒城，荒城动客情。高低旧雉堞，大小古坟茔。自振孤蓬影，长凝拱木声。所嗟皆俗骨，仙史更无名。"（《驱马度荒城》）这是一首现实主义的诗篇，与杜工部的"朱门酒肉臭"有异曲同工之妙。平民的死去与现实的破败，惨烈到了令人寒冷的地步，最为可怜的是那些死去的人，既非道士也非和尚，在以后的仙史上没有任何名份，也不会有任何的记载。由此可见，寒山还是从一个道家或佛家的观点来看众人之死的。也许这是人到中年以后的作品，开始在寒山隐居以后，人生观念与历史观念发生了很大的变化。历史是如何构成的？历史是如何发展的？从此我们可以看出他对于历史的看法,以及对于社会生活与民众命运的认识。"城中蛾眉女,珠佩何珊珊。鹦鹉花前弄,琵琶月下弹。长歌三日响,短舞万人看。未必长如此,芙蓉不耐寒。"(《城中蛾眉女》)这是一首特别的诗作,表现对城中女性的看法。他认为那些锦衣玉食的女子,也抵不过时间的侵蚀,现在的荣华富贵是不会长久的,自然界的芙蓉花也经过不了寒天。也许这是诗人早期的作品,如果是晚期的作品的话,则表明诗人虽然当了和尚,但还没有修为到家,因为他还关心世俗生活中女性命运。"生前大愚痴,不为今日悟。今日如许贫,总是前生作。今日又不修,来生还如故。两岸各无船,渺渺难济渡。"(《生前大愚痴》)此诗当是出家之后的作品,因为他相信佛教的生老病死之前世因果,人生的此生与来生就像是河的两岸,如果不做好事的话,则"渺渺难济渡"。生死轮回、前世今生,在他看来是一个整体,他要求人们出家修行,"今日又不修,来生还如故。"虽然语言通俗,出语浅白,却体现了他对于禅宗思想的认识。"不须攻人恶,何用伐己善。行之则可行,卷之则可卷。禄厚忧责大,言深虑交浅。闻兹若念兹,小子当自见。"(《不须攻人恶》)诗人表现了自己为人处世的原则,不攻击他人,也不夸奖自己,当行动的时候行动,当收敛的时候收敛,待遇好了责任也大,言语深了担心也多。他还劝告年轻人,听见这样的话要记住,你就会行动自如。如果说《论语》所表述的是中国古代为人处世的种种原则,那么寒山也有一些这样的作品,当然不是其诗的主体部分。如果说诗人的思想博大精深,有的人也许认为言过其实;如果我们说其诗达到了他那个时代思想与哲学的最高水平,表现了那个时代所有的复杂思想,则是没有问题的。他的诗中既有儒家的思想,也有道家的思想,也有佛家的思想,并且三者有机地融合在一起。最为重要的是,他几乎没有说教的诗作,所有的思想都是通过自我而表现的,都是一种很自我的形态。同时,他还有关于自然的思想、生死的思想、女性的思想、社会的思想等，并且与儒道佛融合在一起的，但首先是一个自我的存在，这样的诗作就相当难得。如果说寒山是唐代杰出的哲学家，或者说唐代的诗人哲学家，我们是有根据的，研究中国哲学史的人认不认可，那是他们的事情。就其大部分诗歌作品的思想与哲学而言，他诗人哲学家的地位是牢不可破的。哲学家并不一定要有哲学著作，他的诗作就是他的哲学，他的哲学就是他的诗歌，诗人就是要以诗的方式来说话。

四是以自然与自我的方式，表现了独立的、高深的禅境。所谓禅境，一个是对于自然的发现，一个是对于自我的表达，而在这两个方面，寒山的诗歌都做得相当到位。在中国，有信佛的人，有信道的人，然而许多人都看重外在的利益，并不看重内心的修为，而所谓的禅境是与他们无关的。寒山在早年是一个儒者，在中后期是一个禅者，同时兼有道家的情怀，所以在其作品中拥有禅境与禅意，并不奇怪，并且还成为我们解读其作品的重要角度。"吾家好隐沦，居处绝嚣尘。践草成三径，瞻云作四邻。助歌声有鸟，问法语无人。今日婆婆树，几年为一春？"（《吾家好隐沦》）前面是对自己隐居处的描写，第三联开始有一些禅意了，诗人与鸟儿对话有了和声，而在问佛法的时候没有人参与，是因为那里只有他一个人。最后一联则表现了深厚的禅境，今天的婆婆树，并不按人间的春夏秋冬季节开花，所以诗人问"几年为一春"呢？其实不是问婆婆树，而是在问佛法。婆婆树就是菩提树，传说中的释迦牟尼在这种树下悟道成佛。庄子在《逍遥游》里说有一种大椿树，八千年才开花一次，也就是才有了一个春天。"手笔大纵横，身材极魁伟。生为有限身，死作无名鬼。自古如此多，君今争奈何？可来白云里，教尔紫芝歌。"（《手笔大纵横》）这首诗在整体上并不押韵，前后分成了两节，然而是一首相当大气开阔的诗作。任何身材魁伟、文辞华美之士，也不免一死，所以一生中不可能有很大的作为。诗人说不如来到寒山，我可以教你唱"紫芝歌"，在歌唱中以便悟道。人生有限，只有隐居求仙，才有可能得道成佛。禅境主要体现在最后一联。"智者君抛我，愚者我抛君。非愚亦非智，从此断相闻。入夜歌明月，侵晨舞白云。焉能住口手，端坐鬓纷纷？"（《智者君抛我》）此诗前面两联有一种回环之美，同时也体现了佛教的相对观念与循环思想。第三联体现了一种高远的境界，在此自然可以悟道成佛，不过也是一种表象。最后一联则是禅境的集中表达，在一种坐姿之中，头发变白，当然就会有所悟而有所表达了。也许他的诗多半就是这样产生的。"吾心似秋月，碧潭清皎洁。无物堪比伦，教我如何说。"（《吾心似秋月》）内心的明静就如眼前的碧潭，天地之间没有什么东西可以相比，所以我什么也说不出，正是一种禅境之体现。寒山诗中有不少这样的五绝，其境之高远、之纯净，在唐代诗人中是具有相当代表性的。"云山叠叠连天碧，路僻林深无客游。遥望孤蟾明皎皎，近闻群鸟语啾啾。老夫独坐栖青嶂，少室闲居任白头。可叹往年与今日，无心还似水东流。"（《云山叠叠连天碧》）这样的七律虽然不多，然而其境界也相当高。第一联是客观的描写，那么后面三联都是内涵深厚的悟境，自古以来多少人追求这样的至美境地。没有与外在俗世世界的断绝，没有自我内心世界的稳定与净化，要达此境是相当难的。诗人就是表现自己的历史意识的一些诗作，往往也具有禅味与禅机。"常闻汉武帝，爱及秦始皇。俱好神仙术，延年竟不长。金台既摧折，沙丘遂灭亡。茂陵与骊岳，今日草茫茫。"（《常闻汉武帝》）诗人在秦始皇与汉武帝的一生中，看出了生不常在而死定来到的道理。诗人所表达的正是对于人生有限的理解，任何人都不可能超越于生死之外，皇帝如此，圣贤高士也是如此。所以他说："自古诸哲人，不见有长存。生而还复死，尽变作灰尘。积骨如毗富，别泪成海津。唯有空名在，岂免生死轮。"（《自古诸哲人》）前面所列的所有作品,也许都比不上这首五律:"我今稽首礼,无上法中王。慈悲大喜舍,名称满十方。众生作依怙,智慧身金刚。顶礼无所着,我师大法王。"(《我今稽首礼》)这也许是寒山所有作品中最庄严热烈的礼佛之诗,每一行、每一联用了至高的词语,慈、悲、喜、舍四种精神都已经齐备,东、西、南、北、东南、西南、东北、西北、上、下等十方都充满光辉。"无上法中王"、"我师大法王"则是最具有禅境的诗句,虽然明白而直接。诗人所表达的佛法与至道是他所理解的,并不只是从佛经里面来的一些通例,也不是一些古诗句的拼凑,更不是佛经句子的拼接。寒山的许多诗都表现了佛理与禅法,然而所表达的不是无意味的思想,而是有意味的思想,即是通过他自我或自然而表现的。自然是他所理解的自然,自我也是通过自然而表达的,直接表现自我思想的诗作不是太多,只是有一些故事与事件,保存于他的作品。诗人并没有标准的自传性作品,不会自述自己人生与历史,更不会涉及社会与历史,时代的变化与政治性主题与他的诗没有什么关系。通过寒山来表现自己,通过自己来表现寒山,通过寒山来表现佛教大法,而佛教大法在他的诗中是具体的而不是抽象的,是意象形态而不是思想形态。

五是以通俗的语言和佛教的词汇,充分地表现了自然与自我。在他的诗中,自然的一切与自我的一切,机趣、性趣、情趣、意趣无所不在,让读者一读即悟禅机。然而,寒山的诗也并不完全是白话诗,有的时候用典也是比较多的:"弟兄同五郡,父子本三州。欲验飞凫集,须征白兔游。灵瓜梦里受,神橘座中收。乡国何迢递,同鱼寄水流。"(《弟兄同五郡》)这首五律里几乎每一联都运用了典故。首联用了梁五帝五个儿子在五个郡中做王,而这五个郡却属于三个州的典故;次联用了《太平御览》中的孝顺儿顿琦与白鹅共住的典故;第三联、第四联运用了方储为孝敬母亲而在坟边种树、焦华为父亲生病而感动神仙梦里送瓜、《艺文类聚》中王虚之生病后神仙在其院里让橘子结果的典故。从总体上说，寒山的诗还是以白话为主的，通俗易懂，总是以常人不入诗的题材与形象而入诗。"东家一老婆，富来三五年。昔日贫于我，今笑我无钱。渠笑我在后，我笑渠在前。相笑倘不止，东边复西边。"（《东家一老婆》）这里"渠"，就是"她"的意思，说我们的相互嘲笑还没有停止，就又有人嘲笑她的贫穷了。似乎只是讲了一个与邻家老太婆之间的有钱与无钱故事，背后道理却是深刻的。"我见百十狗，个个毛狰狞。卧者渠自卧，行者渠自行。投之一块骨，相与唾嘴争。良由为骨少，狗多分不平。"（《我见百十狗》）这里表现狗的本性，为了一小块骨头就要发生争执，并且要大打出手。诗人以狗喻人，嘲笑的是某一种人，其中的尖锐与机趣让人动容。"老翁娶少妇，发白妇不耐。老婆嫁少夫，面黄夫不爱。老翁娶老婆，一一无弃背。少妇嫁少夫，两两相怜态。"（《老翁娶少妇》）这里表现了一种现象，是对于人间丑态的一种揭示，当然是一种善意的表达。人性之复杂，与自然无异，所以在两性关系上，各种各样的样态齐备。寒山总是喜欢表现这样的题材，并且是以嘲笑的口气而行之，他也总是在诗中关注人间的生活，关注人性的变迁与美丑。唐代真是一个百花齐放的时代，有李白、杜甫这样的诗人，也有白乐天、寒山这样的诗人，没有哪个学者规定诗歌必须运用什么样的语言，诗人要创造什么样的风格。寒山为什么有意地运用白话，并且故意以通俗的题材入诗，我们不得而知。这也许与他个人的经历有关，也许与他的世界观有关，也许与他的受众有关。无论如何，以通俗的白话表现自我的一切与自然的一切，正是那个时代所缺失的。白居易也只是表现了一些通俗的题材，在语言上多半还是采用比较讲究的文言。以白话为美、以俗世为美，并且与对自然的观察结合起来，与对自我的表现结合起来，是一种相当具有开创性的审美选择。

六是具有一种物我一体、天地一体的开阔气度，为那个时代的诗人作品所少有，也为后来的诗人所景仰和向往。"登陟寒山道，寒山路不穷。溪长石磊磊，涧阔草蒙蒙。苔滑非关雨，松鸣不假风。谁能超世累，共坐白云中？"（《登陟寒山道》）除了第一联之外，其余三联都是名句。为什么？就是因为其中有深厚的哲理、有至大的道理。寒山这个地方属于天台山，只是一个小山而已，为何具有如此的魅力？关键就在于诗人自己的人格与境界。与自然相通、与天地相通，寒山通过自己把所有的佛理化为了美好的诗句。"白云高嵯峨，绿水荡潭波。此处闻渔父，时时鼓棹歌。声声不可听，令我愁思多。谁谓雀无角，其如穿屋何？"（《白云高嵯峨》）打鱼人的歌声，也许只是诗人的一种想象，也许是对于自己阅读屈原诗作《渔父》的一种回忆。诗人与那高山流水之间的关系，就是一种物我一体、内外一体的关系，在这里似乎分不清你与我、自我与自然了。诗人并没有忘记中国的历史，他一想起屈原的作品，就"令我愁思多"。古今一体、内外一体，仍然是这首诗的境界。"浩浩黄河水，东流长不息。悠悠不见清，人人寿有极。苟欲乘白云，曷由生羽翼？唯当鬓发时，行住须努力。"（《浩浩黄河水》）想乘白云而不可，因为不知何时可以生出翅膀；只有当头发还是黑色的时候，在家还是不在家都要努力。虽然表达的是与黄河之无限相比生出的人生感慨，但如果没有对于黄河的观察与体验，也就没有这样的诗句。"余家有一窟，窟中无一物。净洁空堂堂，光华明日日。蔬食养微躯，布裘遮幻质。任尔千圣现，我有天真佛。"（《余家有一窟》）诗人认为与黄河这样的天地奇观相比是如此，与一个小小的洞窟相比仍然是如此。"任尔千圣现，我有天真佛"，世界上虽然有多种多样的除心佛以外的佛，然而我的佛是不变的，也是内外一体、天地一体的象征。"闲自访高僧，烟山万万层。师亲指归路，月挂一轮灯。"（《闲自访高僧》）"闲游华顶上，日朗昼光辉。四顾晴空里,白云同鹤飞。"(《闲游华顶上》)"一自遁寒山,养命餐山果。平生何所忧,此世随缘过。日月如逝川,光阴石中火。任你天地移,我畅岩中坐。"(《一自遁寒山》)以上三首绝句,说明的是同样的道理。寒山的诗虽然简要,却一再地与天地等齐、与万物同光,在唐代诗人中,李杜的诗也并不都有这样的境界。李白的诗有自然之境,杜甫的诗有众生之境,然而达到了与天地等齐之境的诗,仍然是不多的。也许只有后来的苏东坡作品,在天地一体、内外一体方面达到并超越了寒山的水平,这也是后来的王安石、陆游等人去拟寒山体的重要原因。寒山的许多诗作达到了如此高远大气的审美境地,实在是难能可贵的一种创造。

七是有许多诗以象征、隐喻的方式进行表达,让全诗呈现出的是一个意象,而这个整体性的意象,经得起读者的回味与反复阅读。有的人认为寒山的诗主要是一些格言警句,或者是佛教禅宗的一些说理,其实不是这样的。他的诗有一部分是佛教之语,有一部分是道家之语,直接讲为人处世的道理的诗是少的,占主体部分的还是自然之诗与自我之诗,这是他的诗之所以在日本与美国立足的根本。而在艺术技法上,他的诗着重于追求语言、意象与境界三个要素,每一首诗中都有一些让人惊奇的意象,有不少的诗还创造了一种整体性的意象,并构成为一种象征。"天生百尺树,剪作长条木。可惜栋梁材,抛之在幽谷。年多心尚劲,日久皮渐秃。识者取将来,犹堪柱马屋。"(《天生百尺树》)这里天生的"百尺树",就是诗人自己的象征,诗人以这个意象概括了他自己的一生,或者前半生,因为这首诗写于何时,我们无法确切地知道。"白鹤衔苦桃,千里作一息。欲往蓬莱山,将此充粮食。未达毛摧落,离群心惨恻。却归旧来巢,妻子不相识。"(《白鹤衔苦桃》)苦难的白鹤,同样是诗人自我人生的象征,要去蓬莱山成仙得道,口中的"苦桃"代表着的是一种精神。然而他没有成功,于是回到自己的家里,可是妻子也认不出他来了。据考证,寒山本来有妻子儿女,因为与兄弟之间的感情不和,而离家出走,一走就是三十年。可以相信这里的"白鹤",极有可能就是寒山本人苦难生活的象征。"桃花欲经夏,风月催不待。访觅汉时人,能无一个人。朝朝花迁落,岁岁人移改。今日扬尘处,昔时为大海。"(《桃花欲经夏》)此诗虽然在后面有所扩展,然而前面的"桃花"意象,也是一种象征,只不过不是寒山本人的象征,而是象征着一种美好的东西,一种自然的生命。在唐代诗人中,也许只有寒山的诗中存在大量的整体象征,李白的诗主要抒发自我的感受,杜甫的诗主要表现现实的苦难,这样的写物而即物的象征诗,也许只有在李贺的作品中,可以找到一些。就此而言,寒山诗歌的现代性及其审美创造,实在是非同一般。他的诗和20世纪的现代主义诗歌与象征主义诗歌没有直接的关系,然而他与后来的诗人作品在精神与形式上是相通的,不然其诗不会在美国垮掉一派作家与诗人那里产生重大的影响,也不会在日本民族产生如此长远而巨大的影响力。

寒山对自己的诗有着诸多评价,现在看来有一些可笑:"凡读我诗者,心中须护净。悭贪继日廉,谄曲登时正。驱遣除恶业,归依受真性。今日得佛身,急急如律令。"(《凡读我诗者》)这是他对于自己诗作之主题的说明,认为一般的人读不了他的诗,只有思想修为达到了比较高的境界的人才可以读懂,可以受到感染而走向正途。"下愚读我诗,不解却嗤诮。中庸读我诗,思量云甚要。上贤读我诗,把着满面笑。杨修见幼妇,一览便知妙。"(《下愚读我诗》)这可以看出当年的读者对于其诗的四种反应,名贤杨修对于美女的看法最符合他的诗作。他对自己诗作的评价是相当高的,但同时也认识到许多人读不懂他的诗。"多少天台人,不识寒山子。莫知真意度,唤作闲言语。"

(《多少天台人》)当时由于交通与通信不便,其诗只是手抄本的时候,只有天台山附近的人才可以读到。天台山许多人认为他的诗闲言碎语,没有文学上的价值,而他认为并不是这样。"一住寒山万事休,更无杂念挂心头。闲书石壁题诗句,任运还同不系舟。"(《一住寒山万事休》)他把自己的诗作刻在石壁之上,后来的命运如何,他说就不知道了,就像河里没有系牢的小船一样。"时人见寒山,各谓是风颠。貌不起人目,身唯布裘缠。我语他不会,他语我不言。为报往来者,可来向寒山。"(《时人见寒山》)当时人对于他的评价不是太高,其中也涉及对于其诗作的评价,因此不合而相互之间不能理会。然而寒山告诉那些年轻人,只要他们来到寒山隐居,就可以明白一切的来历。"有个王秀才,笑我诗多失。云不识蜂腰,仍不会鹤起。平侧不解压,凡言取次出。我笑你作诗,如盲徒咏日。"(《有个王秀才》)王秀才并不一定是实有其人,可是他对于寒山诗的评价,代表的正是当时的正统诗界,可是寒山说,我看你写诗就像盲人吟太阳一样,表达的是一种讥笑。"有人笑我诗,我诗合典雅。不烦郑氏笺,岂用毛公解。不恨会人稀,只为知音寡。若遗趋宫商,余病莫能罢。忽遇明眼人,即自流天下。"(《有人笑我诗》)"家有寒山诗,胜汝看经卷。书放屏风上,时时看一遍。"(《家有寒山诗》)这是两首重要的作品,表明他对于自己的诗歌作品是如何的自信,而后来的历史也一再地证明,他的确是一个高人,一个智者,一个有眼光的诗人。而他为什么对自己的诗作有如此高度的自信?为什么他认为自己的作品会成为后代人必读的经卷?主要是他在作品中凝聚了自己一生的经历、一生的经验、一生的思想、一生的哲学,并且是通过诗的方式即艺术的方式,而不是通过艺术之外的方式。现在我们将其称为伟大的诗人,也许没有人会有不同的意见。

当然,寒山的诗也是多种多样的,以五言和七言为主,其中大量的都是五律与七律，有一部分是五绝与七绝，有一部分是排律，即比较长的五言与七言诗，如长达三十六行的五排《我见世间人》，也有一些杂言。他的诗的确也有不讲格律，甚至不押韵的情况。如《琴书须自随》："琴书须自随，禄位用何为。投辇从贤妇，巾车有孝儿。风吹曝麦地，水溢沃鱼池。常念鹪鹩鸟，安身在一枝。"这首诗就不怎么押韵，也不讲格律。"有人兮山陉，云卷兮霞缨。秉芳兮欲寄，路漫兮难征。心惆怅兮狐疑，蹇独立兮忠贞。"（《有人兮山陉》）这是一首楚辞体的短歌，在他所有作品中是少见的。就其诗的艺术质量而言，上乘的作品占到了百分之九十，少部分作品有些随意。有的作品存在结尾点题的倾向，也就是说出自己的主张，其实是对于艺术结构的一种破坏。他写得最好的诗还是五言诗与七言诗，特别是五言与七言律诗，有一些排律容量很大，有一些五绝简洁精致。他的律诗也没有达到杜诗的水平，他的自由体也没有达到李白的水平，然而他有自己的特点，那就是高度自我化的、与自然相通的、与佛法相通的、与口语相通的形式与思想，也许这是李杜作品中也少有的东西。最重要的还是审美的方式与审美的创造，以我观物、以我观他、以我观世、以我写诗，不拘世俗、不拘格律、不拘佛理，个性充足、个性通达、个性独立、自我创造，这就是寒山诗歌给当代汉语诗歌的重要启示。我们有不少的诗人总是表现一些外在于我的东西，有不少的诗人没有胸怀甚至没有情怀，有不少的诗人总是歌颂这个歌颂那个，有不少的诗人总是去叙述一些事件，有不少的诗人老是去争名逐利，与唐代诗人寒山的追求、寒山的审美境界相差十万八千里。读一些寒山的作品，从中可以得到许多重要的东西。

寒山有一首著名的作品，表达他对于猪与人关系的看法，其实表达的是至伟的佛理。"猪吃死人肉，人吃死猪肠。猪不嫌人臭，人反道猪香。猪死抛水内，人死掘土藏。彼此莫相啖，莲花生沸汤。"(《猪吃死人肉》)语言通俗，题材世俗，而立意高远，佛理通达。像这样的作品，在其诗集中是大量的存在，显著的存在。不仅是在唐代，就是在中国，在世界，寒山都是一位了不起的、伟大的诗人。每一首诗中都有自我的存在，然而他的自我连通了世界；每一首诗中都有自然，然而他的自然也连接着自我；每一首诗中都有思想，然而都是通过物质化的方式进行呈现；每一首诗中都有哲学，然而都是具体的存在而不是抽象的存在。这就是一个诗人的审美创造，不仅在中国是独有的，在世界能够与他相比的，也是极其少有。有人总是说文学的首要功能是教诲，华兹华斯的诗中有教诲吗？梭罗的散文中有教诲吗？寒山的诗中有教诲吗？没有。所有的文学创作，审美创造是第一位的，也是文学之所以为文学的首要前提。寒山的作品也一再地证明了个人化的东西是诗歌和文学存在的根基与根本。因此，我认为寒山的诗，可以与英国的华兹华斯相比，也可以与美国的散文作家梭罗相比，他们三位就像是三座高山、三条大江，都是伟大的自然诗人与哲学诗人。

词的整体章法与艺术品质

段　维

诗的章法乃通常说的"起承转合",那么词的章法是什么呢?其实,词的章法从根本上讲也就是起承转合,尽管很少有人这么提。下面我们就来逐一分析,给诗友们创作提供一点借鉴。

一、词的起承转合

其实,不仅诗有起承转合,词也有,尽管从来没人这么提过。也许因为词的结构方式千变万化,难以用诗的起承转合来套用。

1. 词到底如何"起"

大致有三种常见的方法:一是设势。开门见山,直抒胸臆,如苏东坡的《江城子·密州出猎》起句就是:"老夫聊发少年狂。左牵黄,右擎苍。"二是设境。由景切入,引出主题,如苏东坡《念奴娇·赤壁怀古》之起句:"大江东去,浪淘尽、千古风流人物。"三是设思。先设置问题,发人思索,继而铺陈。还是看苏东坡的《水调歌头·中秋》之起句:"明月几时有?把酒问青天。"

2. 词到底如何"转合"

就"转合"来看,我们无法具体地讲"如何转",因为"转"有明转也有暗转,并且难以确定在什么地方该"转",什么地方不能"转",一切都要根据词意或情意的流程情况来自主设定。那么,我们就把重点放在"合"上,也就是如何"煞尾"的问题。

一首词结尾是很要紧的,它往往是点睛之笔。尾句要能收住全文,又能发人深思,留有余味,所以词人们非常重视它,在句法上、音律上特别下功夫。姜夔说:"一篇全在尾句,如截犇(bēn)马。"煞尾好像要勒住一匹狂奔的骏马一样,没有力量行吗?他总结了几种结尾的情况和方法:

一是"词意俱尽",点明主题。

"所谓词意俱尽者,急流中截后语,非谓词穷理尽者也。"也即是情理并未绝。例如:

玉楼春·戏林推
刘克庄

年年跃马长安市。客舍似家家似寄。青钱换酒日无何,红烛呼卢宵不寐。

易挑锦妇机中字。难得玉人心下事。男儿西北有神州,莫滴水西桥畔泪。

林推:姓林的推官,词人的同乡。呼卢:赌博。卢、雉,乃古赌具之两彩色,故称赌博为"呼卢喝雉"。锦妇机中字:化用前秦窦涛之妻苏氏织锦为回文诗以寄其夫的典故。

这阕词共八句,单看前六句,似乎只是在写忘了国家安危而沉浸于青楼酒肆的文人生活，没有多大意义。然而，作者在词的结尾突然推出了"男儿西北有神州，莫滴水西桥畔泪"两句，深刻犀利，使人猛醒，前面六句也有了着落。作者用尾句点明主题，告诉人们不要沉醉于颓废的生活而忘记了统一祖国的大业。

二是"意尽词不尽"，余味无穷尽。

"意尽于未当尽处，则词可以不尽矣，非以长语益之者也。"

有的词也是在结尾处点明主旨，但写得不外露，用形象说话，显得感情更深更细。例如：

水龙吟·次韵章质夫杨花词
苏　轼

似花还似非花，也无人惜从教坠。抛家傍路，思量却是，无情有思。萦损柔肠，困酣娇眼，欲开还闭。梦随风万里，寻郎去处，又还被莺呼起。

不恨此花飞尽，恨西园落红难缀。晓来雨过，遗踪何在？一池萍碎。春色三分，二分尘土，一分流水。细看来，不是杨花，点点是离人泪。

全词都在以杨花比离人，写得非常细腻缠绵，处处写花，但始终未出"离人"二字，直到结尾，说到被风雨击落的杨花化成了尘土，溶入了流水以后，才笔锋一转，说"细看来，不是杨花，点点是离人泪"，点破了题旨，使人感到余味无穷。

三是"词尽意不尽"，耐人寻味。

"非遗意也，辞中已仿佛可见矣。"例如：

菩萨蛮·书江西造口壁
辛弃疾

郁孤台下清江水，中间多少行人泪。西北望长安，可怜无数山。　　青山遮不住，毕竟东流去。江晚正愁余，山深闻鹧鸪。

造口：在今江西省万安县南六十里，赣江由此流入鄱阳湖。郁孤台：在今江西赣州市内。清江：赣江和袁江合流处称清江。

作者始而痛惋人民的苦难，继而表白统一祖国的急切希望，最后却说"江晚正愁予，山深闻鹧鸪"。暮色笼罩中的大江正使我苦闷，深山中却又传来阵阵"不如归去"的鸟鸣。解这首词的人，都说这结尾是消极低沉的，是作者孤独苦闷心情的流露，其实就中也有积极的一面。他虽然感到国势垂危如日薄西山（江晚），不免惆怅，但时刻不忘收复旧土，重返故园，那深山中传出的"不如归去"的呼声，就代表着作者和去国离家的人民的共同心情。

四是"词意俱不尽"，余意更深邃。

"不尽之中，固已深尽之矣。"例如：

调笑令·河汉
韦应物

河汉，河汉，晓挂秋城漫漫。愁人起望相思，塞北江南别离。离别，离别，河汉虽同路绝。

词的结尾"离别，离别，河汉虽同路绝"与开头"河汉，河汉，晓挂秋城漫漫"紧相呼应。

还有贺铸的《青玉案》用问答方式结尾："试问闲愁都几许？一川烟草，满城风絮。梅子黄时雨。"把失意人的愁思比作烟草、风絮、梅雨，非常形象地加深了主题，耐人寻味；柳永《雨霖铃·寒蝉凄切》以深情的问句"便纵有千种风情，更与何人说"作结，余意深远。

3. 词到底如何"承"

至于如何"承",在词中要比诗的"承"复杂得多,其不仅仅是句与句之间的"承",还有上下片之间的"承"。所以下面我们要重点讲一讲词的上下片之间的逻辑关系,其中会涉及很重要的"过片"问题。

二、词的上下片逻辑关系的处理

这里还是以两片词或叫两叠词为例。按常理来说,词的上下片之间肯定具有一定的逻辑关系,或并列,或对比,或递进,或转折,或反串。但如何处理这些逻辑关系,确实是五花八门的。我们还是进行实例分析。

1. 上下片各自独立地吟咏两种事或物

上片咏某事某物,下片则另咏他事他物。那么,这两种事物之间有无内在联系呢?我们先看苏轼的一阕词:

贺新郎·夏景
苏　轼

乳燕飞华屋。悄无人,桐阴转午,晚凉新浴。手弄生绡白团扇,扇手一时似玉。渐困倚、孤眠清熟。帘外谁来推绣户,枉教人、梦断瑶台曲。又却是,风敲竹。

石榴半吐红巾蹙。待浮花浪蕊都尽,伴君幽独。秾艳一枝细看取,芳心千重似束。又恐被秋风惊绿。若待得君来向此,花前对酒不忍触。共粉泪,两簌簌。

瑶台：玉石砌成的台，神话传说在昆仑山上，此指梦中仙境。风敲竹：唐李益《竹窗闻风寄苗发司空曙》："开门复动竹，疑是故人来。"红巾蹙：形容石榴花半开时如红巾皱缩。芳心句：形容榴花重瓣，也指佳人心事重重。秋风惊绿：指秋风乍起使榴花凋谢，只剩绿叶。两簌簌：形容花瓣与眼泪同落。

词的上片咏美人，下片另咏石榴。那么这二者有无关系呢？表面看似乎没有什么关系，细究起来，也许东坡把石榴当作美人来看待，美人与石榴融为一体了。下片的"若待得君来向此，花前对酒不忍触"把花与人勾连一处。上片实写，下片虚写，都是围绕闺怨春愁来展开的。

比苏东坡走得更远的是辛稼轩。我们再看例词：

感皇恩
辛弃疾

案上数编书，非《庄》即《老》。会说忘言始知道；万言千句，不自能忘堪笑。今朝梅雨霁，青天好。

一壑一丘，轻衫短帽。白发多时故人少。子云何在？应有《玄经》遗草。江河流日夜，何时了？

这是一首悼念大理学家朱熹的词。上片所写的陈列着几本老子或庄子的书斋是辛也是朱的，借环境刻画人的精神，一石二鸟，迥异拙笔。"会说忘言始知道"中"忘言"出《庄子·外物》："言者所以在意，得意而忘言，吾安得忘言之人而与之言哉？"稼轩说朱熹就是会说"忘言"而知大道的思想家。按庄子原意，前说"得鱼忘荃（诱饵），得兔忘蹄（捉兔下的套）"，后说"得意忘言"，大概是指抛弃事物的形式和功利世俗的机心。因之辛词才有"不自能忘堪笑"之句，要能自忘方可望对"大道"有所了解，肯定朱熹和自己都属勘破了事物形式和突破了小我恩怨得失之人。到此辛酸会心处，忽一笔宕开，"今朝梅雨霁，青天好。"乐境写哀，增其一倍之哀也。下片直接转到写朱熹，"一壑一丘，轻衫短帽"写朱熹晦庵云谷的幽居和衣着简朴的形象。"子云"是西汉末哲学家扬雄的字，《太玄》是其著作，这里将朱比扬，谓朱熹思想将如江河行地，万古不废。

从表面看，上片写读庄子、老子著作的感受，下片写朱熹其人其德。两片之间似乎毫不相关。但如果细加推演，还是能找出上下片之间的逻辑联系的。上片写读书之感受时，其实心游天地之间，思想已经暗中与朱熹相同，这种相通的媒介就是老庄的思想，于是下片直接转到写朱熹本身上去。这也有点类似于吴文英的"空际转身"。只不过梦窗是句与句之间"潜转"，而稼轩则在上下片之间"潜转"。这种方式，初学者不宜提倡，弄不好会显得没有章法。

2. 上片结句引出过片，下片则围绕过片之意展开

通常情况下，词的上片结句也称"前结"引出"过片"（下片起首句）；反过来说，过片是承接上片结句来写的，下片自然是紧跟着过片来铺展的。

但有些时候，过片可位移至"前结"处，与前结重合。我们看例词：

卜算子·缺月挂疏桐

苏　轼

缺月挂疏桐，漏断人初静。谁见幽人独往来，缥缈孤鸿影。
惊起却回头，有恨无人省。拣尽寒枝不肯栖，寂寞沙洲冷。

这首词是元丰五年（1082）十二月苏轼初贬黄州寓居定慧院时所作。词中借月夜孤鸿这一形象托物寓怀，表达了词人孤高

自许、蔑视流俗的心境。

上片前两句营造了一个夜深人静、月挂疏桐的孤寂氛围,为幽人、孤鸿的出场做铺垫。"漏"指古人计时用的漏壶,"漏断"即指深夜。这两句出笔不凡,渲染出一种孤高出世的境界。接下来的两句,先是点出一位独来独往、心事浩茫的"幽人"形象,随即轻灵飞动地由"幽人"而联想到孤鸿,使这两个意象产生对应和契合。

过片"谁见幽人独往来,缥缈孤鸿影",为下片专门叙写"孤鸿"做铺垫。

下片则专写孤鸿遭遇不幸,心怀幽恨,惊恐不已,拣尽寒枝不肯栖息,只好落宿于寂寞荒冷的沙洲。这里,词人以象征手法,匠心独运地通过鸿的孤独缥缈,惊起回头、怀抱幽恨和选求宿处,表达了作者贬谪黄州时期的孤寂处境和高洁自许、不愿随波逐流的心境。作者与孤鸿惺惺相惜,以拟人化的手法表现孤鸿的心理活动,把自己的主观感情加以对象化,显示了高超的艺术技巧。

这首词的境界,确如黄庭坚所说:"语意高妙,似非吃烟火食人语,非胸中有万卷书,笔下无一点尘俗气,孰能至此!"这种高旷洒脱、绝去尘俗的境界,得益于高妙的艺术技巧。这种情况并不少见。像毛泽东的《沁园春·长沙》的前结同时也是过片——"怅寥廓,问苍茫大地,谁主沉浮?"下片则由此"怅"和"问"引出"谁主沉浮"的"谁"来——"携来百侣曾游,忆往昔峥嵘岁月稠。"这"百侣"也正是"指点江山"、"风华正茂"的"恰同学少年"们。

过片的重要性是显而易见的。绝大多数情况下,过片起着"承接"或"转换"的作用。这种作用至少体现在三个方面:

第一,虚实情景关系的承接或转换。这分三种情况,分别是指词的各片之间先景后情、由实入虚的转换;或者先情后景、由虚入实的转换；或者情景兼具、虚实相融的转换。前两种情况比较好理解，下面就第三种情况举例说明：

采桑子·重阳
毛泽东

人生易老天难老，岁岁重阳。今又重阳，战地黄花分外香。一年一度秋风劲，不似春光。胜似春光，寥廓江天万里霜。

词的上片情中有景，下片景中寓情，两片都是情景虚实交融，而其过片处则不甚一目了然。仔细斟酌权衡后可知，过片宜落在前结句"今又重阳，战地黄花分外香"上。因为他上承上片"重阳"，下启下片"胜似春光"。

第二，风格情调关系的承接或转换。词风有"舒徐斗健"（刘熙载《艺概·词曲概》）之说。一般来说，豪放词过片斗健激越，婉约词过片舒徐婉转。如毛泽东的《满江红·和郭沫若同志》，其过片为"多少事，从来急，天地转，光阴迫"，由此牵出"一万年太久，只争朝夕"来。这就给人以时不我待的紧迫感。当然，也有在一首词中"舒徐斗健"相互转换的，这时，过片就起着"转"的作用。

第三，章法结构关系的承接或转换。从章法结构上来审视，有转折、对比、层递或反串等表现形式，这时，过片就要做好铺垫准备。这里只举不太常见的"反串"词例。反串本是戏曲名词，指男女角色颠倒扮演，这里是指词中角色的转换。

采桑子
吕本中

恨君不似江楼月，南北东西。南北东西，只有相随无别离。恨君却似江楼月，暂满还亏。暂满还亏，待得团圆是几时？

词中从"恨君不似江楼月"转换到"恨君却似江楼月",而且"恨君却似江楼月"就起到了过片的"反串"作用。

3. 下片进一步申说上片未尽之事物

上片所咏事物意犹未尽,下片接着抒写。这与上片结句引出过片、下片围绕过片之意展开是有区别的。看例词:

玉楼春
辛弃疾

——乐令谓卫玠:人未尝梦捣齑、餐铁杵、乘车入鼠穴,以谓世无是事故也。余谓世无是事而有是理,乐所谓无,犹之有也。戏作数语以明之。

有无一理谁差别?乐令区区浑未达。事言无处未尝无,试把所无凭理说。

伯夷饥采西山蕨。何异捣齑餐杵铁。仲尼去卫又之陈,此是北车入鼠穴。

乐令:指卫玠,字叔宝,河东安邑(今山西夏县北)人,晋朝玄学家、官员、中国古代四大美男之一。伯夷:商朝末年孤竹国君的儿子。他和弟弟叔齐,在周武王灭商以后,不愿吃周朝的粮食,一同饿死在首阳山(现山西省永济县南),后人称颂他们能忠于故国。齑(jī):捣碎的姜、蒜、韭菜等。仲尼去卫又之陈:指孔子周游列国事。因为孔子想宣传自己的主张,希望君主能施以仁政,不要战争,但春秋时期,各国都想拥有更多的土地,战争难以避免,所以各国的国君根本不可能听他的。

词的上片提出一种论题(理论),如果就此打住则不像是填词，故下片举例进一步叙说，也可看作用具体事例来证明其立论。这种下片接着叙写上片未尽之意的手法也许并不少见，但辛词的这种上片说理，下片例证的手法却极其少见。

4. 上下片文义并列

上下两片的意思是平行并列的，或者是相反并列的。看例词：

生查子·元夕
欧阳修

去年元夜时，花市灯如昼。月上柳梢头，人约黄昏后。
今年元夜时，月与灯依旧。不见去年人，泪湿春衫袖。

元夜：又称"元夕"，指农历正月十五夜，也称上元节。自唐代元夜张灯，故又称"灯节"。花市：指元夜花灯照耀的灯市。春衫：年少时穿的衣服，可指代年轻时的自己。上下两片的意思是平行并列的。

5. 上片设问下片作答

前句设问，后句答之的例子很多，但上片设问，下片作答的例子并不常见。

满江红
李孝光

烟雨孤帆，又过钱塘江口。舟人道、官侬缘底，驱驰奔走？富贵何须囊底智，功名无若杯中酒。掩篷窗、何处雨声来，高眠后。

官有语，侬听取。官此意，侬知否。叹果哉忘世，于吾何有。百万苍生正辛苦，到头苏息悬吾手。而今归去又重来，沙头柳。

李孝光是元代词人。官：自然指在各级官僚机构任职的人。侬：方言为"你"，这里应当指代普通人。苏息：休养生息。这首词的上片以"舟人道、官侬缘底，驱驰奔走？"设问，过片以"官有语，侬听取"引出下片的回答之语。全词表现出词人的爱君忧民之正统儒家思想。

6. 打破上下分片定格

这种方式完全打破了上下片的分工界限，随着意脉或情脉的流动成篇。

贺新郎·别茂嘉十二弟
辛弃疾

绿树听鹈鴂。更那堪、鹧鸪声住，杜鹃声切。啼到春归无寻处，苦恨芳菲都歇。算未抵人间离别。马上琵琶关塞黑，更长门、翠辇辞金阙。看燕燕，送归妾。

将军百战身名裂。向河梁、回头万里，故人长绝。易水萧萧西风冷，满座衣冠似雪。正壮士、悲歌未彻。啼鸟还知如许恨，料不啼清泪长啼血。谁共我，醉明月。

茂嘉十二弟：稼轩族弟，《词选》云："茂嘉盖以得罪谪徙，故有是言。"鹈鴂（tí jué）：常解释为杜鹃，也有主张鹈鴂与杜鹃实两种鸟：据《禽经》曰："隽周，子规也。江介曰：子规，蜀右曰杜宇。"又曰："鶗鴂，鸣而草衰。"注云："鶗鴂，《尔雅》谓之鵙，《左传》谓之伯赵。然则子规、鶗鴂二物也。"马上琵琶关塞黑：暗用汉王昭君出塞事。石崇乐府《王明君辞序》云

"昔公主嫁乌孙,令琵琶马上作乐,以慰其道路之思,其送明君,亦必尔也"。长门:冷宫。汉武帝时,陈皇后失宠,退居长门宫。燕燕:《诗·邶风·燕燕》"燕燕于飞,差池其羽。之子于归,远送于野,瞻望弗及,涕泣如雨。"《小序》曰:"燕燕,卫庄姜送归妾也。"将军:指李陵。李陵多次与匈奴交战而终降于匈奴,因此身败名裂。用此典有勉励忠义气节之意。河梁:李陵《与苏武诗》"携手上河梁,游子著何之?"易水:用荆轲事,见于《史记·荆轲传》。还:作"如果"讲。

  词中从"马上琵琶关塞黑"到"正壮士、悲歌未彻"一共十句,平列了五件离别故事。过片不作变化,完全打破了过片的成法。

  词的上片借鸟兴咏,以烘托赠别之意,气氛营造精妙到位,"未抵"二字领句,承上之啼鸟而启下之别恨五事,上片集女子离别之怨典,下片则都用男子离别之典。《宋四家词选》以为:"前半阕北都旧恨,后半阕南渡新恨。"词意跌宕,"沉郁顿挫,姿态绝世,换头处起势崚嶒。"(陈亦峰《云韶集》) 结韵简练而情境幽远。词中用典"经子百家,行间笔下,驱策如意"(冯金伯《词苑萃编》卷五)。

中国百年新诗的先锋性

梁晓明

引子：新诗的婴幼儿时期

首先，我们来看一首小诗：

战争

假如我
生活在战争年代
别人冲在前线
我就只能在旁边
喊加油

读完请问你想到了什么？胆小鬼？怯懦？狡猾？在我们的生活中，在勇敢向前的同时，是不是确实也有很多这样站在旁边喊加油的人？扪心自问：你是否也是其中的一个？

同时我们还可以反过来联想到另一首与这首诗歌的写作方法极为相似，但内容却绝然相反的诗歌：

假使我们不去打仗

假使我们不去打仗
敌人用刺刀
杀死了我们
还要用手指着我们骨头说：
"看，
这是奴隶！"

从内容上看，这一首几乎就是对上面这首诗歌的直接回答！我们都知道，下面这首是著名诗人田间的一首代表作，它代表了那个年代坚强不屈的战斗意志，同时也是对那些退缩的懦弱者的彻底的鄙视与批判。而田间也正因为这首诗歌被广大的诗歌阅读者所铭记。但要是我们忽然知道，上面这首小诗出自一位名叫朵朵的小作者，今年才五岁时，你怎么想？你会不会忽然觉得从诗歌的内容上用田间的角度来对待和对比一位五岁的小作者的诗歌，肯定哪里不对？你难道可以要求一位五岁的孩子也冲锋向前？而且还是在惨烈的战场上？但问题是，我们为什么忽然就记住了这首诗歌？不仅如此，我们还露出微妙的笑容：因为这诗歌的作者才五岁啊，在此基础上，我们赞叹这首小诗的干净利落，态度鲜明，并且真正是一首"我手写我心"的作品，我们会不自觉地对着这首小诗说一声：写得好！而当我们这样喊好的时候，我们其实除了赞扬这孩子在内容上写得真切自然的同时，我们却没有注意，这首小诗在语言上的自成一体。

同样都是用汉语写作，为什么一位五岁的孩子竟然可以比拼一位著名的诗人？中国的汉语发生了什么事情？或者说，我们的新诗是怎么样慢慢走到了这一步？仅仅百年前，中国新诗的开创者，著名的学者胡适先生在一篇《谈新诗》的文章中认为：新诗运动必须从诗体解放下手；除了提倡说理的诗，他还具体说到了音节，对于新诗写作，他说一：语气的自然节奏，二：每句内部所用的字的自然和谐，平仄是不重要的。对于用韵，他说有三种自由：一：用现代的韵，二：平仄互押，三：有韵固然好，没有韵也不妨。在《中国新文学大系·诗集》的导言中，主编者朱自清先生说：胡适先生的《谈新诗》差不多成为诗的创造和批评的金科玉律了。但就是这样的一位大学问家，大学者，并且对新诗的出现起到了绝对开创作用的现代诗人，我们来看看他写的诗歌：

蝴蝶

两个黄蝴蝶，双双飞上天
不知为什么，一个忽飞还
剩下那一个，孤单怪可怜
也无心上天，天上太孤单

湖上

水上一个萤火
水里一个萤火
平排着
轻轻地
打我们的船边飞过
他们俩儿越飞越近
渐渐地并做了一个

无论是写心情还是写景，无论语言的处理还是意境的呈现，从我们现在的角度看，他都已经显得那么简单，浅露和直白，如果我们不知道这是大学者胡适先生的作品,我们把它放进一本儿童诗选,难道我们阅读起来会觉得有所不同?比如把它放进这样的儿童诗歌的旁边:

骨头
董其瑞(六岁)

我们的骨头
穿上了人肉
我们一笑它就笑
我们哭了它也哭
我们的心里有神秘
我们的骨头会和我们一起生活

还有这样的:

眼睛
陈科全(八岁)

我的眼睛很大很大
装得下高山
装得下大海
装得下蓝天
装得下整个世界
我的眼睛很小很小
有时遇到心事
就连两行泪
也装不下

一个六岁,一个八岁,一个胡适。同一本诗集中如果出现这样的诗歌,你会怎么看?你难道会认为胡适的诗歌写得比这两个孩子的更好?只要稍微有一些诗歌写作和阅读经验的人,都会很明白这至多是在同一个层面的一种写作。就像冰心女士当年说的"我们的诗人还在吃奶"。这里就可以完全凸显出来胡适一代的新诗开拓者们当年的写作,在百年新诗的发展过程中,真的就是一种孩子的成绩,但也正因为有了这个孩子的出生,我们的新诗很快地,甚至是迅猛地发展和生长了起来。

关于诗歌的先锋性,我们当然不能脱离了当时的时代背景,从根本上来看,诗歌的先锋性可以从语言的使用和内容的呈现,这两方面来进行比对。比如胡适,从目前我们的眼光来看,无论他的诗歌语言还是他的诗歌内容,都已经显得那么幼稚和浅显,但要针对他那个时代来进行比对,从几千年来的古汉语使用,特别是诗歌这个文学的金字塔尖,忽然使用了如此浅显的现代口语,不能不说是一种太为大胆的"尝试",和一种完全可以称之为"先锋"的精神意义。从当时整个社会的文化和习惯来看,这种诗歌的书写,绝对是一种前倾的姿态,只要突出于时代的身影和实践,我们便完全可以直接地说一声:这就是先锋!当然,在百年后的现在,我们也可以说一声:这就是我们新诗的婴幼儿时代。

侧记1:
当然,说到先锋,我们一定要清醒地认识到,先锋诗歌并不都是成功的、优秀的,它必定也会有很多甚至是大量失败的乃至非常不堪的作品。就像军队中的先锋部队,它可能最先尝到胜利的滋味,最早到达胜利的目标,并为后来者开拓出宽阔的、一种全新的道路和方向,但也完全可能就迷失在了森林中,甚至踩着了地雷阵而全部牺牲！

比如1986年，《深圳特区报》和《诗歌报》联手举办过一次中国的新诗大展，其中上海吴非的作品《果》，无论从哪个方面看，都是走得太远，以至于最终迷失的一个范例：

果

修着
在
久以就
的
个是故事的
这你发生

替时
就肤色
在村

被你走中
过你
留
下着的
一层
树

可以想见作者一定很有创造意识，或者说太有创造意识了，想写出不同于以前的作品，从精神性上来看不可谓不先锋，但语言过于主观的断裂，意向性的散乱，使得这种"先锋"必然会以失败告终。当然在整个八十年代，在中国有一种全面创新的精神冲动，在诗歌中也自然有着这种大量的在语言和形式上的探索和冲锋，但这种走得太远的尝试，一时间还记得，但不久就会被时间的水流给带走了。在更多优秀和杰出的作品出现后，它们就更加被读者和社会彻底地遗忘了。而举这个例子也只是说明先锋诗歌并不一定都会成功，像吴非的这个就明显是踩到了"地雷"上，而彻底地被"炸死"了。但要说明的是，凡是优秀和杰出的作品，无不是在内容和语言形式上有着一种突出于当时社会和当时审美习惯的突破和冲锋，只是这个尺寸怎么把握和怎么呈现，这就是称量一个诗人到底有多么优秀和杰出的一个标尺了。

新诗的少年时期

正如朱自清在《中国新文学大系·诗集》导言中所说：中国新诗产生的最大原因是外国的影响，包括他引用梁实秋说外国的影响是白话文运动的导火线。百年将近，关于新诗的诞生与发展，外国诗歌的影响与重要性已经无可置疑地成为了一种共识。目前的现状是，更多的诗歌写作者已经渐渐进入对这种外国的影响产生审视和重新分析与冷静选择的阶段，甚至有些诗写者慢慢把目光转向了我们自己的古代诗歌。正如美国诗歌深度意象主义者勃莱、赖特等那一批诗人从中国古典诗歌的意象意境中，寻找到一种新的诗歌源泉，返回到自身文化中寻到新的借鉴，也已经成为了最近一些年的一些中国诗人的一种崭新的面貌。

但是回到胡适以后，特别是新诗刚刚发端的那个时期，我们可以看到外国诗歌对于中国新诗的诞生起着多么直接和重要的影响。比如冰心受益于印度诗人泰戈尔，而徐志摩受益于英国诗歌而写出的诗歌几乎风靡了半个世纪的中国诗坛。在香港电影

《英雄本色》中，当演员周润发半真半假地朗诵起徐志摩的《再别康桥》，我们不能不承认，从诗歌作品的影响力这个角度来看，徐志摩的诗歌已经成为了一种新诗的标准，一种抒情诗歌的基本样式。也就是说，无论我们怎样审视和批评或者赞美，作为一种中国的新诗，徐志摩的诗歌已经得到了社会的肯定和接受。从胡适到徐志摩，从无到有，从婴幼儿不被承认到普遍认可，就像邻家有女初长成，我们可以大胆地说：针对从无到有的诗歌境遇与历程，时间虽短，却迈出极大的一步，包括后来的戴望舒等一批诗人，都可以归类到这个阶段，就是作品成型，无论技巧还是内容都到了一种可以被全面接受和认可的层面上。在我看来，这几乎就可以直接认定为是：中国新诗百年成长过程中的少年阶段。

侧记2：

如果说，徐志摩、闻一多甚至戴望舒等的诗歌相对比较容易被广泛地接受，或者我们从诗歌语言和技法上的要求来看，觉得他们的写作多少有些大众化的审美取向，那么在以后，对于这一类的诗人的作品在诗歌界内部更多采取的是一种忽视和小觑的根本原因，则在于他们作品中的语言和意象的浅显，不够挑战性，以及内容上的仅仅书写情感情绪的传统范畴，没有更多地给人一种新颖别致的刺激和醒目。像法国著名的超现实主义诗人布勒东所说的：神奇永远是美，那样一种神奇性，在以上这一类诗人的作品中，我们确实难以看到，无论内容还是语言。当然有人会说，这样的论断实在过于武断，那个年代的诗人，整个的中国新诗，还处于刚刚成长的阶段，不应该用这样的标准去衡量，或者说，用现在的标准去衡量那个年代的写作，用法不当。

但是如果我们把整个的中国百年新诗放到一个唯一的标准上来看，这样衡量，我们不会有错。比如我们说中国的古诗，难道我们就能因为它是诞生的初期,就可以放宽标准和只考虑年代来进行审视和评判吗?初唐就一定会差于晚唐?这显然是不能接受和站不住脚的,而且现在来看,我们也全然不是这样做的。对于诗歌,我们当然只能选择一个好或者不好的尺席。从诗歌先锋性写作和呈现这样的标尺上来看,我们当然更有一种自己的目光。而且,就算我们采取了这样似乎苛刻的标准,就在那个年代,甚至比这还要早,中国新诗的先锋性写作,依然有响当当的诗人站立了出来!

新诗的青年时期(1)

我们先来看看这首收于1921年出版的诗集《女神》中的诗歌:

天狗

一

我是一条天狗呀!
我把月来吞了,
我把日来吞了,
我把一切的星球来吞了,
我把全宇宙来吞了。
我便是我了!

二

我是月底光,
我是日底光,

我是一切星球底光,
我是 X 光线底光,
我是全宇宙底 Energy 底总量!

三

我飞奔,
我狂叫,
我燃烧。
我如烈火一样地燃烧!
我如大海一样地狂叫!
我如电气一样地飞跑!
我飞跑,
我飞跑,
我飞跑,
我剥我的皮,
我食我的肉,
我嚼我的血,
我啮我的心肝,
我在我神经上飞跑,
我在我脊髓上飞跑,
我在我脑筋上飞跑。

四

我便是我呀!
我的我要爆了!

首先我们要讲的是这样纯属歌唱自我的诗歌,在中国这样一个讲究内敛、谦逊的传统的国家,这诗歌的气息就浑然是一副反叛的姿态，他全然不管不顾周围的一切，社会、文化、礼仪、政治，甚至道德，甚至尊卑，一切都被忽视和无视，整个世界就只剩下了一个：我。我们当然可以寻找到美国著名诗人惠特曼的《自我之歌》，我们也可以通过这两首诗歌的对比，找到很多的类似与相通，但是语言传达精神，郭沫若的这个诗歌依然极为充沛地呈现了朝气蓬勃的青年气息，包括他那首《晨安》中的向全世界各种事物的热烈问安，无不充满了一种欣然勃发的年轻气息。正如朱自清说的："他（郭沫若）的诗有两样新东西，都是我们传统里没有的：——不但诗里没有——泛神论，与二十世纪的动的和反抗的精神。中国缺乏冥想诗。诗人虽然多是人本主义者，却没有去摸索人生根本问题的。而对于自然，起初是不懂得理会；渐渐懂得了，又只是观山玩水，写入诗只当背景用。看自然作神，作朋友，郭氏诗是第一回。至于动的和反抗的精神，在静的忍耐的文明里，不用说，更是没有过的。"就这一个"没有"，就足够突出郭沫若诗歌在当年的先锋性了。当然我们这里仅仅谈诗歌，至于为人那又是另外一个论题了。

如果说郭沫若的诗歌主要以内容惊天下，那么另一位诗人却别走蹊径，虽然在死亡的内容上也做了大胆的呈现，但他写作的着眼点与最大的贡献，却是对诗歌语言的突破，甚至是完全走上一条全新的道路，他就是留学法国的李金发。这位一出来就被冠之为"诗怪"的诗人，被周作人称赞为"国内所无，别开生面"，被朱自清认为："他的诗没有寻常的章法，一部分一部分可以懂，合起来却没有意思。他要表现的不是意思而是感觉或情感；仿佛大大小小红红绿绿一串珠子，他却藏起那串儿，你得自己穿着瞧。许多人抱怨看不懂，许多人模仿着。他的诗不缺乏想象力，但不知创造新语言的心太切，还是母舌太生疏，句法过分欧化，教人像读着翻译；又夹杂着些文言里的叹词助词，更加不像——虽然也可说是自由诗体制。"每次看到朱自清的这段对于李金发诗歌的论述,我都会心生感慨,所谓诗人,真的是离不开一个"人"字,什么样的人,就会写出什么样的诗。作为写出《荷塘月色》和《背影》的朱自清,这位被郭沫若一眼看到就感觉像是一位乡村中学教员的作者,这位温厚富有才情的美文家,他理解徐志摩、闻一多极为正常,赞赏郭沫若已属难得,再到李金发,就真是有些难为他了。不过作为当时文坛的优秀者,他依然看出了李金发诗歌中某些要点,比如:"他要表现的不是意思而是感觉或情感","他的诗不缺乏想象力,但不知创造新语言的心太切,还是母舌太生疏,句法过分欧化"。虽然并不全对,但李金发诗歌中的某些重点,依然被他敏感地捉到了。就像我们前面提醒的,先锋诗歌并不都是成功的,它必定也会有失败,它可能最先尝到胜利的滋味,并为后来者开拓出一条道路和方向,但也完全可能就迷失在了森林中,以至牺牲!

无论如何,想想中国的新诗,在那么早的开拓时期,就已经大面积地呈现出来了这样蓬蓬勃勃的各种姿态,不能不说中国真的是一个底蕴深厚的诗歌之国。而在1925年,就出版了诗集《微雨》的李金发,接着又迅速出版了两部诗集的他,作为中国现代诗先锋意义上的第一人的地位与形象,已经牢不可破了。最为奇怪的是,李金发诗歌的存在,竟然一直是作为"难懂,不能理解"、"奇怪"这样的字眼流传下来,所幸的是,他的诗歌不仅被"许多人抱怨看不懂",而且依然被"许多人模仿着"。就这一句:被许多人模仿着,就说明了在诗歌中,语言的创新有着多么迷人的魅力!真正的诗歌,就是永远会在这种不可能的道路上,走出一种可能的努力。这也就是我们所说的"先锋精神与先锋意义"的最重要的地方。

侧记3：

早期的郭沫若诗歌以如此汪洋恣肆的先锋姿态横扫了全中国诗坛，后期的他却零落低陷到几乎无人提起，其中的原因，除了他诗歌中那种狂飙式的自我主义在随后的时代，特别在现如今这种人人提倡个性的时代，已经不再新鲜，更加根本的原因，则是在他的诗歌语言的被后人抛弃。除了内容，他那种激情蓬发的平铺直叙式的语言，不得不说它的独特性依然缺失。当然作为个案来看，他前期的革命和先锋的姿态也早被他自己后期的李莲英式的表现给彻底地抹去了，就像汪精卫前后的表现。这不能不说也是一种作为文人的悲哀。

而反观李金发，一直以来，却断断续续总是有人会不时地提起，虽也有批评，但他作为中国诗歌最早的语言探索者的那种姿态和特点，仍一直隐隐约约的有人在分析和思考，并且模仿。虽然他的诗歌内容并没有什么特别的地方，但就是一个语言的形式和表现，却使得他的诗歌生命一直流传了下来。从中我们可以看到，作为承载诗歌最重要的媒介：语言，对于诗歌的生命有着多么重要的意义。

新诗的青年时期（2）

在李金发之后，在中国现代诗歌的语言上有着突出探索与成就的，当属废名先生。说来奇怪，他很早就认识了胡适和周作人等，胡适还经常邀请废名到家里去喝茶聊天，但废名的诗歌却一开始就把大名鼎鼎的胡适给甩到了很远的地方。如果说，胡适的诗歌写作属于婴幼儿期，那到了废名这里，就一下子到了成熟自觉的青年时代，他那些似乎是"兴笔所致，挥洒自如，行乎当行，止乎当止"的写作，从根本上已经深深切入了现代诗歌写作的真髓：

街头

行到街头乃有汽车驰过，
乃有邮筒寂寞。
邮筒 PO
乃记不起汽车的号码 X，
乃有阿拉伯数字寂寞，
汽车寂寞，
大街寂寞，
人类寂寞。

像这种有意识的蒙太奇般的，从现代城市的意象中进行选择，并跳跃排列的闪烁入诗的方法，一直到五六十年代的台湾现代诗歌中，依然有很多的模仿者，而且也没见到有超过他的成就的。哪怕就是此刻列出，也依然焕发出一种奇特的气息。

对于废名的诗歌评论，虽然有很多与对李金发相类似的地方，但不同之处却在于，对于李金发往往更多是承认他的"前无古人"的创新，对于诗歌本身的承认，却鲜有直接的陈述。而对于废名的诗歌评论则不然，虽然也有不理解的论述，但却都给予了诗歌本身成功的肯定："废名的许多诗句看似半通不通，无逻辑可言，其实他的诗像李诗温词一样，表面不能完全文从字顺，但骨子里的境界却是高华的，如空中之音，相中之色，水中之月，镜中之像。"

十二月十九日夜

深夜一枝灯，
若高山流水，

有身外之海。
星之空是鸟林，
是花，是鱼，
是天上的梦，
海是夜的镜子。
思想是一个美人。
是家，
是日，
是月，
是灯，
是炉火，
炉火是墙上的树影，
是冬夜的声音。

这是废名最著名的一首诗。1947年黄伯思在《关于废名》中指出："我感兴趣的还是废名在中国新诗上的功绩，他开辟了一条新路，废名的诗像晚唐诗词一样有'担当（寂寞）的精神'。往往令读者有一种丈二和尚摸不着头脑的美丽，有仿佛得之的感觉。废名的诗有现代主义之风，这使得废名的诗成为一个独特的存在。"废名的诗歌，还被认为："废名名气虽大，但因为晦涩难懂，读者却少。"这里需要提出的是，一种先锋诗歌写作，他应该拥有怎样的读者？从某种意义上来看，它的读者也必然的，只能是属于少数人的，因为它根本上就不是为了大多数人而写作，他只对诗歌本身负责，对诗歌的创新，闯出一片新天地的使命负责，故而，对于社会大多数的读者，他的身影必然是远行的，模糊的，故而能注意和兴奋的，也必然只能是心怀同宗的极少数人。

废名之后，延续了这种语言精致努力出新的诗人，当属下之琳，这也是一位对于诗歌语言有着极为严苛的要求的诗人，也是一位有意识的自觉的诗歌语言的炼金术士：

墙头草

五点钟贴一角夕阳
六点钟挂半轮灯光
想有人把所有的日子
就过在做做梦，看看墙
墙头草长了又黄了

对于诗歌，卞之琳主张"未经过艺术过程者不能成为艺术品，我们相信内容与外形不可分离"。这个所谓的"艺术过程"，其实就是对语言的不断锤炼的过程，某种意义上，真的就如贾岛般推敲的琢磨过程。虽然一位唐朝诗人和一位现代诗人对于语言的推敲肯定会有不一样的呈现，但在诗歌写作的极端精神上，或者我们可以称之为"先锋的意识"上，那是完全相同一致的。

距离的组织

想独上高楼读一遍《罗马衰亡史》，
忽有罗马灭亡星出现在报上。
报纸落。地图开，因想起远人的嘱咐。
寄来的风景也暮色苍茫了。
（醒来天欲暮，无聊，一访友人吧。）
灰色的天。灰色的海。灰色的路。
哪儿了？我又不会向灯下验一把土。
忽听得一千重门外有自己的名字。

好累呵！我的盆舟没有人戏弄吗？
友人带来了雪意和五点钟。

有意思的是，卞之琳的老师竟然是浪漫主义的诗人徐志摩，而且徐志摩还极为欣赏卞之琳，不仅把他的诗歌发表在他自己编辑的《诗刊》上，还请沈从文先生写题记。但奇怪的是，卞之琳的写作却与他的老师绝然不同，我相信在这样热情热烈并且那么著名的诗人老师的推重下，卞之琳一定怀有着一种超越老师的念想。而且从某种意义上来看，他也确实走出了一条完全不同于老师的道路，并获得了成功。故而，从诗歌写作的探索与技艺的贡献上来看，如果说徐志摩的诗歌尚属于甜美可爱并稍带忧愁的少年风范的话，那么卞之琳却已经一脚踏入了自觉自审的内敛成熟的青年时期。

新诗的青年与成年之间

中国新诗的命运和中国本身的命运息息相关。1933年蒋海澄第一次用艾青的笔名发表的长诗《大堰河——我的保姆》虽然在当时轰动了诗坛，但认真客观地说，这诗歌的内容还真算不上特别的新鲜，无论从现实主义的角度，还是从内容的沉重、反省和怜悯与悲痛的角度看都是如此。甚至于，我们可以用一个"人民"的语词来论述，杜甫的《三吏三别》和《兵车行》等，那种对于现实沉重的反思和批判的目光等，也都全面地盖过了这一个仅仅为朴素而赞美的诗篇。至于他后面的那些大量的《光的赞歌》一类的诗，内容上的积极主流，与社会节奏太过紧密的关系等，都使得诗歌成了一时的新闻类的风光。时过境迁，回头再看，我们不免要深刻思考：诗人作为独立存在的一种原则，任何时候都要保持一种清醒的批判和审视的心态。一旦滑出了个人的范畴，诗歌的道路就必然会倾向歪斜，以至于只能收获失败。这也是无数前辈给我们留下的一笔财富，虽然这财富中浸泡着沉甸甸的教训和大量浪费的才华与生命。

另一面，除却内容，艾青作为那一代诗人中的佼佼者，他最大的贡献却依然堪称杰出。正如他自己所说："我只是设法把我感受得最深的，用最自然的方式表达出来"，以及他将自己的诗歌特点总结为："朴素，单纯，集中，明快，在语言的风格上，力求简洁、通俗，不用复杂的句子，少用判断词、连接词和结构助词。"他主张诗歌的散文美，主张"以现代的日常所用的鲜活的口语，表达自己所生活的时代——赋予诗以新的生机"，强调诗的形象与散文的章法、句法的巧妙结合，主张诗要易懂等，不得不说，这也恰恰是那个时代诗歌写作的一种全新的，并且是有意识的，主动的技法。包括他写下的诗歌论著《诗的散文美》，说明了他对诗歌的这种笔法有着深刻理解和有意识的主动使用。

中国新诗的诞生和写作的时间毕竟短暂，到了艾青这一代出现，其实也才过了二十来年，但能够在郭沫若、徐志摩、闻一多、李金发、废名等多种写作的层面上，再一次别开生面地提出与创建了诗的散文化写作，这不得不说又是一次新诗写作技能的发展和提高，从这个意义上来看，艾青获得的成就和取得的大面积的承认，也是理所应当。从诗歌写作的先锋性意义上来看，他也当之无愧地举起了一面崭新的大旗。虽然诗的散文化写作到了现在早已经成了遍地可拾的一种最基本的技法，但在那个年代，艾青，依然先锋！更重要的是，恰恰是他对诗的散文美的提出，使得中国的新诗写作隐隐地出现了成年状态的，视野更加宽阔的迹象。

关于艾青的创作和生活之间的关系，以及对他的各个阶段的评价，诗人徐江曾经有一篇文章：《谁修理了"大师"艾青》，徐江的文章虽然语词直接，毫不留情，但很多论述和观点，依然值得肯定。

如果说艾青诗歌的先锋意义与价值主要体现在诗歌的散文化手法的提出与实践，那么穆旦的诗歌写作却由于他"技巧的尖锐，心智的成熟"以及"在艺术创作中，感情可能会变得陈腐，然而技巧却常新。在四十年代那种内忧外患的岁月里，还有人信仰技巧，已经难能可贵了，然而穆旦不仅非常爆炸性地使用，而且把它糅合、陶铸到苦难的抒唱里"（黄灿然语）而非常突出地显现了出来。更有意思的是王佐良先生的评论："他一方面最善于表达中国知识分子的受折磨而又折磨人的心情，另一方面他的最好的品质却全然是非中国的。穆旦的胜利却在他对于古代经典的彻底的无知"。这里面其实提出了一个极为有意思的话题，即中国现代诗歌的写作到底与中国古典诗歌应该产生怎样的关系？这不是一个凭空提出的问题，因为中国八十年代初起的现代诗歌写作，那些最现代、最先锋的青年诗人们高举着一面大旗，就是反传统。虽然时至今日这个状况已经有了新的改变，但当时那种狂飙突进，杰作纷呈，全国蜂起的写作现象，不能不说这里面蕴含着与前辈的极大血缘与一种有着密不可分的神秘的踪迹。因为仔细想来，家教极好的穆旦，很难令人相信他会有对"古代经典的彻底的无知"。我更愿意相信的是他内心对于新诗写作的一种彻底决然的选择和姿态，一种全然创新，抛弃过往的一切而独走一路的信心。所谓先锋，这就是标准的一个版本。

当然，穆旦之所以被有些后人称之为"现代诗歌第一人"，还有另外一个原因，则是他不仅在诗歌技艺上精进开拓，而且他对整个时代，整个知识阶层，对当时的社会苦难、国家的命脉与个人的关系等做出了揭示，对个人的命运有着透彻思考。当然这些都在一种高度先进的现代诗写的层面上展开，这才是他的价值

和被承认的意义,正如他写于 1976 年的《冥想》(节选):

1
为什么万物之灵的我们,
遭遇还比不上一棵小树?
今天你摇摇它,优越地微笑,
明天就化为根下的泥土。
…………
我傲然生活了几十年,
仿佛曾做着万物的导演,
实则在它们长久的秩序下
我只当一会儿小小的演员。

2
而如今突然面对坟墓,
我冷眼向过去稍稍四顾,
只见它曲折灌溉的悲喜,
都消失在一片亘古的荒漠。
这才知道我全部的努力
不过完成了普通生活。

侧记 4:

说起穆旦,我忍不住要想起威廉·燕卜荪(William Empson)。他于 1930 年便写出了震惊现代西方文学界、影响久远的著作《朦胧的七种类型》(Seven Types of Ambiguity),这本书被美国著名的文学批评家兰色姆认为:"没有一个批评家读此书后还能依然故我。"有人甚至说,西方文学应分成"前燕卜荪

(Pre-Empsonian)时期"和"后燕卜荪(Past-Empsonian)时期"。还有人认为"该书改变了整个现代诗的历史,也开创了'细读'批评范例。一直到今天,英美大学的文学系,依然鼓励学生作细读分析"。就是这样一位正宗的西方现代诗歌大家,1938年,他来到昆明,并开讲英国现代诗——奥登的《西班牙》。他先后在北京大学西语系和昆明西南联合大学任教授,讲授英国文学。在这期间,穆旦和他是否有关系我没有深入了解,但他讲授的英国当代诗歌对中国1940年代现代主义在昆明的兴起影响巨大。所以,我揣测穆旦这期间诗风的改变和成熟,一种更加现代化的气息的产生,与他一定会有极为直接的关系。这里也想进一步说明,中国的现代诗歌写作与外国诗歌之间的关系,同时也说明了诗歌的个人性呈现与个人命运的遭遇有着怎样的不可分割的因缘。

侧记5:

中国新诗的发展很有点像中国改革开放的节奏,其发展的迅猛性也再一次体现出中国人不甘人后的民族意志。一旦大门打开,各种突破,各种披荆斩棘,各种推陈出新,层出不穷,以至于短短几十年可以完成西方上百年的发展历史。中国新诗的写作,从胡适"尝试"的开始,从一开始"试一试"、"玩一玩"的姿态,到徐志摩等的少年长成、郭沫若等的青春喷发,一直到艾青、穆旦等有意识地,并且认真地,终于把写诗当成了终生寄托的一门技艺,并且自觉地,甚至自信与骄傲地在写诗的技艺上投入了自己全部的热情与创造力,这不能不说中国的新诗写作到了这时,已经开始显现出了可以独立出来,成为一种精神沉浸一生的"职业"的可能性,一种专业行当的迹象。无论艾青从诗写的理论上加以阐述与揭示,还是穆旦主动并大面积地翻译和吸收西方各种现代的诗歌流派,并有意识地加入自己的融合,意图借鉴并走出一条自己的中国新诗的道路,种种迹象都已经显示出了中国新诗写作的一种成熟度。并且我们知道,无论"七月"诗人群,还是"九叶集"中的几位诗人,他们对于诗歌的写作与思考,几乎都是一生坚持不懈,到老了依然热情不改,并坚持着从青春以来的严肃的写作精神。我个人就曾经去浙江医院几次看望过九十岁的诗人冀汸,当他从枕头下拿出前些时候送与翻译家绿原就某些诗歌问题以及某一首诗歌的讨论的书信时,我看着他兴致勃勃的言说,内心真是极为感慨,这真是一种永不会熄灭的诗歌精神。

正因为有这种对于诗歌写作的自觉性,和主动的、专业性质的态度与观念,一种成人的诗歌姿态多多少少已经显现出来。要是我们这个民族在百年来没有遭遇到这么多的大起大落、颠沛跌宕的挫折与苦难,中国新诗若能够不受外界非诗因素的影响,能够按照它自有的规律一直发展下来,经过一代又一代的接力与突破,到如今,中国新诗会有一番怎样的气象与景观,会取得怎样辉煌的成就,实在是不可想象与不可估量。

中国的新诗从胡适开始到四十年代,短短三十年,要说最突出的先锋精神,便是这种从无到有,到尝试到自觉,从青春自然的喷发到内心认定一生寄托的,把这种新型的文体写作当成了一生的追求与精神骄傲的鼎举。虽然因不可抗的原因,中间断绝了一个阶段,但八十年代的后续接上,不能不说在四十年代,就已经有了这种最初的征兆与命运般的孕育和奠定。从此开始,中国的新诗,或者叫中国现代诗的这种类型,便已定型成了当之无愧的全社会认可的一种文体,再不会有任何对于新诗本身这种书写存在的怀疑与批评的出现了。

新诗的服务时期与工具的代入

众所周知,四十年代以后,所有的文艺都必须有一个中心,所有个人性质的抒发与感受都必须要服从集体的意识,歌唱成为主体,歌颂成为必然。这样一来,所有现代性质的探索和思考都全面地偃旗息鼓。因为现代性本身就带有着西方根深蒂固的痕迹,是必须要回避和清扫的。虽然如此,有意思的是,新诗写作的这种形式却并没有被开除和摈弃,它依然被传接了下来,只是它必然地转向了本土的吸收。既然古典诗歌某种意义上也是需要回避的一种"不健康"的营养,再说它本身就与现代诗歌还没有产生有途径的联系,于是,民歌体,直白了然的比喻体,一吟一唱的节奏伴随着通晓明畅的语词和强烈的泥土气息,便自然地成为了这时期诗歌写作的主要构成。

我记得七十年代有一位诗人曾兴致勃发地讲述了他的一首诗歌在某省的诗歌大奖赛中得奖的过程,就自己这首诗歌的切合主题和比喻的贴切与想象力的丰富,很是自我得意地鄙视了一番其他的作品。其诗如下:

电焊工

弧光一闪一闪
它总想给电焊工人照张相
但电焊工人
总觉得自己
做得还很不够,很不够
总是把自己的面孔遮上。

这首号称在当年从八万首诗歌中冲杀出来的得奖作品，便是一个极为标准的那个年代的范例，歌颂平凡的工作岗位，用几个贴切的比喻，恰到好处地突出主题等，和五十年代的歌唱丰收的民歌，几乎是一脉相承：

稻堆堆得圆又圆，
社员堆稻上了天。
撕片白云揩揩汗，
凑上太阳吸袋烟。

几十年，我们的诗歌写作就在这样的歌颂中度过，一种为社会服务的意识，一种今天很好，明天更好的习惯性意识深深浸入了那个时代，诗歌写作也自然地成为了一种服务的器具，创作本身的个人性原则自然也就无从谈起。除了想象成为了一种智力竞赛一般的游戏，真正意义上的独立创作全然缺失，而建立在个人之上的所谓的先锋，自然也就更加地杳无踪迹。

新诗的台湾篇章

1982年，诗人流沙河在《星星》诗刊连载介绍了台湾诗人十二家，一时之间，台湾诗人的作品，以及他们在五十年代开始的诗歌创作，包括他们相互之间对于诗歌写作的不同观念的争论，在整个大陆的诗歌界产生了极大的影响。中国大陆长期以来创作的同质化，思想上的固步自封，在台湾诗歌登台亮相的一刹那都必然地受到了极大的冲击，这使得整个的诗歌界都惊讶于原来中国的新诗还有这样的一支，原来诗歌还可以这样写。这里还包含着对于台湾这样一个具有独特地理与横空于整个社会意识之外的社会的一种探视,在欢迎这些诗歌作品的同时,还包含了对于诗歌生命的另一种延续的欣慰与惊讶。

原则上来看,台湾诗歌在大陆的被接受,可以分为两个部分。一种是以余光中、郑愁予为主要作者的作品,这一类的作品因为主题的"中国化",一种传统的熟悉使得他们的诗歌更容易被广大的大陆读者所接受,还乡、怀古、家国、惆怅等在中国古诗中常见的主题,使得他们的作品极为容易地被社会大众接受了下来。但因为1982年,以北京的今天派为主的一批青年诗人的作品也已经在新的写作者中广为流传,故而,台湾诗人中的另一支,洛夫、痖弦、商禽等,这一批在诗歌语言中走得更远,实验性质更为突出的诗人,却更加被八十年代的青年诗人们所认可和接受。

这样两种不同的接受,如此泾渭分明的态度和现象,也再一次说明了诗歌写作的大众化与先锋性的截然不同。虽然余光中、郑愁予等的写作也依然有着语言的新进和突破,但终究被更大更传统的主题所淹没,或者说,他们创作的根本和重点本来就目的性不同,从后来的社会反映看,也可算是各自收获了各自的目的。

洛夫、痖弦这一脉,洛夫写作一生,白发苍然依然对语言不依不饶,近八十年纪还写出和出版了长诗《漂木》,只要谈起诗歌立即两眼放光。这样一种终其一生的诗歌态度,在一生的各个阶段不断挑战着诗歌的形式与语言的出新,无论这种挑战是成功还是失败,都应该理所应当地认为,这就是一种诗歌的精神,一种前倾不歇的先锋的行为。

台湾的新诗写作在这一批诗人逐渐老去后,后来者中却鲜有出现跟上以及再创一片新天地的作者。我有一次看见北京大学的讲堂上,一位台湾的中年诗人用一个字排满了整个页面,然后用大小、前后排列,一会儿三个,一会儿四个,用多少和轻重来区分，甚至用投影仪来进行分析，朗读和介绍自己的这一首一个字的作品，特别是这位还以此为先锋意义自居，我在窗外看了，内心实在很是感慨。先锋实在不是一种技巧的玩弄，它实在是一种源自生命深处的创造和领悟。技巧当然需要，但更加重要的是，技巧到底为什么服务？为了技巧而技巧，这实在是一种对于先锋的误读与误解了。

侧记6：

众所周知，影响了整个西方世界的文艺思想和创作实验的法国超现实主义，他们在创作的理念和实践中走得更远。其领袖布勒东等提出的"自动写作法"，把朋友集合起来，在半催眠的状态下，写下自己的真实思想，然后合在一起拼成一篇文字。那些偶尔出现的奇妙比喻以及大量的文句不通的词语，虽不算真正的创作，但这种强调创作的自发性、偶然性，反对事后修改的创作理念，其最大的成功就在于打破一直以来的传统习惯，解放思想，也解放各种有形和无形的束缚。他们把互不相容的东西捏合在一起，"像一台缝纫机和一把阳伞在手术台上偶然相遇那样的美。"

布勒东说："神奇永远是美的。"为了神奇，任何阻碍都是错误和必须要剔除的。在整个西方艺术世界，超现实主义的理论的提出，这种彻底解放头脑，彻底打开一切的创作思路，不仅在诗歌界产生了影响，它还极大地影响了绘画，影响了电影、服装、装帧设计，影响了后来1960年代在美国兴起的黑色幽默小说等。而像毕加索、达利、霍安·米罗等惊艳世界的著名画家，无论其思想还是作品，都深受超现实主义的影响。一时之间它的追随者遍及了美国、比利时、西班牙、瑞士、德国、南斯拉夫、智利、希腊、墨西哥、巴西、日本及非洲。某种意义上来看，超现实主义最大的功绩便是为以后整个世界的文艺创作和发展打开了一条新路。

　　超现实主义的起源在于诗歌，所有的发起人，这个流派的最核心人物，无论是布勒东，还是阿拉贡、艾吕雅等，也都是以诗歌写作为根本。虽然他们的理论与实践迷倒了一大批当时最为顶尖的各路艺术家，但时过境迁，这些核心诗人们本身的创作成就却并不是最高，反而是那些偏远的，游离的，虽受影响却并未完全投入，而是把这种创作的解放作为一种手段的诗人，比如智利的聂鲁达、墨西哥的帕斯、希腊的艾利蒂斯等，甚至就在法国，却与他们保持着一定距离的圣琼·佩斯，反而从这种超现实主义的手法中吸取营养，最终都取得了世界瞩目的诗歌成就。

　　而超现实主义的开创者们，因为过于迷恋和执着于自己的这种理论，终于把手法上的创新当成了写作的最终目的，技术主义的彻底性最终使得他们的创作止步于此。作为百年来世界上影响最大、流传最广的一个先锋主义流派，其成功的启示和不很成功的个人写作的成就，当是一种最可宝贵的营养和经验，值得所有的后来者反复思考和深刻警醒。

新诗内容的先锋性

　　无论从哪个角度看，北岛、芒克等一起创办的《今天》杂志，以及在《今天》杂志上所发表的诗歌，在当时那个年代，几乎如春雨一般润泽了所有干渴的喉咙。特别在经历了那个多灾多难的年代后，太多人渴望一种新的声音，正如诗人顾城所写：

　　黑夜给了我黑色的眼睛
　　我却用它寻找光明

而芒克更是直接用一种外观甜美的葡萄园的被毁坏来暗示和象征那个太多家庭所遭遇的印记:

葡萄园

一小块葡萄园,
是我发甜的家。
当秋风突然走进哐哐作响的门口,
我的家园都是含着眼泪的葡萄。

那使园子早早暗下来的墙头,
几只鸽子惊慌飞走。
胆怯的孩子把弄脏的小脸
偷偷地藏在房后。

平时总是在这里转悠的狗,
这会儿不知溜到哪里去了。
一群红色的鸡满院子扑腾,
咯咯的叫个不停。
我眼看着葡萄掉在地上,
血在落叶中间流。

这真是个想安宁也不能安宁的日子,
这是在我家失去阳光的时候。

像这样以过去或者还并未过去,甚至就在身边的生活的痕迹为写作背景,最大的好处便是他几乎不需要多余的解释,因为几代人都在这样相同的生活遭遇中颠簸地走来,"明天是多么美好，睡觉！"我们的嘴边几乎立即就微笑和苦笑起来，我们彼此相望，心中明白，这是另一种集体性质的经验和记忆。在这里，当时最为典型，掀起最大风浪的便是北岛的《回答》，一代人信仰的破灭、怀疑、拒绝，甚至反抗，都在这首诗歌中得到了代替的呼喊。从某种意义上来看，整整几十年的民族苦难成了那一代诗人最大，也是最好用，同时也能得到最大影响和欢迎的，甚至可以说是最方便讨好的题材。

当然这些说法，也是在几十年后的今天说起来才显得轻松，其实也更加客观，而在当时，这却是最大的吸引读者的源泉与土壤，是最容易产生号召、激动，能形成集体性质的中心效果的一种途径。这种伤痛的书写其实不仅仅是作者内心的声音，它也是当时社会的一种需要，正因为两相共鸣，慢慢地，这种内容的诗歌也便自然成了当时那个特定的社会的一个部分，成了一个历史的片段。当那个年代渐渐远去，当一种新的时代的声音变成了新的主流，我们再回首这些作品，那种撼动人心的力量竟然就悄然远去，因为背景变了，与背景紧密相关的这些诗歌自然也就丧失了那种令人揪心或者振奋的光芒。

这里便凸显出了一个问题：什么是诗歌写作内容上的先锋性？为什么曾经那么前倾的身姿，那么激动人心的作品，时过境迁，它会变得那么的毫无色彩，随着社会的更替，这些作品也变成了一种过去？

诗歌内容上的先锋性的说法，可能并不一定科学，但因为我们这块奇特的土壤上历来有太多的热爱与现实紧密相联的精神取向和社会追随，为了和这种热爱区分开来，故如此论述，也依然有一定道理。

那么，什么叫诗歌内容的先锋性？内容的先锋性无论如何我认为它必须是一种个人独立意识的反映，包括批判现实。特别是诗歌写作，这种纯属个人行为的书写，如果离开了个人性，那就是从根本上离开了诗歌的本源。所谓诗人，诗和人密不可分，一旦与这个"人"分开，变成了一个社会的人，大众的人，一个集体主义的人，那这个人的诗歌从根本上就值得怀疑。故而，从这个创作的根本性上来看，一种个人独立的对于社会的批判性也是先锋性必不可少的一个内容。

诗歌批判性的两个方面

诗歌的批判性主要表现在两个方面，一是直面当下现实，比如田间的《假使我们不去打仗》，这种先锋性紧贴现实，虽然能一时轰动，姿态也前倾，但同时它又会深深地受到时间和事件的限制。二是站在人生的高度上，站在人文人本的立场。就诗歌本身来看，后一种显然更应该是诗歌写作的根源与家乡。

比如北岛的《回答》和产生《回答》的那个年代，它们两者之间的关系造成了诗歌轰动的原因。它与当时的社会情绪结合得非常紧密，几乎成了一种代言，这是它成功的原因，但同时又恰恰是它致命的地方。比如现在，虽然时间才过去了二三十年（我们知道真正好的诗歌它可以与时间一并永恒），如果现在有人对你大声说：我不相信！我不相信天是蓝的，我不相信雷的回声，我不相信梦是假的，我不相信死无报应。你会怎么反应？特别是80后、90后听到，他们一定会觉得这个人怎么了？是受到什么刺激了？失恋了？还是受到什么压迫了？要不就是想：这个人太年轻，遇事想不通了。然后他们会看着你，慢慢远离。这里重要的一点是，哪怕是80后，目前也已经快近四十的年龄了，他们绝不是什么没有生活经验的年轻人了。

问题来了：为什么同一首诗，反应会那么的不一样呢？简单！社会背景变化了，这个诗歌赖以存在的基础就没有了。同样的北岛，他写的《一切》就不一样：一切都是命运／一切都是烟云／一切都是没有结局的开始／一切都是稍纵即逝的追寻／一切欢乐都没有微笑／一切苦难都没有泪痕／一切语言都是重复／一切交往都是初逢／一切爱情都在心里／一切往事都在梦中／一切希望都带着注释／一切信仰都带着呻吟……相信这首诗歌一定会随着北岛长存下去。为什么？因为这诗歌的对象不是特定的，有具体的社会事件可针对的，它完全可能是三十岁的北岛写的，它也完全可能是六十岁的北岛所写，什么年代什么人读它都会各有感受。为什么？因为这诗歌是站在"人"的这个背景上来说话的，它所诉求的对象和产生的原因是人的感受、人的态度和观念，那么，只要你是个人，你就可能会与它相遇，它也就永远不会过时。我们也可以这样说，这个世界上只要还有人，只要还有人喜欢诗歌，那它就会存在下去。以上就是我前面强调：一是直面当下现实，这种先锋虽然能一时前倾，但同时又会受时间和时代的限制，二是站在人生的高度上，站在人文人本的立场，就诗歌本身来看，后一种显然应该更有价值，具体的原因。

侧记7：

帕斯捷尔纳克在他的自传《人与事》中，曾经讲起过一件因为诗歌写作的不同观念而激烈争吵的事情。那是在彼得堡半夜的大街上，帕斯捷尔纳克与马雅可夫斯基激烈争吵，记录中甚至讲到两人差点打架。马雅可夫斯基作为俄罗斯未来主义诗歌的代表人物，几乎是当时最为前倾和先锋的代表，但众所周知，他后来热烈投身于大时代的洪流，把全身的才华都寄托在了整个社会的集体主义前进的意识上，他甚至写下了长诗《列宁颂》。他这样的写作轨迹与观念，与一直坚守着"一个独立的人"的角度发言和写作的帕斯捷尔纳克产生矛盾，实在是最为自然不过的事情。

就当时来看,未来主义不可谓不先锋,但时代一过,帕斯捷纳克的诗歌却更加的突出和前倾,而才华横溢的马雅可夫斯基却因为后期大量的社会性质的写作,以至于自己产生了迷茫,而付出了生命的代价。这是他的悲哀,也是俄罗斯诗歌的一种损失。所幸他前期写下的《穿裤子的云》等一大批作品使得他终于还是立在了先锋和杰出诗人的前列。这两位相比下来,也再一次说明了诗歌在内容上必须站在人文人本的立场的道理。

同样道理,下面青年诗人小荒的这首诗歌又可以从另外一个角度来进行说明。这是我在北京大学讲学时,在讲台上讲起的一个例子:

生活就像是在拉屎

要挤

要使劲

要像入党一样努力!

要拉得不留一点痕迹

那些肮脏的东西

窝在肚子里天长日久

会腐败心灵

要把屁股擦干净

要冲走污垢

要洗手

记得当我读出题目和前两句时,现场一片哗然,很多女学生更是显出撇嘴和嫌弃的神情来,但是,当我挥手接着念出下一句时,现场一下子沉静下来:要像入党一样努力!然后我一口气快速地念完全诗,现场笼罩着一种奇特的情绪。这种大胆的、奇怪的、最基本的生活行为与一种信仰的链接,这种确实是不乏才华的诗作，在北大的这个讲坛上，霎时之间，确实显得非常的突兀。接下来的讲解就非常的简单和顺理成章：因为谁都知道生活是艰难的，是需要努力和不断地奋斗的，但如果诗歌这样写就差得一塌糊涂。普希金就因为"假如生活欺骗了你，不要悲伤，不要忧郁"等诗句获得了成功，但如果你现在还像普希金那样写，肯定是一败涂地，那种简单的说理都有点像汪国真的写作了。但问题是，如果我们的国家确实极为富裕了，如果有一天，我们每个人都生活在百万富翁的家里，我们的钱怎么也用不完，生活变得轻松愉快，每天要考虑的是怎么想办法尽量去创造和寻找快乐和幸福，如果社会和生活背景变成了这样，那么，小荒这首诗歌就又会完全丧失它的价值了。那时候这首诗歌一定找不到共鸣点，也一定会被后人看成是一个奇怪的过去社会的标本了。

新诗表现形式的先锋性（1）

意大利历史学家、哲学家贝奈戴托·克罗齐有句名言"一切历史都是当代史"，这句话的含义反过来也可以这样理解，即一切当代史也都是重现的一段历史。这样一来，无论国家的更替，家庭的组合、破碎，个人的喜怒哀乐，生或者死，等等，所有可为艺术创作所使用的题材，均可视为"从前有过"的一段历史，但这样一来，我们的艺术创作就完全没必要存在了？事实证明，完全不是这样，一代又一代的诗人通过他们自己独特的诗笔写出了一批又一批完全无愧于他们那个时代的杰作，我们甚至可以从他们的作品中反观出那个特定社会和历史的现实面目。

内容类似，但却因为"这个诗人"的不同于历史上的任何一位存在，通过这位"独特"的诗人的努力，结果成就一种新的文体，把"历史经验"重新组合和提示，或者全新、或者别开生面地给了我们一个全新的体验，而"这位诗人"也就在我们的体验和赞叹中获得了他的荣誉与被推崇。

这样一来，面目就清晰了，既然内容自古以来基本类似（因为从人类学和文化学意义上来看，绝对个人的经验是很难存在的），那么，作为诗歌存在的最大意义和价值，就在于对诗歌本身个体语言的处理和一种全新形式的给人刺激与别开生面的欣赏。这种必然会有别于从前的历史上曾经有过的语言和形式，其内在的先锋精神和创造欲望，便是一种先锋的灵魂附体，至于所谓缪斯的降临等说法，都显得过于平淡和直白了。

比如我们多灾多难的现实中最大的主题之一：饥饿，自古以来，不知有多少各种形式的表现了，但是到了蔡其矫手里，依然可以写出新意，依然显得别具一格：

屠夫

当人猛减
而猪陡增
你满脸红光
下巴叠成三叠
想捞些油水的
都向你罗拜
即使是混毛的
浅臕的
提着一块走在街上
也引来无数羡慕；
就在这缺乏上面
私心上面
短视上面
建造你

渺小狂妄的权威

这首写于 1973 年的诗歌，它所提供的内容虽然由于年代的消逝而变得遥远，但在那个时代，这绝对是一首极为突出与焕然一新的佳作。蔡其矫先生作为那一代诗人中极少有的保持着一种诗人原力的诗人，他后来对海洋诗歌全面书写，一定隐含着他内心极大的要为新诗写出一种全新范例的雄心。唯一可惜的是，无论出于当时现实，还是他自己个人的原因，他的这个写作和探索没有在更大的意义上得到展示。由此我想到美国诗人杰佛斯，他终身居住岛上，与所有大陆和诗人都保持一种疏远的距离，他每年出版一本诗集，孜孜不倦地就在自己的这种独立独特的海洋诗歌中根植耕耘，最终成就了谁都不会小觑的，一种只为他所有的海洋诗歌。同时，这其实也成就了美国诗歌的丰富和成就。

与蔡其矫不同，或者与杰佛斯有些类似，身处大西北的沉默的昌耀，用他看似笨拙却深厚坚实又奇崛的诗笔开拓出了一种全新的只属于大西北的诗歌面貌：

一百头雄牛（节选）

（二）

…………

犄角扬起，
一百头雄牛，一百九十九只犄角。
一百头雄牛扬起一百九十九种威猛。
立起在垂天彤云飞行的牛角砦堡，
号手握持那一只折断的犄角
而呼鸣呜……

血洒一样悲壮。

（三）

一百头雄牛低悬的睾丸阴囊投影大地。
一百头雄牛低悬的睾丸阴囊垂布天宇。

午夜，一百头雄性荷尔蒙穆穆地渗透了泥土。
血洒一样悲壮。

怵惕·痛

将军的行辕。
秣马的兵夫在庙堂厩房列次槽头扭摆细腰肢，
操练劝食之舞蹈并以柔柳般摇曳的一双臂，
如是撩拨槽中料豆。
拒不进食的战马不为所动。
这是何等悲凉的场景。
秣马的兵夫不懈地同步操演着劝食之舞蹈。
他们悲凉的脸蛋儿是女子相貌。
他们不加衣着遮饰而扭摆着的下肢却分明
留有男子体征。我感其悲凉倍甚于拒食的战马。
这场景是何等悲凉。
秣马的兵夫从被体内膏火炙烤着的额头
不时摘取一瓣络腮短髯似的发束，
他们就如是舞蹈不辍，
而以自己的烤熟之发束为食。
宛如咀嚼刍草。宛如咀嚼脑髓。
此一加餐是如何险绝而痛苦。

拒食的战马默听远方足音复沓而不为所动。
这又是何等悲凉的场景。

很简单的一句话：像以上这样完全不顾读者的诗歌书写，你能相信昌耀心中装的是广大的主流阅读者的态度和欢迎吗？这完全就是一种我去牺牲，或者我去获得更大的只属于我自己的骄傲和成功的姿态。重要的不是内容，公牛或者兵夫谁都能写，重要的是你怎么写，你能这样写吗？昌耀能，并且他写出来了，于是，昌耀成功了。这才是一种真正意义上的先锋的诗歌。

新诗表现形式的先锋性（2）

新诗表现形式上的先锋性，也即诗歌语言的自觉、形式的自律等，百年至今，已经有不少的例子，显示出了一些杰出者独立前行的身影。但不可否认，这个群体，这些先锋潜行的诗人，依然还是极少数，中国现代诗歌表现手法上的独立意识的先锋性行为尚未大量和完全地到来。当然，所谓的先锋写作，是否需要大面积的涌现，这本身也是一个值得怀疑的问题。

七十年代末、八十年代初北京《今天》派的诗歌最大的贡献，依然不是内容的反叛和对主流的怀疑与拒绝。更值得注意和真正留下了先锋印记与对诗歌本身做出了最大的贡献的，恰恰是当时被论之为看不懂的，那一种意象密集叠加的诗歌表现手法：

弧线
顾城

鸟儿在疾风中
迅速转向

少年在捡拾
一枚分币
葡萄藤因幻想
而延伸的触丝
海浪因退缩
而耸起的背脊

曾几何时,我们的诗歌忽然变得似乎没有作者主观的态度与意见了?一首诗歌变得需要读者根据自己的经验去感受甚至猜测了?那么这诗歌到底想给我们什么?几十年来的阅读习惯和经验,忽然变得毫无用处,一筹莫展了。再来看北岛的两首诗:

古寺

消失的钟声
结成蛛网,在裂缝的柱子里
扩散成一圈圈年轮
没有记忆,石头
空蒙的山谷里传播回声的
石头,没有记忆
当小路绕开这里的时候
龙和怪鸟也飞走了
从房檐上带走喑哑的铃铛
荒草一年一度
生长,那么漠然
不在乎它们屈从的主人
是僧侣的布鞋,还是风
石碑残缺,上面的文字已经磨损

仿佛只有在一场大火之中
才能辨认，也许
会随着一道生者的目光
乌龟在泥土中复活
驮着沉重的秘密，爬出门槛

日子

用抽屉锁住自己的秘密
在喜爱的书上留下批语
信投进邮箱　默默地站一会儿
风中打量着行人　毫无顾忌
留意着霓虹灯闪烁的橱窗
电话间里投进一枚硬币
问桥下钓鱼的老头要支香烟
河上的轮船拉响了空旷的汽笛
在剧场门口幽暗的穿衣镜前
透过烟雾凝视着自己
当窗帘隔绝了星海的喧嚣
灯下翻开褪色的照片和字迹

　　著名的诗歌评论家唐晓渡先生在一篇文章中曾说："1985年，《诗刊》曾举办过一次青年诗评家座谈会，正说到'朦胧诗'时，唐湜先生进来了。这位老先生是比较随便的，开口便问开什么会啊，答讨论朦胧诗呢；他说，你们讨论朦胧诗怎么不邀请我啊？我们是老朦胧诗嘛。"这一段话最大的意义便是，八十年代初的这一波诗歌的兴起在根本上其实是重新延续和传接上了四十年代的诗歌写作，虽然那时这新起的一代诗人根本不承认这些前辈的创作和存在，他们也以自己完全不同于四十年代的写作习惯和风格而骄傲。但凭心而论，除了主题内容上的不一样（因为两代人面对的社会现实等各种问题已经很不相同），在诗歌写作本身的精神趋向上，依然有一种此起彼伏，波伏浪起的接续的意义。

新诗表现形式的先锋性（3）

到了八十年代中期，北岛一代那种铺天盖地的影响力，那种意象密集堆积的写作手法，几年下来，渐渐地在更新一代青年诗人的写作和阅读中产生了审美上的疲劳和厌倦。空气太过密集。青年人的反叛意识，一种强烈的独创意识，使得新一代诗人们开始寻找自己的道路，所谓矫枉过正，一种抛弃意象，用浅显的方法直接呈现诗歌的手法，一时获得了广泛的追捧。

这种直接使用口语的写作，因为入门简单，似乎只要识字，谁都可以直接写几笔，一时之间便成了滥觞。其实口语写作有个先天的毛病，一是矫枉过正于北岛一代，二是大量能力欠缺者把它搞得面目难看，最重要的是这种口语写作先天缺乏诗歌语言的创造性，也就是在现代诗歌的创造性和诗歌语言的贡献性上，使用口语的这个写作手段是先天不足的。在表现手法上它并不独创，我们知道新诗的开端就是使用口语，不过时过百年，现在的口语更加灵活自如，与生活的关系更加直接和紧密，但因为它的过于简单，诗歌的写作几乎丢失了门槛，写作的前倾和先锋的意义便在这种简单的书写中大量地丧失了。

比如此刻，我现写现编：你走到我面前/你轻轻放下包/你看看我/接着/你在我对面坐下/你抬头朝我看/我朝窗外看/你说天黑了/我说天黑了/你轻轻叹息/接着你走开/我听着走廊上你的脚步/一二/一二/窗外小雨/一点点下了起来……又比如我现在拿着粉笔，我就又开始写：你在黑板上写下三行字/我看着第三行/等你写第四行/你的手停在那里/我的眼睛也停在那里/这时你转身/粉笔在你手中划出一道弧线/粉笔落在窗外的一棵树上/你回头看看我/你转身又走了/我站起身/看着窗外的那棵树/我想着你神秘的第四行/忽然粉笔从树上掉到了地下……

　　口语也好，意象也好，叙述也好，抒情也好，说到底这只是一种写作的手法，所谓文无定法，任何一种写作的技法，所有人都可以从中寻找到符合自己的那个刺激点。从根本上来看，诗歌写作的唯一性，也就是独创性，依然是诗歌写作和作为一位杰出诗人的最为根本的立脚点。离开了这点，他的作品的生命和价值的意义一定会丧失。再简单地说，就是一种真正有价值，有意义的诗歌，他的写作一定是别具一格和富有难度的。

侧记8：
　　我们都知道，阿胥伯利在美国现代诗歌中被认为的先锋性恰恰在于他诗歌语言本身的复杂和机变，也就是说，三个字，创造性！诗歌语言本身的创造性！这个太重要！那么，在我看来，超现实主义的表现手法便是一个极好的手段。当然我这里也要强调，这个所谓的超现实主义它一定也只是个手段，而绝不应该是目标，比如，像阿拉贡、布勒东、德斯诺斯等超现实主义开创者本身在诗歌写作中并没有太大的成功，反而是聂鲁达、埃利蒂斯、圣琼·佩斯、帕斯、特朗斯特罗姆等受过影响的诗人，或叫"超现实主义的边缘者"们的诗歌成就反倒蔚为壮观。所以，我这里要说的是，超现实主义的写作手法可以帮助我们打开语言的神奇大门和解放我们对于语言的领悟能力，当然同时它也是一个极其严格的考验和检验，一个诗人到底有没有写诗的能力，它可以作为一个检验的标准！所以，我认为在当代中国，超现实主义的表现手法才真正应该是一种"必须"的先锋,任何一位诗人,不经过这一个坎,或者说不经过这一座桥,要想成为大诗人,一定是不可能的。

关于诗歌的形式问题,我还愿意例举法国二十年代的一首小诗,这首诗歌大概是这样的:

雨

屋檐下的雨
一滴
滴
滴
滴
滴地
滴
在
头顶

就形式与语言的结合来看,这首小诗堪称绝妙(我想原文大概也差不了多少,而作为图像方块字的汉语,翻译出来一点也不差,至少我二十年前一眼看到就记到了现在)。图形诗歌在中国其实并不是一件新鲜事,我记得宋代的苏东坡就写过回形诗,从哪儿读,从任何一个字开始都可以。我还大概记得八十年代有人把诗歌写成一座小桥的形式的。这些当然只能认为是诗写的一格,一种机智的体现。

另外一个就是写性。前些年在中国，对于性的写作一时也是风起云涌，一直到前几年，还有因为一句写性的诗而一举成名的诗人。性作为一个与人有最为紧密的关系的内容，当然理所应当无须回避。1534 年在法国，有一名佚名作者就写了一首有关性器的诗歌，有意思的是，它后来竟然被拉伯雷引用进了他的那本传世杰作《巨人传》：

她见丈夫全身披挂，准备作战
惟独裤裆露在外面
她走上前去拉上裤裆
并轻轻说道："朋友，
别让人伤着了它
要保护它，
它是我最宝贵的珍玩。"
怎么？这样的叮嘱难道应该非难？
我说完全不应该
因为她最大的眷恋
便是不能丢失了
她如此喜爱的
小肉丸

将近五百年过去，我们看这首小诗依然新鲜，法国人的幽默，对于生命的喜爱宛然直率，极为可爱。这就是诗歌的生命，重要的依然不是写什么，而是怎么写。

不是尾声的尾声

  对诗歌的先锋性用内容和形式进行两分论述，虽说是不得已的做法，但有一定的合理性，这是因为，诗歌在每个时代所面临的问题是不同的。在某些情况下，先锋诗人需要冲击的是内容，他要突破写作的禁区，解决书写对象过于狭窄的问题，譬如：法国象征主义诗歌滥觞之时，诗人挖掘"恶之花"的美，超现实主义对非理性、本能的肯定，乃至中国朦胧诗崛起时对人性、人道主义的呼唤，等等，都可归作内容的部分；在另外一些情况下，诗歌需要解决的是语言和形式问题，仍以象征主义和超现实主义为例，前者运用象征、暗示、通感，加强了人们的审美感受力，后者的先锋意味更强，给词语碎片和自动写作讨得了一个合法性，引发了语言内部的哗变（或革命）。当然，这两个方面的先锋性可以再作进一步的细分，"内容部分可以考察时代和地域，形式部分可从句式、构词、节律，以及对非诗歌文体的形式元素的吸收等层面入手。那样，我们或许可以发现当代先锋诗人们真正'射门'的频率和'破门'的次数。"特别重要的是最后一段："形式部分可从句式、构词、节律，以及对非诗歌文体的形式元素的吸收等层面入手。那样，我们或许可以发现当代先锋诗人们真正'射门'的频率和'破门'的次数。"

  值得高兴的是，中国的现代诗歌发展到现在，已经有越来越多的诗人加入了进来，各种手段，各种不肯雷同的思考和实践，也已经越来越多地展现了出来。五十年代出生的诗人依然奋力精进在诗歌的道路上，比如杨炼、多多、王小妮等，六十年代出生的诗人也更加自省自觉地不断开拓着诗歌的世界，七十年代、八十年代，甚至九十年代的诗人们，也都纷纷涌身进来。

布罗茨基说:"我们的诗人被迫不懈地走向无人涉猎过的区域——无论是在精神、心理方面,还是在词汇方面。如果他抵达了那里,他会发现那里的确无人,也许只有词的始初含义或那始初的、清晰的声音。这会造成伤亡。他做得越久——即道出一直未被道出的东西——他的行为就会变得越怪异。他在此过程中所获得的天启和顿悟,会使他更加傲慢,或者,更可能使他越发谦卑。他还可能为这样一个信念所苦恼,即语言作为一种最古老、最具生命力的东西,向他传授着它的声音,它的智慧以及关于未来的知识。无论他的天性是合群的还是谦逊的,这种东西都能将他包装起来,使他远离那借助划过他腹股沟的公分母企图随意将他驯服的社会环境。"

也正如罗布·格里耶所说:重要的是怎么继续写下去。我相信,只要是坚信自己并愿意在诗歌的道路上不惜牺牲自己的生活甚至生命的中国诗人们,一定会从内心就做好了这种准备。对于中国诗歌的未来,我们充满信心,并拭目以待!

2017年12月28日于杭州翡翠城竹苑

现代三十年中外诗歌关系研究
——基于新世纪以来的文献考察

王金黄

作为承前启后的重要阶段，现代文学始终面临着如何理解、把握和处理新学与旧学、中学与西学的重大历史命题，这就导致现代作家运用某种文学体裁进行创作时必须在中国传统与西方范式之间作出取舍，或者坚守本土，或者欧化革新。然而，现实并非像这般一目了然，非黑即白；尤其是现代新诗的发生与发展情况更加曲折复杂，在短短三十余年间（1917—1949）诗学观念不断推陈出新，各种诗歌流派层出不穷。虽然新诗的出现不可能完全离开格律诗词的写作经验与中华文化的历史场域，但是如果没有国外文学思潮与诗歌诗论的译介和涌入，也就不可能有中国新诗的诞生。简单来说，新诗与旧体诗词是一母同胞，它们各自生长，分道扬镳；新诗的发展与外国诗歌则有着必然的同构关系。新世纪以来，学者们在现代三十年中外诗歌关系研究方面日益着力，研究成果颇为丰硕，集中呈现了学术界对于新诗异质问题的前沿思考和最新观点，同时，暗合国际文化交流和世界文学传播的时代诉求，进一步预示着当代诗歌与诗学理论的发展方向及未来前景。因此，在新诗百年之交，归纳和总结当前的研究现状是极为必要的，更是刻不容缓的。通过相关资料的搜集和整理，本文将从中外诗歌译介研究、外国诗歌的接受研究以及外国诗歌思潮的影响研究三个方面展开论述。

中外诗歌译介研究

由于语言隔阂、文字差异以及难以消除的空间远距，中国现代诗歌对外国诗歌的学习和借鉴都离不开翻译，并且在绝大多数情况下也只能来自于翻译；外国诗人对于中国现代诗歌的认识和了解也是如此。所以，诗歌译介研究必然成为现代中外诗歌关系研究的首要方面。这方面大体上可以分为以下三个层面：首先，关于外国诗歌与诗论在现代中国的译介研究。柳士军和符小丽探讨了胡适对美国诗人朗费罗作品译介中的改写问题，认为"其译作展现了近现代翻译文学两种不同的理念"，体现了译者的文化倾向，"是胡适的学养与本土文学经验的结果"（柳士军、符小丽：《论胡适对朗费罗诗歌的译介》，《盐城师范学院学报（人文社会科学版）》2016年第4期）。于小植就周作人的日本诗歌翻译，分析了他译介的真正用意是"希望中国的诗歌能借鉴日本诗歌的精华，希望中国的新诗坛能够摆脱创作的困境"，但现实结果却"只是形式上的借鉴"（于小植：《论周作人的日本诗歌翻译》，《东北亚论坛》2007年第2期）。耿纪永从欧美现代派诗歌的翻译入手，重点梳理了施蛰存的译介与新诗创作、现代诗学的阐发以及他对现代派诗人群体的影响和扶持（耿纪永：《论施蛰存的欧美现代派诗歌翻译》，《同济大学学报（社会科学版）》2011年第4期）。熊辉则以《创造》系列刊物为切入点，"从翻译数量和国别、诗歌形式、译诗的'普罗'文学色彩和译者队伍以及译诗思想"等五个方面分析了创造社译诗热潮的兴起原因，进而论述了译诗与新诗创作、新诗发展的辩证关系

(熊辉：《简论创造社的诗歌翻译》，《兰州学刊》2009年第2期)。在《二十世纪中外文学交流史》上卷"第二编"中，"第二章：现代译坛、译家、团体及期刊"分别探讨了鲁迅、茅盾、郭沫若、朱光潜等译者的译诗活动，浅草社、未名社、沉钟社等新诗社团的译诗特点与倾向，以及《小说月报》《译文》《世界文库》等现代刊物的诗歌译介情况（李岫、秦林芳：《二十世纪中外文学交流史（上）》，河北教育出版社，2001年版）。与整体研究不同，《现代派诗学与中西诗学》一书"第四篇"则主要聚焦于现代派诗学的两个重要阵地，集中阐述了《大公报·文艺·诗特刊》和《北平晨报·诗与批评》对欧美诗歌和西方诗论的介绍和翻译（曹万生：《现代派诗学与中西诗学》，人民出版社，2003年版，第253—296页）。相关研究还有彭建华的《民国时期兰波作品的汉语翻译》（载《徐州工程学院学报（社会科学版）》2017年第6期)、陈晓春与陈俐的《传统与革命：曹葆华关于象征主义诗论的译介》（载《中华文化论坛》2015年第6期)、刘亮亮的《"七月派"抗战时期的翻译研究——以〈七月〉为中心》（西南大学2015年硕士学位论文）等。

第二，关于中国现代诗歌在国外的译介研究。1918年，英国汉学家亚瑟·魏礼（Arthur Waley）在《中国诗歌集》（Chinese Poems）的基础上扩编重译，出版了《中国诗歌170首》（A Hundred and Seventy Chinese Poems）；然而，这本译诗集收录的都是中国古典诗词，而非现代新诗（参见吴格非：《1848—1949：中英文学关系史》，中国矿业大学出版社，2010年版）。直到1930年代，零星的几首新诗译作才在《诗刊》（美国芝加哥）等国外刊物上首次发表；稍后，哈罗德·阿克顿（Harold Acton）与陈世骧合译了《中国现代诗选》（Modern Chinese Poetry, 1936），收录陈梦家、周作人、卞之琳等15位诗人的96首新诗，这是"中国现代诗歌首个英译选本，标志着中国现代诗歌开始真正步入英语世界"（李纲、谢燕红：《中国现代诗歌的英译传播与研究》，《南京师范大学文学院学报》2017年第4期，第104页）。在这本诗选中，编译者还引入了废名、戴望舒、林庚等人的部分诗观，而阿克顿所选取的这些观点从一定程度上反映了他个人的基本态度，即"对中国古典诗歌赞誉有加，而对中国白话诗歌的现状和前景并不感到乐观"（葛桂录：《中外文学交流史：中国—英国卷》，山东教育出版社，2014年版）。李章斌着重分析了英国学者罗伯特·白英（Robert Payne）编选的《当代中国诗选》（Contemporary Chinese Poetry, 1947）；他从译本内容、编选规范与翻译特色等方面展开讨论，指出该诗选之所以在当时的文学界产生影响，是因为"闻一多、卞之琳、袁可嘉等诗人、学者都曾参与到了此书的编选、翻译过程中"，且"闻一多所编选的著名的《现代诗钞》实际上也与此书的编撰有密切的关系"（李章斌：《罗伯特·白英〈当代中国诗选〉的编撰与翻译》，《中国现代文学研究丛刊》2012年第3期）。北塔和蒋登科则分别针对郭沫若、闻一多、艾青、何其芳的诗歌英译与海外流传情况进行个案分析，兼及比较论述了西方学界的各种评论声音与不同译本之间的偏颇和差异（参见北塔：《郭沫若诗歌英译述论》，《现代中文学刊》2012年第5期；《略论闻一多诗歌之英文翻译》，《中国现代文学研究丛刊》2011年第12期；《艾青诗歌的英文翻译》，《中国现代文学研究丛刊》2010年第5期；蒋登科：《西方视角中的何其芳及其诗歌》，《现代中文学刊》2012年第4期）。

第三，关于诗歌翻译与新诗创作的关系研究。在分析中国传统诗歌自身困境的基础上，张林杰重点探讨了"翻译诗歌在新诗发生过程中，究竟扮演了什么样的角色"问题。虽然晚清时期的黄遵宪、谭嗣同等人都曾大力主张引入西洋外来语，倡导"我手写我口"，并且在20世纪的第一个十年，梁启超、马君武、苏曼殊等人都以文言形式翻译过拜伦的《哀希腊》，但他们只是把外来诗歌"翻译成中国的传统诗歌形态"而已，其"本身所具有的语言弹性和现代艺术特征也就流失在中国传统语言形式和形象体系中"；接着他以胡适和郭沫若的译诗与创作为例，强调外来诗歌翻译必须寻求新的表现方式和艺术形式，同时熟练掌握和使用白话这种新的语言工具才能"为新诗提供不可或缺的重要元素"，并为新诗"获得重新审视中国诗学传统的现代眼光"（张林杰：《外来诗歌的翻译与中国新诗的发生》，《学习与探索》2007年第5期）。唐立新运用译介学的基本原理和方法考察了卞之琳的译诗理论与翻译实践，在对相关数据和文献资料的分析过程中揭示出卞之琳翻译活动的"现代"眼光及其独特的现代主义审美倾向，尤其是1930年代后期翻译对象逐渐由象征诗派转向了艾略特，这一变化引起了他"后期的诗歌创作向智性化转型"，"同时也开始向古典回归"，从而使卞之琳的新诗创作与译诗之间形成了"一种内在的关联和互动"（唐立新：《关联与互动——论卞之琳翻译与创作的关系》，《云梦学刊》2002年第3期）。陈历明则以徐志摩为例，梳理了翻译与诗歌写作的内在逻辑关系及其转化生成机制；他认为中国现代诗人善于借助"影响之焦虑"，通过诗歌翻译创造性地转化西方诗体再将之运用到自己的新诗创作中来，从根本上扭转中国早期白话诗歌"非诗化"的艺术缺陷（参见陈历明：《中国现代诗歌创作与翻译——以徐志摩为例》，《文艺理论研究》2017年第5期）。耿纪永在辨认西方现代诗歌译介发展脉络的基础上，追溯了1930年代象征派诗歌的翻译盛况；又以戴望舒和卞之琳为代表，结合具体的诗歌文本考察了译诗与写诗之间的事实影响和变形关系；他着重强调"诗歌翻译和诗歌创作在同步对应的同时，还表现出一定程度的趋前性"，即"从边缘迸发到中心，引发或推动文学转型",作为挑战旧文学的有力武器,"丰富新诗形式和语言"是诗歌翻译的重大意义所在(耿纪永:《欧美象征派诗歌翻译与1930年代中国现代派诗歌创作》,《中国比较文学》2001年第1期)。赵小琪和粟超从主体间性出发,把中国现代诗歌创作、现代诗歌翻译、翻译诗学看作一个"开放的、动态的中国现代诗歌系统",在这个大系统中包括了三组关系:一是"诗歌创作、翻译与语境的主体间性关系",他们将文学外部的社会、政治权利、历史语境纳入其中,打破了以往诗歌创作与翻译的自足性研究;二是"诗歌翻译与诗歌创作的主体间性关系",以凸显现代诗人在译诗过程中的主体性功能以及新诗创作对译诗活动的反作用;三是"诗歌翻译与翻译诗学的主体间性关系",指出二者在实践过程中的互动性与能动性,其意义在于"拓展译者主体、创作主体与诗学主体之间的互动",有利于实现中国现代诗歌系统内部的自我主体交流和对话(赵小琪、粟超:《中国现代诗歌翻译与诗歌创作、翻译诗学的主体间性关系》,《扬州大学学报(人文社会科学版)》2015年第1期)。相关研究还有廖七一的《硬币的另一面——论胡适诗歌翻译转型期中的译者主体性》(载《中国比较文学》2003年第1期)、邓庆周的《外国诗歌译介对中国新诗发生的影响研究》(首都师范大学2007年博士学位论文)、杨迎平的《施蛰存的诗歌翻译及其对当代诗歌的影响》(载《齐鲁学刊》2009年第2期)等。

中国现代诗人对外国诗歌的接受研究

中国现代诗人对于外国诗歌的学习和接受是较为全面的,不仅在语言形式、句法表达等艺术手法上有所吸收,而且对诗歌创作的思想主题、诗歌中的人物形象等内容方面也加以借鉴,这恰恰彰显了"五四"新文学所倡导的锐意进取与兼容并包的时代精神。首先,对东方诗歌的个体接受。该研究主要聚焦在印度诗人泰戈尔和日本的和歌与俳句对郭沫若、冰心等诗人的影响。作为泰戈尔译诗的先行者,郭沫若对于泰戈尔诗歌的态度却前后反差巨大。早期他对这位东方诗人极为喜爱和崇拜并体现在自己的诗歌创作中;到了 1922 年,郭沫若一反常态"由推崇转向了批判",其根源在于他"对当时译诗语境和新诗创作现状的担忧","其真实意图是要建构中国新诗的形式"(熊辉:《从推崇到批判:郭沫若对泰戈尔诗歌接受态度的转变》,收录于《〈女神〉与 20 世纪中国文学国际学术研讨会暨青年论坛会议论文集》中)。另一方面,在日本留学期间,郭沫若对于和歌产生了极大的兴趣,在写给宗白华的信中也有所表露,通过文本比较不难发现他的早期诗作具有和歌质朴自然、含蓄委婉的特点(参见靳明全:《日本和歌与郭沫若早期诗歌》,《文艺研究》2003 年第 3 期)。相关研究还有靳明全的《日本俳句与郭沫若诗歌》(载《日语学习与研究》2000 年第 2 期)等。此外,林恒青从中日作家的诗歌交往出发,在整理分析周作人与白桦派诗人武者小路实笃书信、译诗、日记与译介文章基础上,探讨了二者之间的影响。他认为诗歌只是交流和接受的媒介,反而是"白桦派鲜明的、积极的个人主义的人道主义观引起了周作人的极大兴趣",尤其是"武者小路实笃参与现实社会、积极投身于社会改造的态度"以及他的"新村"运动给予周作人极大的启示(林恒青:《武者小路实笃与周作人的诗歌交往》,《福建师范大学学报(哲学社会科学版)》2002 年第 3 期)。

第二,对欧美诗歌的个体接受。该研究成果丰富,据不完全统计 2000 年以来有近六十篇相关论文(包括硕博论文),它们分别涉及涵盖了刘半农、郭沫若、艾青、李金发、卞之琳、戴望舒、冯乃超、李广田、何其芳、朱湘、穆木天、蒲风等现代诗人对西方诗歌的接受研究。陆耀东就胡适对美国诗歌的接受情况展开考察，详细描述了他在康奈尔大学任职期间的演说、译文、读书、撰文与译诗活动，指出"此阶段的经历奠定了他接受美国诗歌影响的基础工程"，其影响深远，甚至断言"如果胡适不经受如此准备，他就难以成为中国新诗的开山人"（陆耀东：《胡适接受美国诗歌影响的基础工程》，《外国文学研究》2009年第1期）。虽然闻一多也有着同样的留美经历，但他对待英美诗歌的看法和态度与胡适大相径庭。从小受到中国古典文化的教育浸染和精神熏陶，使他"总是立足于中国的传统诗艺，并根据自己当时性情所近和展示思想情趣的需要，去有选择、有变化地吸收"（胡绍华：《闻一多诗歌与英美近现代诗》，《外国文学研究》2006年第3期）；这让闻一多始终能够与英美现代诗歌保持一段审美上的距离，从而及时发现和扬弃其中的负面影响，而非单向化地全盘接受。作为中国现代最著名的浪漫诗人，徐志摩对英国浪漫主义诗人雪莱青眼有加，尤其是他在北京大学任职期间，多次专门讲授《西风颂》。刘介民从两位诗人的"理想气质、人生际遇、对爱的追求及徐志摩诗对雪莱的借鉴"入手，探讨了二人诗歌的"血缘关系"，认为"对徐志摩影响更大的是雪莱的抒情短诗"（刘介民：《不可或缺的"类同原则"——徐志摩和雪莱诗歌的血缘关系》，《广州大学学报（综合版）》2001年第1期）。杨绍军以《十四行集》为例，重点论述了冯至在留学德国期间对西方现代主义诗人里尔克的学习和接受，与传达方式、创作形式方面的影响相比，"诗学观念可以看作是里尔克对冯至影响最为深远的地方"，概括而言就是"工作"、"观看"与"经验"观，这些"成为冯至诗歌创作的重要标志"（杨绍军：《冯至诗歌创作及其外来影响——以《十四行集》为例》，《云南社会科学》2006年第3期）。九叶派诗人穆旦被认为最具有"艾略特传统"，他积极且有意识地吸收西方现代主义诗歌传统，并深深地根植于"自身文化传统和独特的生命体验之中"，使"个性化抒情"、"语感形式"、"中国现代性"成为他诗歌创作的重要特质，以此来探索现代新诗发展的种种可能性（刘燕：《穆旦诗歌中的"T. S. 艾略特传统"》，《外国文学评论》2003 年第 2 期）。另一位现代主义诗人朱英诞则从法国象征主义诗歌中获得启发，他把"象征主义心物感应的精义"与"居于主体地位"的意象表达方式融汇在一起，形成了"带有本体意味的'真诗'意识，触动了新诗本体"，从而创作出大量具有审美价值的诗歌作品（王泽龙、程继龙：《朱英诞与法国象征主义诗歌》，《外国文学研究》2013 年第 5 期）。相关研究还有罗义华的《胡适、闻一多与意象派关系比较论》（载《外国文学研究》，2013 年第 2 期）等。

第三，对外国诗歌的整体接受。该研究打破了一对一的微观模式，放送者或者接受者不再局限于某一位诗人，而是扩展为某种诗歌类型、诗歌流派乃至某个特定时期的诗歌创作，更加全面地把握现代三十年中外诗歌关系的沿革与流变。日本与中国一衣带水，这种地理上的便利导致"很多中国新诗诗人都是在日本接触到西方诗歌的，甚至出现了西洋诗歌的汉译先从日本开始的奇特现象"；在新诗文体建设方面，俳句直接影响了小诗体的流行，而日本的"新诗体"改革及"口语诗"运动"更刺激了中国的新诗革命"；与之相比，泰戈尔为首的印度诗歌则影响了新诗的内容与"散文式"诗体（王珂：《印度、日本等东方现代诗歌对新诗的影响》，《东方丛刊》2003 年第 4 期）。关于中国新诗的形式问题，陈本善认为以英美诗歌为代表的外国诗歌形式发生着至为关键的作用，和中国古代词曲一起构成了新诗形式的两大源头；具体而言，外国诗歌形式的作用"主要还不在新诗的初创期，而在稍后的发展期"，它直接导致了新诗自由体形式的成熟与格律体形式的定型（陈本善：《论新诗形式的两个来源》，

《中外诗歌与诗学论集》,西南师范大学出版社,2002年版)。夏新宇围绕"五四"时期中国新诗对英国浪漫主义诗歌的接受,着重分析了"拜伦和华兹华斯两位英国诗人的诗歌在中国的传播和影响",前者给予了中国诗坛内容与思想方面的革新,注入了热情昂扬的斗志和激情;后者的诗学观念则"带给中国诗坛形式和理论,使中国新诗趋向成熟和完善",进而揭示出外国诗歌资源引入中国的民族化规律(夏新宇:《英国浪漫主义诗歌对"五四"时期中国新诗的影响》,《重庆工学院学报》2003年第1期)。谢向红通过大量的史料梳理,呈现了美国诗歌与"五四"新诗的接受关系与影响事实;虽然对美国诗歌的译介无法与英、法、德、俄等西方大国等量齐观,整体来说比较薄弱,但可以肯定的是"以惠特曼为代表的美国近代诗歌和以意象派为代表的美国新诗运动诗歌都对中国'五四'新诗产生过重要影响",主要体现在两个方面,一是"以民主意识和个性意识为核心的'美国精神'",二是"以诗歌语言的口语和诗歌形式的自由化为核心的美学追求","全方位地'参与'了中国新诗的历史进程"(谢向红:《美国诗歌对"五四"新诗的影响》,首都师范大学2006年博士学位论文)。相关研究还有董洪川的《"荒原"之风:T. S. 艾略特在中国》(四川大学2003年博士学位论文)等。

外国诗歌思潮对中国现代诗歌的影响研究

就现代三十年而言,传入我国的外国诗歌思潮大体可以分为现实主义、浪漫主义与现代主义三种形态,其中现代主义又包括了象征主义、意象主义、唯美主义、未来主义等;它们基本对应了二十年代、三十年代与四十年代的中国现代诗坛,但这不是完全绝对的,事实上三者常常交叉在一起,相互组合共同发生影响,合力推动着中国现代新诗发展与新诗理论的建设。首先,关于外国诗歌思潮对现代新诗创作的影响研究。法国象征主义之所以能在中国开花结果,很大程度上是因为"中国古典诗歌贵含蓄的传统与象征主义重暗示的要求很近似";作为中国第一位象征主义诗人,李金发借助在法国学习雕塑的契机"从原文阅读了波德莱尔、魏尔伦等人的作品",并完成了三本诗集,尤其是他的诗稿寄回北京后引起轰动,这一变化与当时中国诗歌界寻求解决浪漫主义创作危机的诉求不谋而合。紧接其后,戴望舒"在比较准确地理解西方象征主义的同时,又能够充分考虑到中国本土诗歌的传统",以个人实践和探索形成了中西融合、温婉抒情的诗歌风格,促使中国象征主义诗歌逐渐走向"成熟"(方丽平、张弛:《法国象征主义对中国新诗的影响——从李金发到戴望舒的考察》,《法国研究》2016年第2期)。然而,法国象征主义诗潮对现代新诗的影响不仅仅局限于李金发、穆木天、卞之琳等象征派或现代派的诗人,它也在坚持现实主义创作的诗人身上留下了深刻的烙印。艾青在法国留学的三年期间,"耽爱着他的'欧罗巴啊,波特莱尔和兰波的欧罗巴'(《芦笛》)",并在《为了胜利》一文中坦诚自己受了象征主义的影响,特别是对比利时诗人凡尔哈伦的学习最为全面,一方面艾青的诗歌"通过象征意象体系来表达对社会宇宙的暗示,表达其光明创世的心理历程",另一方面,在形式上借鉴了象征主义的陌生化语言和反传统的"审丑"意象塑造,从而"创造出'多义性'的诗歌形象",具有批判现实的社会价值和审美价值(范兰德:《艾青诗歌创世象征历程——论象征主义对艾青诗歌的影响》,《华中师范大学学报(人文社会科学版)》2007年第1期)。在接受象征主义的同时,戴望舒、施蛰存、杜衡等诗人还把以前拉斐尔派为代表的唯美主义诗歌思潮译介进来,为现代诗派抒发和表现都市生活体验提供一种全新的方式和可能；他们的诗歌创作囊括了"从唯美主义式的对都市外在感官世界的描绘到对都市人内心情感世界的开掘"，完美地表达了哀伤颓废的情绪与现代化的"都市怀乡病"，"从某种程度上也代表了新诗的现代主义转向"（赵鹏：《新诗的现代主义转向：现代诗派中的唯美主义影响》，《当代文坛》2014年第2期）。此外，西方意象诗学的表现方法注重主体性体验，"对中国现代诗歌意象观念与意象艺术形成了一种鲜明的异质性影响"，主要表现在较为自觉地接受了"象从意出"的西方现代诗学表现策略，"呈现为意象的幻象型、变异型、隐喻型以及意象的智性化与玄秘性特征"（王泽龙：《西方意象诗学对中国现代诗歌的影响》，《文艺研究》2006年第9期），与"意随象出"的中国古典感物式诗思传统形成一种对照和互补。整体而言，外国诗歌思潮对现代新诗创作的影响在不同时期形成了不同的阶段性特征。作为新诗诞生的第一个十年，"对外来影响的吸收方式还主要停留在模仿借鉴阶段"，甚至能让人一眼看出模仿的对象是谁；到了第二个十年，开始反思"新诗欧化现象"，更加注重"中西诗歌艺术的交融"，"在外来影响的自主选择、消化、吸收、创造方面有长足的进步"；在第三个十年，能够自主取舍、整合外来诗歌思潮的影响，初步完成中国新诗的现代化，"基本实现与世界诗潮接轨"（李岫、秦林芳：《二十世纪中外文学交流史（上）》，河北教育出版社，2001年版）。

其次，国外诗歌思潮对中国现代新诗理论建构的影响研究。关于浪漫主义诗论，华兹华斯的"自然流露说"以及"用'自然'方式写作的观念"直接影响了郭沫若的文学评论；尤其是关于天才与普通人差异的看法，两个生活在不同时代、不同国度的诗人竟然达成了共识，这"大概与他对《〈抒情歌谣集〉序言》的阅读不无关系"。不过，由于华兹华斯本人过于鲜明的政治倾向性，一度被西方评论者视为保守或反动的典型，这为他的诗歌理论被现代中国诗坛有意忽视和抑制埋下了伏笔，也曾受到郑振铎、汤澄波等人的批判，因此未能产生更大的影响（王婉秋：《西方文学批评在现代中国：1917-1937》，吉林大学2014年博士学位论文）。与之相比，法国象征主义诗潮则影响深远，它与中国现代派诗学思想有着直接的渊源关系，甚至"在某些诗学范畴的阐释上带有明显的移植嫁接性"；李金发、穆木天等人对"契合"、"象征"、"朦胧"、"纯诗"等概念的译介和解读"无疑是初期象征诗派引发的一场'现代美学革命'的重要表征"（陈旭光：《"同化于一个新的结构之中"——论中国初期象征派诗歌现代主义诗学思想的形成》，《浙江社会科学》2001年第1期）。值得注意的是，穆木天在1926年发表的《谭诗——寄沫若的一封信》被中国诗歌界视为"新诗观念的一次真正飞跃"，它的出现迎合了当时诸多诗歌批评者追求象征诗学理论建构的要求，一度成为中国现代诗人接受法国象征主义诗论的重要理论参照；陈方竞认为《谭诗》"提出用'诗的思考法'、'诗的章句构成法'、'诗的逻辑'和'诗的旋律的文字'去创造'纯粹的诗歌'"，不仅体现了新诗自觉意识的觉醒，更是"对中国几千年诗歌观念的根本变革"（陈方竞：《〈谭诗〉的中国象征诗理论建构——留日创造社作家穆木天论稿》，《华文文学》2006年第1期）。穆木天和王独清可以看作是理论上自觉接受法国象征主义诗潮并进行中国化改造的现代诗人，他们在国外留学期间都曾系统地阅读了象征诗派的作品和论著，并且回国后互相通信，交流和探讨各自对象征主义诗论与中国新诗的思考；毫无疑问，二人后来"所主张的'纯粹诗歌'在理论上直接源于法国象征主义诗派的诗歌理论"，其影响"主要包括诗的'纯粹性'、'统一性'、'持续性'；'诗的思维术'；'诗的文章构成法'等内容"（廖四平：《穆木天王独清早期诗论与法国象征主义诗派》,《齐鲁学刊》2001年第2期)。虽然以袁可嘉为代表的九叶派诗歌理论也主要来源于现代主义诗潮,但更倾向于艾略特、叶芝和奥登等英美诗人;蓝棣之就认为袁可嘉"不满足于变相编译或照抄,而处处都可见他的深入体会与独创性见解",这些体己得来的诗学思想反而"完善和完成了艾略特、瑞恰兹的理论","使意义加深、扩大、增重"(蓝棣之:《九叶派诗歌批评理论探源》,《中国现代文学研究丛刊》2001年第4期)。此外,吴世昌的《诗与语音》(1936)、叶公超的《论新诗》(1937)以及袁可嘉的《新诗戏剧化》(1947)在译介英美新批评诗学观念的基础上,分别探讨了"诗的声音"和读者经验的关系、"格律传统"与"戏剧化象征"等问题,"这三篇论文基本概括了瑞恰慈、艾略特等代表的英美新批评对中国现代新诗理论的影响"(王天红:《中国现代新诗理论与外来影响》,吉林大学2011年博士学位论文)。金克木在1937年提出了"智的诗",成为中国现代诗歌知性理论的起点,夏强从"中国现代诗歌知性理论"、"西方知性诗学在中国的传播与接受"、"中国现代知性诗歌"与"知性诗歌形式"四个方面进行研究,采用综述的方法,重点"分析、比较、析理中国现代诗歌知性理论对西方理论创造性转化"及其"视域狭窄的缺陷"(夏强:《新世纪中国现代诗歌知性研究综述》,《阜阳师范学院学报(社会科学版)》2013年第3期)。相关研究还有曹万生的《现代派诗学与中西诗学》(人民出版社,2003年版)、白杰的《"纯诗"的本土转化与"情本位"回归》(载《理论月刊》2016年第10期)等。

总体而言,新世纪以来国内学界对现代三十年中外诗歌关系的研究,无论是广度还是深度都在前人思考的基础上取得了一定的成绩和突破,这是值得肯定的。但同时也存在一些不足:其一，关于研究对象的不平衡或者说某种程度的缺失，主要体现在三个方面的悬殊对比。一是对外国浪漫主义、现实主义诗歌思潮对中国现代诗歌影响的关注不够充分，而在对现代主义诗歌思潮尤其是法国象征主义的影响研究上则出现了过剩的情况；二是对欧美诗歌的接受研究数量太多，对于同时期苏联诗歌与诗论的接受研究几乎没有；三是与主流诗人研究相比，对于台港澳地区、少数民族地区的现代诗人以及女性诗人创作的外来影响研究明显不足。其二，关于雷同化、重复化的研究现象。以徐志摩为例，2000年以来关于他的诗歌创作外来影响研究的论文有近二十篇，其中仅探讨与雪莱影响关系的论文就有6篇，并且有的论文在角度分析、材料运用以及观点论证上都大体相近，最后得出的结论完全一致，这样的研究没有意义，也没有任何价值。其三，玄春妍的《中韩现代主义诗人卞之琳和郑芝溶诗歌之比较》（延边大学2009年硕士学位论文）和韩永杰的《"创造社"和"白潮"派诗歌的浪漫主义思潮比较》（延边大学2002年硕士学位论文）都属于平行研究，但他们关注的只是中韩现代诗歌关系里的一小部分，况且除此之外还有中日、中印、中非的诗歌关系亟需梳理。由此可见，对于现代中外诗歌关系的考察，单凭中西影响研究这一方向是远远不够的，平行研究空间巨大，尚有待深入展开和发掘。因此，在坚持现有研究道路的基础上，还可以从以下几点出发，不断开拓和深耕。首先，全方位、全覆盖、全领域地搜集、整理与中国现代诗歌密切相关的文献资料，尤其是那些遗存流落在日本、韩国、东南亚等海外的珍贵材料，进而掌握和分析中国现代诗歌在国外的流布、传播与接受情况及其研究的现状。其次，作为新诗发展的重要阵地，现代诗歌刊物研究也有必要纳入进来，重点探究报纸期刊的编选与外国诗歌之间的译介关系，以及译诗栏目与读者接受之间的日常互动。最后，在研究方法上，还可以采用图表或年表的形式，系统梳理和呈现某一阶段的翻译活动或者某一诗歌思潮的传入与接受情况，如贺昌盛的《现代中国象征论诗学流变年表（1918—1949）》（载《新文学史料》2003年第2期）按照时间顺序归纳排列，让人一目了然，也方便于检索和查询。此外，学者之间特别是与国外学者的访谈和对话也是现代中外诗歌关系研究中不可或缺的重要方法，在《中国与日本：中国现代诗学的昨天与今天》（载《文艺研究》2007年第6期）一文中，吕进和日本学者岩佐昌暲在畅谈中国现代诗学历史和主要问题的同时，分别就各自的认识和理解提出了一些建设性的构想，代表了当前中国和日本两种研究场域的交流和碰撞。

论华兹华斯对汉语诗歌创作的影响

涂慧琴

威廉·华兹华斯（William Wordsworth,1770-1850）是继莎士比亚和弥尔顿之后世界上最伟大的诗人，是英国浪漫主义的先驱，英国"湖畔诗派"的领袖。18世纪末，他站在古典主义诗歌的对立面，高举诗歌改革的旗帜，勇于打破传统，力求新颖自然。他取"微贱的田园生活"（low and rustic life）为诗歌题材；主张诗歌语言平民化、生活化，去矫饰堆砌求简单质朴；摈弃传统的双行押韵体，采用无韵诗体或歌谣体（韵脚是abab，一三行八音节，二四行六音节）（梁实秋：《英国文学史》第三卷，协志工业丛书，1985年版）。

20世纪初，华兹华斯及其诗歌作品陆续被介绍到我国，不仅为中国现代诗歌打开了更加广阔的视野，而且为其背离古代诗歌提供了语言和形式上的借鉴，从而极大丰富了中国现代诗学内涵。华兹华斯的诗学主张与黄遵宪、梁启超等人倡导的"诗界革命"和胡适倡导的"白话诗运动"多有不谋而合之处，并最终得到了中国新诗运动的回应。然而，一方面中国现代诗歌在特殊的历史场景中具有明显的现代性，另一方面诗人们的血液早已被传统文化所侵染，要彻底摆脱中国诗歌传统是不可能的，因此，中国现代诗歌以新的诗歌语言和形式阐释现代性的同时，又具有相对独立的民族性，这正是其独特性和丰富性所在。那么，在此特殊的历史语境和文学语境中，华兹华斯诗歌是如何对汉语诗歌产生影响的？

自然的语言

　　语言是诗歌的内部问题，也是诗歌的本质体现。大凡诗歌的革命，基本上先从语言革命开始，无论华兹华斯领导的英国浪漫主义诗歌运动，还是我国"诗界革命"和新诗"白话诗运动"，无不强调语言的变革。为挣脱新古典主义的"诗歌辞藻"（poetic diction），华兹华斯在《抒情歌谣集》中主张，"这些诗的主要目的，是在选择日常生活里的事件和情节，自始至终竭力采用人们真正使用的语言加以叙述或描写，同时又给它们以想象的光彩，使平常的东西以不寻常的方式呈现在心灵面前；最重要的是从这些事件和情节中真实地而非虚浮地探索我们的天性的根本规律"（W. Wordsworth："Preface to Lyrical Ballads, 1802", Stephen Gill, William Wordsworth The Major Works, Oxford University Press 2011, p. 596-597）。他力主诗歌采用"人们真正使用的语言"，强调诗歌语言的朴素、平淡却有力，这是对统治当时英国诗坛的整齐、刻板的英雄双韵体的有力抨击。华兹华斯和柯勒律治的《抒情歌谣集》掀起了英国浪漫主义思潮，开启了现代英美诗语之风。

　　华兹华斯具有革命性的"自然"诗歌语言观，为中国新诗革命开辟了一种新的思路。深受"文章合为时而著，歌诗合为事而作"的儒家文学理念的影响，晚清时期一些先进人士意识到要改变日益羸弱的中国，需以诗和文学作为唤醒民众的工具，而中国传统诗歌无法承载新的知识，表达新的思想，沟通日常生活中普通人的情感。因此，梁启超等人提出"诗界革命"的主张，但他们的诗歌改革也只是在保存诗歌旧形式的前提下进行的，诗歌的旧形式和新词语之间的矛盾必将导致这次改革的搁浅。华兹华斯的诗作于1914年由陆志韦译入我国后，其纯净、美丽的诗歌语言呈现出的新境界，给当时寻求病症的药方、谋求出路的中国诗坛吹来了一股清新自由的海风。在新诗理论建设和实践中付出了诸多的努力、做出了极大的贡献的中国新文学革命的领袖人物胡适极力推崇华兹华斯的诗学语言观。1919年10月，他在《谈新诗》中曾引证华兹华斯的诗学语言观来说明自己的诗歌语言理论主张，"文学革命的运动，不论古今中外，大概都是从'文的形式'一方面下手，大概都是先要求语言文字文体等方面的大解放。……十八十九世纪法国嚣俄、英国华次活（Wordsworth）等人所提倡的文学改革，是诗的语言文字的解放……这一次中国文学的革命活动，也是先要求语言文字和文体的解放。新文学的语言是白话的，新文学的文体是自由的，是不拘格律的。"（胡适：《谈新诗》）胡适从西方的文学革命中获得启示，提出"诗体大解放"的主张，宣称"诗体大解放就是把从前一切束缚自由的枷锁镣铐，一切打破：有什么话，说什么话；话怎么说，就怎么说。这样方才可有真正白话诗，方才可以表现白话的文学可能性"（转引自谢冕：《论中国新诗——〈中国新诗总系〉总序》，《中国新诗总系·第1卷》，姜涛分册主编，人民文学出版社，2009年版）。胡适的主张，在当时中国诗坛是具有探索精神的，是"五四"时代精神的体现。胡适、陈独秀、俞平伯等为重建一种理想的诗歌秩序进行了诗歌创作尝试。

　　白话诗在尝试初期就暴露出了一些问题，如白话的词汇贫乏、白话诗缺乏美感等。中国新诗运动提出的"白话诗"虽说受华兹华斯"自然"语言观的影响，但并未像华兹华斯那样强调对"人们真正使用的语言加以叙述或描写"，"同时又给它们以想象的光彩"。华兹华斯《迈克》一诗写道，"……these fields, these hills/Which were his living Being, even more/Than his own Blood—what could they less? had laid/Strong hold on his affections, were to him/ A pleasurable feeling of blind love, / The pleasure which there is in life itself."（……这些原野，这些山岭/是他鲜活的生命，甚至/比他的血液还要多——他们又怎会/不紧紧抓住他的心灵？对于他/这是一种盲目的爱带来的愉悦，/这也是生活本身的愉悦。）(W. Wordsworth: "Michael", Stephen Gill, William Wordsworth The Major Works, Oxford University Press 2011, p. 226) 诗人对迈克与他赖以生存的原野和山岭的情感描写明朗而又深刻，明朗在于他使用的朴素、简洁、自然的诗歌语言，没有过多修饰的词藻，深刻在于他使用平实的语言描述时，赋予迈克和原野山岭的情感想象的光彩。"罗斯金曾称华兹华斯是他那个时代诗坛上的伟大风景画家"（勃兰兑斯：《十九世纪文学主流·第三分册·英国的自然主义》，人民文学出版社，1984年版），可以说他诗歌呈现出的画面感与他采用的诗歌语言是分不开的。周作人于1919年11月所作《画家》一诗写道，"车外整天的秋雨，/靠窗望见许多圆笠，——男的女的都在水田里，/赶忙着分种碧绿的稻秧。"（周作人：《画家》，《中国新诗总系·第1卷》，姜涛分册主编，人民文学出版社，2009年版）同样采用朴实、口语化的诗歌语言，但《画家》中耕种中的男女不如《迈克》中迈克的形象鲜明，《画家》中的"水田"和"稻秧"缺少《迈克》中"原野"和"山岭"的灵秀，它们与耕种者之间没有情感的互动，只是冷淡的静物而已。对新诗创作初期所缺乏的美的问题，周作人提出"我只认抒情是诗的本分"，"经过许多时间，我们才渐渐觉醒，诗先要是诗，然后才能说到白话不白话……"（转引自谢冕：《论中国新诗——〈中国新诗总系〉总序》，《中国新诗总系·第1卷》，姜涛 分册主编，人民文学出版

· 253 ·

社，2009年版）俞平伯则早在1919年提出警示，"我们要紧记，做白话的诗，不是专说白话。白话诗和白话的分别，骨子里是有的，表面上却不很显明，因为美感不是固定的，自然的音节也不是拿机器来实验的"（转引自谢冕：《论中国新诗——〈中国新诗总系〉总序》，《中国新诗总系·第1卷》，姜涛分册主编，人民文学出版社，2009年版）。

虽则中国新诗在"白话诗"尝试中存在着审美的偏差，但华兹华斯的自然的诗歌语言观对其产生的深刻影响是不可否认的。金东雷曾高度评价华兹华斯，认为"他指给了我们一条文艺上的'新的大道'。"（金东雷：《英国文学史纲》，商务印书馆，1937年版）

平民的题材

华兹华斯取"微贱的田园生活"为其诗歌题材。他从语言、情感和形式方面解释了诗歌以田园生活为题材的必要性，认为以田园生活为题材，诗歌的语言更纯朴有力，诗人对自然和人们的情感更易于表达，对自然美的追求更能成为永恒的一部分。他的以自然为主题的诗歌包括《致蝴蝶》《先见》《自然界万物之影响》《黄水仙》等，其《序曲》也含有大量的自然的描写。

华兹华斯对自然有其独特的认识，他对自然的观察也是融入了个人的情感，往往能与自然合二为一，达到相融的境界。如他本人所言，诗人"比一般人具有更敏锐的感受性，具有更多的热忱和温情，他更了解人的本性，而且有着更开阔的灵魂；……他高兴观察宇宙现象中相似的热情和意志，并且习惯于在没有找到它们的地方自己去创造"（W. Wordsworth: "Preface to Lyrical Ballads, 1802", Stephen Gill, William Wordsworth The Major

Works, Oxford University Press 2011, p. 603）。他认为诗人观察宇宙万物比一般人更敏锐，更热情，并习惯创造热情和意志。梁启超因此称其为"善观者"，1900年3月1日他在《慧观》一文中写道："无名之野花，田夫刈之，牧童蹈之，而窝儿哲窝士于此中见造化之微妙焉。"（梁启超：《慧观》，《梁启超散文》，鄢晓霞编选，上海科学技术文献出版社，2013年版）梁启超高度评价了窝儿哲窝士（华兹华斯），认为他能从普通人忽视的无名野花身上发现大自然的微妙之处，"微妙之处"其实就是诗人所发现的大自然拥有的相似的热情和意志，并与其合二为一。无独有偶，徐志摩在《征译诗启》中说："华茨华士见了地上的一棵小花，止不住惊讶和赞美的热泪；我们看了这样纯粹的艺术的结晶，能不一般的惊讶与赞美？"（徐志摩：《征译诗启》，《徐志摩全集第六卷》，梁实秋、蒋复璁 编，中央编译出版社，2014年版）这其实表明徐志摩在发现自然之美、自然之微妙之处与华兹华斯有类似的感受。

徐志摩不仅在对自然万物的生命方面与华兹华斯有相同的感受，还深受华兹华斯自然观的影响，创作了许多关于自然美，以及人与自然和谐共处的诗歌。徐志摩曾在华兹华斯读过的剑桥大学留学两年，其间深受欧美浪漫主义的影响，对华兹华斯欣赏有加，认为他是最伟大的诗人之一，且认为他的不朽的诗歌多半来自对自然的吟诵，"你们知道宛茨渥士和雪莱他们不朽的诗歌，大都是在田野间、海滩边、树林里，独自徘徊着像离魂病似的自言自语的成绩。"（徐志摩：《话》，《东方现代文选说明文选》，范仲文编，东方文学社，1933年版）华兹华斯笔下的自然富有灵性，被赋予了神谕，他借助诗歌，再现了一个有独创性的大自然的形象，对大自然做出了崭新的描绘，这是在弥尔顿和汤姆森之间的那个时代中，英国诗歌所缺失的部分（勃兰兑斯：《十九世纪文学主流·第三分册·英国的自然主义》，人民文学出版社，1984年版）。受华兹华斯《黄水仙》影响，徐志摩在十四行诗《云游》中也勾画了一幅云在空际自在逍遥，涧水在地面静静流淌的画面。

  但华兹华斯与徐志摩不同的是，前者能从自然中体会到自然对人类的爱，并从中获得慰藉，最终走出政治理想不得意的阴霾，而后者往往在诗歌中寄寓了自己的爱情或理想，渗透着淡淡的忧伤。在《雪花的快乐》中，诗人将"我"假设为"一朵雪花"，在前两节赋予雪花独立、自由的精神："翩翩的在半空里潇洒"，"这地面上有我的方向"，"不去那冷寞的幽谷，/不去那凄清的山麓，/也不去荒街去惆怅——"（徐志摩：《雪花的快乐》，《新月派诗选》修订版，蓝棣之编选，人民文学出版社，2011年版）在后两节将雪花男性化，等着恋人"她"来花园探望，凭借身轻沾住她的衣裳，"贴近她柔波似的心胸——/消溶，消溶，消溶——/融入了她柔波似的心胸！"（同上）显然，雪花融入了她柔波似的心胸是自然与人和谐共处、合二为一的隐喻，也是理想爱情的象征。徐志摩的《康桥再会罢》与华兹华斯的《自然景物的影响》对自然的描写有异曲同工之妙，前诗中"清风明月夜"、"缦烂的云纹霞彩"、"穆静腾辉的晚景"、"清晨富丽的温柔"、"缓和的钟声"、"和悦宁静的环境"、"圣洁欢乐的光阴"等应和着后诗中"静静的夏夜"、"柔波荡漾的湖水旁边"、"远方的山峦"、"星斗粲然"、"橙红色晚霞"，分别将诗人与自然的情感表达得淋漓尽致。徐志摩在淡淡的忧伤离别情绪中，又感到了一种力量，"但我如何能尽数，总之此地/人天妙合，虽徵如寸芥残垣，/亦不乏纯美精神；流贯其间，而此精神，正如宛茨宛士所谓／'通我血液，浃我心藏'，有'镇驯/矫伤之功'"（徐志摩：《康桥再会罢》，《新月派诗选》修订版，蓝棣之编选，人民文学出版社，2011年版）。面对离别的康桥，心中虽有万千思绪，但此刻诗人如华兹华斯一样，感受到天人妙合带来的精神和力量。

朱湘曾翻译过华兹华斯的《迈克》，在1927年去美国留学前后创作的诗歌较多接受了外国诗歌的影响，其中华兹华斯的田园诗话对其产生了深远的影响。自然是朱湘诗歌的主题，"杨柳呀风里颠摇；/荷叶呀翠盖，/荷花呀人样娇娆。/日落，/微波，/金丝闪动过小河。"（朱湘：《采莲曲》，《新月派诗选》修订版，蓝棣之编选，人民文学出版社，2011年版）在朱湘笔端，自然万物与人宁静、和谐相伴："菡萏呀半开，/蜂蝶呀不许轻来，/绿水呀相伴，/清净呀不染尘埃。/溪间/采莲，/水珠滑走过荷钱。/拍紧，/拍轻，/桨声应答着歌声。"（同上）诗人虽未明写人物，但"采莲"、"水珠滑走"、"桨声"和"歌声"暗示了人物的出场，于有声处展现了一幅人与自然融为一体的景象。这样的景象在《小河》中也有同样的表达，"轻舟是桃色的游云，/舟子是披蓑的小鱼"（朱湘：《小河》，《新月派诗选》修订版，蓝棣之编选，人民文学出版社，2011年版）；"长柳丝轻扇荷风，/绿纱下我卧看云天；/蓝澄澄海里无波，/徐飘过突兀的冰山。"（同上）

自由的情感

华兹华斯强调"一切好诗都是强烈情感的自然流露"（For all good poetry is the spontaneous overflow of powerful feelings）（W. Wordsworth："Preface to Lyrical Ballads, 1802", Stephen Gill, William Wordsworth The Major Works, Oxford University Press 2011, p.598）。这种强调"情感"的主张具有一种新的时代精神和大胆的创造力，它冲破了传统的古典主义诗歌的藩篱，颠覆了一切以理性为衡量标准和评价尺度的真理。

华兹华斯关于"情感"的诗学主张传入我国后,立即触发了时代的感受。1919年,田汉在《诗人与劳动问题》一文中指出,华滋渥斯(华兹华斯)是主张"诗歌与其重形式,宁重内容上情绪的空想的要素"诗学观点的最重要的人(田汉:《诗人与劳动问题》,《少年中国》1919年第1卷第8期)。闻一多主张诗歌典型化就要注重想象,强调激情(葛桂录:《中外文学交流史:中国—英国卷》,山东教育出版社,2015年版)。郭沫若则用"命泉中流出来的Strain"和"心琴上弹出来的Melody"来表达华兹华斯所说的"情感的自然流露",他指出"只要是我们心中的诗意诗境底纯真的表现,命泉中流出来的Strain,心琴上弹出来的Melody,生底颤动,灵底喊叫,那便是真诗,好诗,便是我们人类底欢乐底源泉,陶醉底美酿,安慰底天国"(田汉、宗白华、郭沫若:《三叶集》,上海亚东图书馆,1920年版)。因此,在他个性解放的诗歌里让人能感受到他个人觉醒后向群体、向整个时代发出的呐喊声。他在《女神》中发出的呐喊、凤凰再生的美妙歌声、天狗要吞下日月的狂呼,都是他在血泪和黑暗中喊出的自焚中的新生热情。他声声的呐喊是其强烈情感的自然流露,是一个清醒的自我对"你"的呐喊,对"他"的呐喊,对"我们"的呐喊,是对自由发出的呐喊声:"我们自由呀!/我们自由呀!/一切的一,自由呀!/一的一切,自由呀!/自由便是你,自由便是我!/自由便是"他",自由便是火!"(郭沫若:《凤凰涅槃》,《中国新诗总系·第1卷》,姜涛分册主编,人民文学出版社,2009年版)

华兹华斯认为诗歌的"情感"可以给予动作和情节以重要性,诗人可以通过不同的方法去探寻。如《阿丽斯·费尔》(陆志韦译为《贫儿行》)中对纯真弱小女孩的同情和道德关怀,《我们是七个》中天真的孩子对死亡观念的理解,《宝贝羊羔》中小女孩的纯真善举,《傻小子》中母爱的伟大和普通人身上具有的同情感，这些情感都是普通人身上具有的高贵品质，是属于大自然的，是一种自然的流露，不属于习俗。而诗人是善于发现普通人身上具有这些高贵品质、情感的人，具有一双善于发现美的慧眼。在英国工业革命发展上升时期，城市规模的不断扩张致使英国整个乡村田园景象遭受破坏，华兹华斯生活行走在乡村田园间，看到的不再是斯宾塞笔下理想的、浪漫的田园生活，而是饱受生活艰辛却依然保持着纯真的人们。他们有破产的牧羊人、乞丐、傻子、穷人……华兹华斯"创作的触角广及大众阶层的生活样态及情感体验，呈现人与自我之间的关照，展现人道主义关怀"（邹建军、覃莉：《华兹华斯与中国现代浪漫主义诗学》，《西南大学学报（社会科学版）》2012年第5期）。华兹华斯对这些善良的、纯朴的、大众阶层人们流露出的关爱之情是自然的，发自内心的，这表明了他具有的一种人道主义的立场。华兹华斯许多优秀的诗作表达了他对穷苦大众的深切同情，其最初被译入我国的代表诗作多与生活在社会底层的人们有关，这与当时中国文学的价值取向相吻合。陆志韦于1914年3月在《东吴》杂志1期2卷发表的译作《贫儿行》（Alice Fell）和《苏格兰南古墓》（A Place of Burial in the South of Scotland）、徐志摩于1922年翻译的《葛露水》（Lucy Gray）、贺麟和张荫麟等8人于1925年翻译的《露西组诗》第二首《威至威斯佳人处避地诗》（"She dwelt among the untrodden ways"）及朱湘翻译的《迈克》（Michael）都是华兹华斯关于贫苦大众的优秀代表作品，这些译作"与国内民生民情相似"，"符合了当时中国文学的主流价值取向"（同上）。当时的汉语诗歌在表达劳苦大众生活疾苦方面，无论是深度还是广度都取得了很大的进步。胡适的寒风中奔走的人力车、刘半农的穷苦的卖萝卜人和像卖炭翁那样艰辛劳作的铁匠、沈玄庐《十五娘》中十五娘夫妇、刘大白《卖布谣》中的哥哥嫂嫂等穷苦大众，在穷困的生活中仍保持着勤劳善良的贫民本色，诗人们对他们寄予了深切的同情和悲悯情怀。徐志摩的《谁知道》写道："我在深夜里坐车回家，/一堆不相识的褴褛的他，使着劲儿拉；/天上不明一颗星，/道上不见一只灯；/只那车灯的小火/袅着道儿上的土——/左一个颠簸，右一个颠簸，/拉车的跨着他的蹒跚步。"（徐志摩：《谁知道》，《新月派诗选》修订版，蓝棣之编选，人民文学出版社，2011年版）"深夜"、"车灯的小火"、"颠簸"和"蹒跚"道出了车夫拉车的艰辛，"褴褛"点明了车夫的生活窘境，"一堆"则说明了贫穷车夫的普遍性，诗人在此虽未直接表明自己对车夫的悲悯之情，但这种情感渗透在字里行间。在当时的社会，诗人们普遍将目光投向了社会底层的普通民众，即使是强调"诗是贵族的"的康白情，也不得不承认："我们却仍旧不能不于诗上实写大多数人底生活，仍旧不能不要使大多数的人都能了解，以慰藉我们底感情。所以诗尽管是贵族的，我们还是尽管要作平民底诗。"（康白情：《新诗底我见》，《少年中国》第1卷9期）

尽管华兹华斯认为诗歌的情感是一种自然的流露，但是这并不意味着这种情感是泛滥的而无节制的。他指出"凡有价值的诗，不论题材如何不同，都是由于作者具有非常的感受性，而且又沉思了很久"（W. Wordsworth: "Preface to Lyrical Ballads, 1802", Stephen Gill, William Wordsworth The Major Works, Oxford University Press 2011, p. 598）。他提出了"强烈情感"和"沉思"的关系，实际上，这是他对诗歌创作中感性和理性关系问题的思考。这二者看起来是一对矛盾，华兹华斯却辩证地看待了它们之间的关系，继而指出，"因为我们的思想改变着和指导着我们的情感的不断流注，我们的思想事实上是我们已往一切情感的代表；我们思考这些代表的相互关系，我们就发现什么是人们真正重要的东西；如果我们重复和继续这个动作，我们的情感就会和重要的题材联系起来。"（同上）虽然深受西欧浪漫主义文学和华兹华斯诗学观点的影响，新月派自诗歌活动的正式开始就打出了反对"伤感主义"和"伪浪漫主义"的旗帜。闻一多对"顾影自怜"、"无病呻吟"和"多情的眼泪"等提出了尖锐的批评，在《死水》的创作中明确提出了"理智节制情感"的美学思想。徐志摩看到了从卢梭的《忏悔录》到哈代的一百七十年间，人类冲动性的情感脱离了理性的挟制，在《白朗宁夫人的情诗》中指出情感应受理性的相当节制与调剂。梁实秋也指出文学的力量在集中和节制，节制就是以理智驾驭情感，以理性节制想象。

　　早在二百多年前，华兹华斯的诗学观念就撼摇了新古典主义诗歌的统治地位，宣布了英国浪漫主义的到来。华兹华斯那朴实清新、口语化的诗歌语言，自然的诗歌题材和强烈情感的自然流露，都是使他成为伟大浪漫主义诗人的重要因素。在20世纪初期，随着他的诗歌作品和诗学主张被介绍到我国，他的诗歌对汉语诗歌，特别是中国现代诗歌产生了深厚的影响。他的诗歌启发了中国现代诗人在以诗救国的时代，寻到了一条新的出路，为中国新诗革命"白话诗"的到来提供了理论借鉴，是一种积极的探索精神的体现。然而，华兹华斯诗歌对汉语诗歌的影响不仅深厚而且深远，即使是在汉语诗歌不断走向多元化的时代，他的诗歌仍为许多中国诗歌爱好者所吟诵，他的诗学主张仍被许多诗歌研究者所推崇。

现代汉语诗歌的民谣倾向及其启示

甘小盼

民间歌谣是篇幅短小、以抒情为主的民间诗歌的总称,实际上由"民歌"和"民谣"两部分构成。古人是将"歌"与"谣"分开看待的,配合乐章来唱的叫"民歌"或"民间歌曲",不配合乐曲自由吟诵的叫"民谣"。因不需要合歌而唱,民谣的语言形式,相对而言更加灵活自由,也需要有一定的节奏而便于朗诵。诗歌在历史发展中,用于吟唱的曲调实际上已经散落了,在一般情况下只被用于吟诵。在诗歌革新的过程中,这种广泛流行于民间的体裁被运用于新诗的创作,诗人们进行了广泛而深刻的实验。

在新诗革新的历史中,发生了三次歌谣运动。第一次起始于"五四"新文学运动。首先是由于传统诗歌经过几千年的发展,"格律"诗已经无法满足人们抒情言志的需要。新文化运动大力提倡白话文的写作,旧的语言表达方式、诗歌形式等被打破,新时代的诗人们寻求一种新的方式发出时代之音,必然要求新诗打破旧体诗的各种藩篱。其次是诗人们意图以民间文化的"焕新"成为文学反抗的时代号角,遂发起了这一场"全民"运动。白话文的诗歌写作首先要求形式的革新。在新诗实验初期,歌谣以其灵活的表达、真挚的情感引起了诗人们的注意。新诗的创作最初就是在本国文化中寻找传统而逐渐发扬光大的。在这种历史过程中，一批诗人为新诗的创造提供了宝贵的经验，并留下了许多精妙的理论建构和经典的文学作品。新诗的构建是由一批文人完成的，他们从搜集、整理民间文化开始，积极汲取民间文化的养分，借鉴民间歌谣的表达方式和形式进行新诗创作，因此，这些诗歌在韵律和结构方面与格律诗迥异，实际上仍然是文人的创作。但是，这种从民间传统中生发的对现实的转达、浪漫的抒情一直延续到今天。

诗歌的民间化提出来后，得到极大的支持，然而好景不长。二十年代中期以后，随着文学主张的分野，文学的"雅俗"之争出现，再加上新诗创作初期实践的不成功，一些诗人开始提出了疑问。同时，西方理论的引进，使民歌作为土生土长的中国"土文化"，与西方化的主流文化相悖，民间化的新诗在发展中受到越来越多的质疑。一些中坚学者投入文人文学的怀抱，例如周作人和朱自清。因此，轰动一时的歌谣运动以失败落幕。

四十年代，在解放区发生了第二次歌谣运动。新诗诞生即带有反叛性，体现在新诗创作的各个方面。新诗诞生之初，中国正处于风起云涌的动乱年代，特殊的时代背景下，反映民间疾苦、痛斥时代黑暗成为新诗的主要表现内容，也是新诗的使命所在。四十年代解放区的民歌体诗歌取得成功的根本原因，也在于特殊的时代背景。民歌真正对诗歌创作产生影响与抗战直接相关，尤其是《讲话》之后，"文艺为工农兵服务"成为主流意识形态，在解放区政府的支持下，"'诗的歌谣化'发展到了极致"（《中国现代文学三十年》），主要表现为一方面运用群众运动的方式，开展工农兵群众性的新歌谣的创作运动；另一方面，组织知识分子下乡采风，搜集整理民间歌谣。在这种情形下创作的诗歌有明显的目的性与政治色彩，民歌体长诗是解放区文坛对政治话语的响应。《讲话》之后，郭沫若、周扬等学者大声疾呼开展新民歌民谣的征集与创作活动，一批诗人们更是在吸收、借鉴当地民间文化的基础上，创作了一批脍炙人口的经典之作，如李季的《王贵与李香香》、阮章竞的《漳河水》、张志民的《王九诉苦》、田间的《赶车传》等。这些长诗诉说现实生活，地域性、民间性色彩浓郁。诗人们大都借鉴当地民歌，大胆采用方言，灵活变换结构，塑造了一批经典的文学形象，唱响了时代之音。

　　第三次歌谣运动发生在建国后，是在毛泽东的提倡下发起的一场诗歌创作运动。诗歌的民间化没有止步于政治的宣传，围绕着新诗的讨论，也没有停息。新中国成立后，"新诗该如何发展"依然是诗人们关心、探讨的问题。新中国成立初期，中国作家协会曾于1953年底到1954年初召开三次诗歌形式座谈会，报章、杂志也对此表示了足够的关心。这些讨论虽然没有为新诗的发展做出最后的定论，却引起了毛泽东的关注，于是诞生了这场"新民歌运动"。在这声势浩大的"诗歌大跃进"期间，全国掀起了热烈的民歌搜集和民歌体诗歌创作的热潮，上至中央，下至地方，涌现了数量巨大的"诗人"群体。这些诗歌极度突出理想和豪情，运用想象和夸张的手法，却严重脱离了时代的生活真实。新诗在这种极度膨胀之下走入极端，对诗歌的真正创作产生了不利影响，再加上接踵而至的大饥荒，轰轰烈烈的民歌运动宣告落幕。

蝴蝶振翅，采言民间

　　新诗歌运动是随新文化运动开展的，诗歌的破旧迎新就是从语言和形式开始的。这场诗歌运动由知识分子主导，他们深入民间搜集民间歌谣，并广泛借鉴民间文学的养分，以求探得新诗发展的道路。因此，在歌谣运动伊始，由文人们主导的诗歌革新还是以文人文学为中心、向民间取法的诗歌运动,以文人创作为主采用民间歌谣的形式和语言特色。刘半农不仅是一位新文化运动的倡导者,同时也是现代汉语语言学的奠基人。在新文化运动中,胡适和刘半农都十分重视语言在新诗发展中的重要作用,胡适强调语言的工具作用,刘半农从语言本身强调语言的本体意义,他对诗歌韵律的重改在诗歌发展中举足轻重。刘半农重视民间语言的审美性,他说:"它的好处,在于能用最自然的言词,最自然的声调,把最自然的情感抒发出来。"、"而这有意无意之间的情感的抒发,正的的确确是文学上最重要的一个元素。"、"唱歌的人,目的既不在于求名,更不在于求利",在歌谣中"往往可以见到情致很绵厚,风神很灵活,说话也恰到好处的歌词"(《国外民歌序》)。刘半农从文学性出发,着力挖掘民间语言的审美特点,截取其中的自然、轻快、活泼,表达深厚真挚的情感。在实际的运用中,这种独特的抒情方式被大量运用令人耳目一新。刘半农提出了重建新韵的三点主张:"(一)作者各就土音押韵、而注明何处土音于作物之下。此实最不妥当之法。然今之土音、尚有一着落之处、较诸古音之全无把握、固已善矣。(二)以京音为标准、由长于京语者为造一新谱、使不解京音者有所遵依。此较前法稍妥、然而未尽善。(三)希望于'国语研究会'诸君、以调查所得、撰一定谱、行之于世。则尽善尽美矣"(《思想的声音——文化大师演讲录》)。刘半农设定了三个步骤,从土音到京音,最后"定谱",这是他对于音韵的设想,也是他身体力行的实践。他自觉地运用民间语言,发掘其审美性,赋予其诗性特征。他的不少诗歌深得民歌民谣自然亲切的韵味,音调上汲取了民歌讲究重复、一唱三叹的特征。以《教我如何不想她》为例:"天上飘着些微云,/地上吹着些微风。/啊!微风吹动了我的头发,/教我如何不想她?//月光恋爱着海洋,/海洋恋爱着月光/啊!/这般蜜也似的银夜,/教我如何不想她？//水面落花慢慢流，/水底鱼儿慢慢游。/啊！/燕子你说些什么话？/教我如何不想她？/枯树在冷风里摇，/野火在暮色中烧。/啊！/西天还有些儿残霞，/教我如何不想她？"（《中国现代文学作品选》）语言直白轻快，意象贴近生活，像"云"、"风"、"燕子"、"鱼"等。接近口语的表述，和口语中常用的语气词"啊"的重复使用，在看似平白的语言中流淌着月光似的柔情。

在新诗写作的音乐问题上，刘大白也谈到过对音韵的重视。在论及闻一多诗歌的用韵问题时，他谈到："咱们要反对在纸面上已经死去了的死诗韵，咱们要用那活在口头上的活诗韵。在这个条件之下，自然最好用国音的韵。但是各处方音的韵，只消现在活在口头上的，也不能一律禁止。咱们如果搜集起民歌来，他们所用的韵，差不多大多数是方音的。咱们不承认民歌是现代的活诗篇便罢；要是承认的话，那么，用韵的条件便不能太严。所以咱们用韵的条件，只是要用现代的活诗韵，便是最好国音韵，其次方音韵。"（《读评闻君一多的诗》）刘大白主要是从音乐性的角度对诗歌的音韵做出比较视野下的分析。"诗"与"歌"原本是密不可分的，刘半农和刘大白都是在这样的历史下深入对诗歌音乐性的探索，某种程度而言，这也是一种"返古"的倾向。在文人诗歌的创作中，诗歌逐渐显示其独立性而与"歌"相分离，但在民间，民歌自不必说，民谣仍然具有相当的音乐特质——例如其节奏感和音乐感。刘大白从音乐性的角度，将诗歌分成三类：一，歌唱的诗篇；二，吟诵的诗篇；三，讲读的诗篇。他还总结了中国古代诗歌的十种音乐规律（参见《刘大白研究资料》）。刘大白总结的诗歌的音乐性规律已经相当系统完备，并可以运用到新诗的实际创作中。以《卖布谣》为例："嫂嫂织布，/哥哥卖布，/卖布买米，/有饭落肚。//嫂嫂织布，/哥哥卖布。/小弟弟裤破，/没布补裤。//嫂嫂织布。/哥哥卖布。/是谁买布？/前村财主。//土布粗，/洋布细，/洋布便宜，/财主欢喜。/土布没人要，/饿到了哥哥嫂嫂。"（《声乐曲集·卖布谣》）诗歌由结构相似的四个小节组成，每节句尾押韵："布"和"肚"、"布"和"裤"、"布"和"主"、"细"和"喜"，押韵全在韵脚，这种押韵方式在古典格律诗中常见，在民间也是常见的。刘大白的诗歌几乎都是在音乐性上独辟蹊径，一方面令人惊叹于其深厚的文学修养，一方面折服于其对音乐的熟谙。他的诗作通俗易懂，像极了民间流传的短小歌谣，常常被谱曲传唱。这首《卖布谣》即由赵元任谱曲，还有刘雪庵谱曲的《布谷》，有些诗歌还被配上了外国的名曲，如以贝多芬的《土拨鼠》配乐的《卖花女》等等。

"五四"新文学时期对语言的改造，主要在寻求新的韵律感和押韵方式，诗歌的押韵，大体也就这两种——通行的汉语普通话的音韵和方言韵。方言押韵并不是从新诗运动开始的，在古体的格律诗创作中就有许多案例，在新诗运动中，这种押韵方式被提高到理论层面指导诗歌创作是新诗运动的一大贡献。到四十年代，诗歌的创作不仅在押韵方面多有注重，更突出地表现在对方言的借鉴与处理。解放区在《讲话》的号召下开展的歌谣运动是新诗与民歌民谣的真正结合，在语言上突出表现为对方言的大量运用与灵活变通。此时涌现出的杰出的作品在语言上无不具有这种特色——《王贵与李香香》对陕北方言的应用；《漳河水》对太行山地区方言的借用；张志民写《王九诉苦》时，将诗歌念给农民听，也正说明了诗歌的语言采自民间、贴近民间。同样的，田间的《赶车传》、李冰的《赵巧儿》也都是如此。虽则都是大胆采用民间方言进行再创造，但作者对这些语言的处理都保留了各自的风格。

解放区民歌体对方言的运用，具有以下几个特征：一是对方言中词语的运用。如李季在《王贵与李香香》中大量使用陕北方言,方言的意味在诗歌中十分突出。例如在构词中经常加上词头"老、阿、第",或加上词尾"子、儿"等;擅长使用重叠的字词,如"绿苗苗"、"嘶啦啦啦"、"红艳艳"等;对词汇的选择也十分有"乡土味",例如王贵与香香结婚时说的一句"半夜里就等着公鸡叫,/为这个日子把人盼死了!"(《中国现代文学作品选》)再比如香香送参加革命的王贵归队时说的"沟垴里胶泥黄又多,/挖块胶泥捏咱两个;/捏一个你来捏一个我,/捏得就像活人脱。/摔破了泥人再重和,/再捏一个你来捏一个我;/哥哥身上有妹妹,/妹妹身上也有哥哥。/捏完了泥人叫哥哥,/再等几天你来看我"(《中国现代文学作品选》)。其中没有意义的"来"字的使用,是借鉴了陕北地区民间口语的说话方式,自然贴切。"哥哥"、"妹妹"之间的爱情诉说方式是我国民间文化中的一大特色,作者借"哥哥"、"妹妹"、"捏泥人"的诉说方式,既是取材于民间,糅合了民歌民谣中典型的抒发爱情的方式,又通过"捏泥人"这种方式将两个爱人之间缠绵的深情表露了出来,真挚动情。二是叠词的使用。李季在诗歌中保留有大量的原始的方言符号,保留了原味的方言是他的诗歌创作的一大特色。同样大量借用方言的阮章竞在其《漳河水》中还表现出古典诗词的韵味。如诗歌开篇的《漳河小曲》:"漳河水,/九十九道湾,/层层树,/重重山,/层层绿树重重雾,/重重高山云断路。""清晨天,/云霞红艳艳,/艳艳红天掉在河里面,/河水染成桃花片,/唱一道小曲过漳河沿。"阮章竞在《漳河水》的写作中灵活借用了流传在漳河两岸的多种民谣形式《开花》《四大恨》《漳河小曲》《牧羊小曲》等,加以改造,使诗歌中的叙事和抒情显得更加自由灵活。他选取地方有代表性的意象,如"漳河水"、"艳艳红天"、"漳河沿"等,大量使用叠词"层层"、"重重"、"红艳艳"等,非常活泼。三是对谚语、俗语的灵活运用。对民谚俗语的运用,主要有两种情况:一种是直接运用,插入诗行中,或者直接从民间谚语中生发。刘半农的《瓦釜集》拟民歌的新诗创作中,部分诗歌就是根据江阴谚语而作。例如《只有狠心格老子呒不狠心格娘》就是根据谚语"只有狠心格老子呒不狠心格娘"(《胡适、刘半农、刘大白、沈尹默诗歌欣赏》)而创作的。全诗四节,每节以"只有狠心格老子呒不狠心格娘"起首,循环往复,有一唱三叹的效果。此外,还有一些诗歌保留有原始的民间谚语,如《瓦釜集》第十九歌中"山歌好唱口难开,樱桃好吃树难栽,白米饭好吃田难种,鲜鱼汤好吃网难抬","山歌好唱口难开,樱桃好吃树难栽"就是民间劝谏劳动的民谚俗语,不独在江阴,在很多客家方言区、湖南甚至到云南都收录有这两句民谚。另一种是对民间谚语或俗语的改造。李季在《王贵与李香香》中"手扒着榆树摇几摇,／你给我搭个顺心桥"就是对民间《信天游》中"手把上榆树摇几摇,／你给我搭个顺心桥"的改写。这样的例子在李季诗歌中非常常见,他在借鉴民歌中加入了知识分子的思考与选择,因为"信天游"民歌中对同一种感情的抒发或咏唱往往有几种甚至几十种,其艺术性和思想性往往良莠不齐,这样的情况也要求诗人们做出甄别与改造。四是对民间歌谣的灵活处理。阮章竞的民歌体长诗几乎都以"小调"、"小曲"开篇,《漳河水》中开篇即《漳河小曲》,又以《牧羊小曲》结尾。正如作者所说,《漳河水》"是由当地的许多民间歌谣凑成的"(《漳河水·小序》)。诗歌采用民间小曲的形式,辅之以民间歌谣的语句,结合了中国古典诗词创作的句法,因此诗歌虽然由口语化、民间色彩浓厚的语句组成,却蕴含了古典风情,不似民谣的简单,渲染了富有诗意的意境,更有韵味。《王贵与李香香》中对"信天游"的借鉴与改造也是如此。早在新文化运动时期,早期的诗歌民间化探索者就注意到了这个问题。刘大白在《中诗外形律详说》等著作中,系统地总结了中国诗歌的音乐性的规律,他本人也正是从诗歌的音乐性为切入点进行诗歌的创作，他的很多诗歌甚至被谱成曲传唱。

信天而游，古体新用

新诗向民间"取经"，重点体现在语言与形式两个方面。自新文化运动始，要求打破格律诗的"镣铐"，要求自由的格律与形式以便于更好地抒情就是新诗最初始、最基本的要求。一些早期的白话诗人热衷于从民间文化的土壤中汲取养分，借鉴民歌民谣的表现方式，建构新诗的形式结构，如刘半农、沈伊默等。

（1）散文体。第一次歌谣运动中，新诗仍然存在着"格律化"与"非格律化"的讨论，不论如何，诗歌实际上仍朝着更加自由化的形式发展着。民歌散漫、自由、活泼的形式对诗歌产生着影响，深厚的文学传统也并未就此退出舞台。文人们即使搜集民歌，仿民歌体进行创作，严谨的古典格律诗仍影响着他们的创作。在形式上表现出既是自由的散文体，也有大量形式齐整、句尾押韵的作品，而在民间方言的介入和口语化的表达下，也有一些十分散漫的诗作。刘半农仿家乡民歌四句头山歌的曲调，用江阴方言创作新诗六十多首，并编选其中18首拟民歌出版《瓦釜集》。这些诗歌常带有强烈的叙事色彩，又夹杂有民歌一唱三叹的回环往复的结构，在结构上并非都是四句一小节，每行诗的字数也都不同，在结构形式上更加多变。刘半农的《瓦釜集》叙事意味很强，因此结构、句式的安排完全是以叙事的抒发为主，有的齐整，有的参差，有的一句七言或九言，有的一句能有十个甚至二十多个字，全凭所述内容而定。如第四歌《姐园里一朵蔷薇开出墙》，这是一首情歌，全诗一节四句，每句十言、十三言、十六言、十六言。类似的诗作还有不少，但这些诗由于对口语的直接使用，有的句式长一些有的短一些，恐怕不是作者的精心安排。

（2）问答体。问答体诗歌很明显地借用民歌形式的结构，由一人发问，另一人回答，在一问一答中以主人公自述的叩问交代事情始末或缘由。《瓦釜集》第七歌《隔壁阿姐你为啥面皮》就是一首问答体的叙事诗，全诗共四节，首句一女工问"隔壁阿姐你为啥……"另一女工答"你阿姐勿晓得我……"在一问一答中倾诉隔壁阿姐的苦难生活，进而揭露社会黑暗与平民困苦。问答体在民歌中尤其是山歌对唱中出现得比较多，如《刘三姐》和湖南、云南地区一些具有临时性质的山歌对唱，就是这样的形式。整体而言形式是比较齐整的，每一小节的结构是相同的，在相同结构下每一句的字数基本一致。这种结构的好处在于它比较齐整，要求语言的选择和字数的控制，并且一问一答可以循环再循环，一联联接下去。新文化运动早期的诗歌在音韵和语言上有较大的变化，形式结构相对显得有些平板。与此相对，四十年代解放区的民歌体长诗不仅在语言的使用上沿袭了对民间口语、方言的借鉴与改编，在形式上也取法民间歌谣，更为多变与灵活。

（3）信天游体。结构的变化是诗人们向民歌学习的重要成果。在诗歌的民谣化倾向中，诗人特别注重诗歌创作对民歌民谣在形式上的借鉴与改造，成功的民歌体新诗在形式和语言上尤其注重。在四十年代解放区文学中，民歌体长诗的成功，与其民谣化的形式结构有重要关系，尤其对陕北民歌"信天游"的学习和借鉴，具有典型的意义。信天游是陕北地区特有的一种民歌，具有特殊的形式：每两句诗组成一个诗联，固定不变；一首诗可以是一个诗联或两个、三个、四个以至多个诗联，长短自由；每一行诗一般是五言、七言、九言或十一言，交错使用，大致保持形式严整，音节均齐（《新文学开拓者的诗歌艺术》）。李季

《王贵与李香香》在语言上使用陕北方言，在形式上更是借鉴了极具陕北特色的信天游民歌。诗人自称，他亲自收集并深入研究过将近三千首信天游民歌，给他的创作带来了丰富的源泉。信天游的句式十分灵活，两句一组，常常上句比兴，下句叙述："一句话来三瞪眼，／三句话来一马鞭！／／狗腿子像狼又像虎，／五十岁的王麻子受了苦。／／浑身打烂血直淌，／连声不断叫亲娘。／／孤雁失群落沙窝，／邻居们看着也难过。"（《中国新诗百年大典·第十卷·王贵与李香香》）李季对民间文学的汲取是多方面的，他的叙事诗的形式主要来自民歌和民间说唱文学，在对形式的借用中有直接取用，也有创造改编，针对不同的叙事特性和讲述素材而选择风格各异的形式结构。《王贵与李香香》重点在传述事件，于是借用信天游畅想天外、诗联无穷的结构形式，两句一联，有比兴有叙述，有写实有抒情，将故事的结构与叙述的主体紧密结合在一起。在《杨高传》中，作者树立了高大光辉的革命者形象，在形式上则基本采用"四三、三三四、四三、三三四"的句式和节奏，根据叙事的需要，句式时常变化，并不是固定的"四三、三三四"句式，相对齐整的四句一节的结构也是多见的，但也有插入的"小曲"两句一节。三四句一节的结构形式配之以句尾的押韵，整首诗具有鼓词意味，句尾韵脚又常是开口呼，形成了一个个"鼓点"，渲染了激奋而又富有动感的情绪，更有力量感，更便于高昂情感的表达，不再是两句一联的灵巧歌唱。"不唱姊妹领棉花，／这一回唱一唱三边风光。／这本书说的三边事，／该讲讲三边是什么地方。／／人说三边风沙大，／终日里雾沉沉不见太阳。／这话是真也是假，／没风时沙漠风光赛过天堂。／／平展展的黄沙似海浪，／绿油油的草滩雪白的羊。／蓝蓝的天上飘白云，／大路上谁在把小曲儿唱。"（《李季文集·第一卷·杨高传》）《杨高传》与《石油大哥》体现了诗人对民间歌谣的又一种探索。在诗歌创作中，诗人不以某一具体的民歌形式作为借鉴主体，而是以歌谣的普遍性特征作为借鉴对象，将民歌的章法与古典诗词的句法相融合，创作出来的诗歌不仅具有民歌的活泼，还有古典诗歌的情境（《论李季的叙事诗创作》）。无独有偶，阮章竞在《漳河水》的创作中同样是将民间歌谣与民间戏曲的结构相互借鉴、交融，使诗歌既具有民歌的轻快，也有戏剧结构的全局统摄，在叙事上别具一格。

万花一筒，百态一诗

民间歌谣对诗歌创作的影响，在语言和形式上最为明显，但诗人们对民谣的取法是多方面的，不仅表现为对方言和民谣形式的活用，民间歌谣在叙事、抒情主人公的塑造方式、传情达意的手法、所歌颂的主题等方面对诗人们的创作都留下了深刻的印记。民歌民谣进入诗歌，扩大了诗歌的表现范围，拓展了诗歌抒情达意的方式，为诗歌创作注入了活泼灵动的血液。

（1）革命主旋律。民歌对新诗创作的影响，最明显的就是内容（主题、题材）的置换，突出表现在长篇叙事诗的高度发展上。解放区的诗歌以叙事长诗为主，其表现的题材也是民众喜闻乐见的、最贴近生活的。在新诗的民谣化中，由于诗人们抱着"向下"的创作姿态，作者们自觉地选择普通民众最容易、最愿意接受的内容；同时，出于知识分子的修养、爱国情怀的具体化和政治的要求，表现生活事实、讴歌共产党的领导、表达纯真的爱情和歌颂新生活成为这一时期诗歌创作的主旋律。对主题的表达有明显的时代分段特征，这是由特殊的社会背景决定的。在新文化运动初期，民谣化诗歌以反映民生疾苦为主题，如刘大白《卖布谣》中对贫富差异的表现；抗战时期，以阶级斗争和抗战为表达主题，如《赶车传》《王贵与李香香》。这一时期著名的作品故事主题并不单一，常是两个或多个主题共同出现在一部长诗中，多为"革命+爱情"、"斗争+爱情"等，因为爱情故事是长盛不衰的文学母题，在民间文学中尤为如此。《王贵与李香香》就是典型的"革命+爱情"模式。长诗以刘志丹创建陕甘革命根据地为时代背景，反映了死羊湾农民反抗地主迫害的斗争，并描写了王贵与李香香在斗争中萌发的坚贞爱情。其他的一些典型的民歌体叙事诗，基本上也是这种结构和这种模式。将个人命运与革命相联系，将民间歌谣和戏曲中"情人历难而团圆"的模式变为"在革命（与爱情）的考验中成长为新人"的革命诗歌的模式（《中国现代文学三十年》）。

（2）卡片式的人物。在整个新诗的创作中，作者所塑造的人物都是比较单一的卡片式人物，一方面是由于诗歌体裁的限制，一方面是因为诗歌重抒情而不注重刻画人物。不同于作家文学的个性化书写，民间文学中的人物性格一般都比较单一，是典型的"扁平人物"，重点突出人物的某一个方面或某一种性格，而将其他的侧面淡化或干脆不写，向民歌学习的诗歌也具有明显的民间叙事的特征。王贵与香香是作者塑造的正面人物，着重表现了二人性格中的正义、刚强与坚贞。王贵面对地主的折磨与暴行选择反抗与革命，香香虽是女性却不脆弱，勇敢地加入游击队打击土豪劣绅，两人在艰苦的革命斗争中获得爱情的满足，正符合广大群众对故事圆满结局的希望。王贵与香香这两个人物，也以正义、勇敢、坚贞的单一形象展现在读者和听众面前。阮章竞在长诗《漳河水》中塑造了三个女性形象，代表了三种性格和三种命运——大胆泼辣的荷荷、憨厚热情的苓苓和善良软弱的紫金英。

（3）比兴的手法。比兴手法是所有民歌民谣的共同特点，相对于文人创作的文学气质，民间歌谣对比兴的应用更加灵活，所选取的意象更加具有地方特色，所抒发的感情更为质朴。比兴手法在"信天游"中尤为突出。"山丹丹开花红艳艳"是"信天游"中经典的唱词,主要是用来表明歌颂对象的美丽。"山丹丹"即山丹,是一种细叶百合,主要生长在中国北部地区,长于山坡,因其花色鲜红、生命力极强而受到人们的喜爱。山丹鲜艳明亮,常被用来比拟美丽的少女(一般也是吟唱者爱慕的对象),因此,"山丹丹开花红艳艳"一句后一般紧接着对少女的描写,"香香人材长得好",就紧接了这句。香香(少女)的美丽,在"山丹丹"的比兴中以极少的词语表现出了强烈的视觉效果。比兴的手法不仅在人物描写中起到事半功倍的效果,在抒情叙事中同样如此。阮章竞在《漳河水》中有大量的比兴描写,例如:"河边杨树根连根,姓名不同却心连心"(《中国现代文学作品选》),以杨树根茎相连比喻三个少女心意相通、命运相连,十分贴切;"断线风筝女儿命,事事都由爹娘定"(同上),以"断线风筝"比拟三个少女伶仃无定的命运。

(4)脉脉的抒情。民间文学的突出特色在于杰出的叙事,叙事手法也作为民歌民谣的重要成分而被众多诗人吸收。随着诗歌的不断发展与对民间歌谣借鉴的不断深入,具有明显民谣倾向的诗歌不再局限于叙事,同时发展了民歌体抒情诗,重要的代表有阮章竞和贺敬之。阮章竞最重要的作品《漳河水》在叙事外萦绕着悠扬婉转的情绪表达,作者主要借助情景相生的表现手法在叙事与写景中抒情,注重人物的心理描写,表述人物心情。在父母包办婚姻下,苓苓、荷荷和紫金英三人婚后并不幸福,作者没有直接描述婚姻的不幸,而是先写三人相聚,在漳水边哭诉婚后的苦楚:"三人拉手到漳水边,/眼泪忽忽落衣襟。/桃花坞,/杨柳树,/漳河流水声呜呜。/漳河流水声呜呜,/荷荷啜啜诉冤苦。"(《中国现代文学作品选》)这棵杨柳树见证了三人畅想婚姻时的少女情怀,此时又见证婚姻给她们造成的磨难,物是人非的悲戚之感由此蔓延开来,情绪饱满,又有节制。

将民歌体新诗向抒情方向发展的还有贺敬之。贺敬之抒情类民歌体新诗的特征突出表现在对叙事的打破和对抒情境界的拓宽上。贺敬之的诗歌创作基本上分为两类：抒情短诗和政治抒情诗。他的抒情短诗往往具有民歌和古典诗词的韵味，节奏明快、音调昂扬、感情饱满，如《回延安》《桂林山水歌》《三门峡——梳妆台》等。其抒情诗从始至终贯穿着同一个抒情主体，采用贴近生活的口语化的语言，形式上两句一联，每句从七言到八言、九言、十言、十一言不等。"二十里铺送过柳林铺迎，/分别十年又回家中。//树梢树枝树根根，/亲山亲水有亲人。//羊羔羔吃奶眼望着妈，/小米饭养活我长大。//东山的糜子西山的谷，/肩膀上的红旗手中的书。//手把手儿教会了我，/母亲打发我们过黄河。//革命的道路千万里，/天南海北想着你……"（《抗战诗篇·回延安》）民歌体新诗的成功之处还在于灌注了民间文学积极乐观、向上奋进的精神态度和民间文学充满理想和浪漫的精神。纵观中国文学史的发展，民间文学对文人文学的发展和一些文学体裁的出现乃至扩大具有重要的作用。民间文学承载了中国传统文化中积极向上的一面，但也有庸俗消极的一面，需要斟酌选择。

未来诗歌的民谣化问题

汉语新诗的民谣化倾向自"五四"新文化运动始，以发现、光大本民族文化为目的，激发民族自信心。民谣化的新诗创作自诞生起就与复杂的社会环境结缘，在漫长的历史发展中，它被作为讴歌革命、斥责反动与苦难的工具。中国的新诗在民间文学中吸取了养分，迅速发展出了抒情与叙事两大类型，无论哪一类型的诗歌书写都与政治有着紧密的联系。这种文学形态在特定的历史环境中起到了重要的作用,因此政治对文学的影响和控制逐渐加强。而1958年新民歌运动的失败,表明了诗歌需要真正源自民间,需要有自由发展的空间,那样诗歌才能焕发活力。

改革开放后,"外国的月亮圆"成为民众普遍的心理,中国本土的文化与传统又一次受到冲击和质疑,在西方意识形态横扫中国大陆之后,中国本土的文学一度消沉。这与20世纪初新文化运动面临的局势何其相似!不同的是,随着国力的增强,人民的文化心态逐渐端正,民族的文化瑰宝也渐渐取得应有的地位。诗歌的发展仍然是诗人们热切关注的话题,尤其在网络时代的今天,诗歌创作、发表的门槛降低,写诗的人剧增,发表的诗歌越来越多,在新的时代背景下,不断出现新的问题与新的尝试,诗歌的出路何在又一次成为人们关心和探讨的问题。

九十年代以来,诗歌的发展逐渐表现出两个极端———一是极度晦涩,一是极度平白。诗歌创作走向晦涩的一端在古体诗创作中曾有先例,一味堆砌玄理将诗歌推向浩渺的哲学、玄学中反而失却了诗的本位;一味"强调生活"藐视提炼,平白铺陈生活琐屑其实也丧失了诗的性质。中国一直是诗的国度,诗歌发展具有几千年的历史并一直占有重要地位,缘何到了现代社会反而一再受阻呢?四十年代诗歌取法民谣获得的成功依旧可以成为现代新诗继续发展的学习案例。文学始终是源于生活的,贴近生活的民歌与民谣在现代社会地位却急遽下降,被贴上各种"非遗"、"民族瑰宝"的标签而收藏于各大纪念馆或变成荧屏中的图文保留于硬盘。近年来,"民谣"一词又一次粉墨登场,这里的"民谣"不是无曲的诗,不是文学意义上的诗歌,而是音乐意义上的谣曲。新时代"民谣"一词伴着草根文化崛起,吟唱的是社会底层或说社会下层人的生活与情感,吟唱者不是诗人,而是歌手。他们选择了不同于一般流行音乐的表达方式,使用比较简单的乐器(常常是一把吉他),偏好有苍凉感的嗓音唱出对过往岁月的怀念与明知不可追的悲哀。多数民谣歌唱的是求而不得的爱情、繁重压力下压抑的生活以及对田园牧歌式生活的追念，因其歌词富有诗意常常引起现代人的共鸣。民谣歌曲的成功可以为新诗的发展提供某种思路。

　　社会在不断地发展，人们关心的与想要表现的主题发生了明显的变化，诗歌的创作必须紧扣时代脉搏，诉说民众最为关心的问题，才可能引起当代人的共鸣。新世纪诗歌的发展，依然可以从民谣中得到某些启示：首先，诗歌应取之民间。诗歌的发展不能满足于四十年代对方言和形式的改造，更要契合时代要求，取材民间，贴近生活、表现生活、表达生活。其次，评价系统应向民间开放。诗歌不应脱离群众在小圈子中发展，因此，评价诗歌的系统不能封闭，不能将诗歌高高捧在文学之巅令人望而兴叹，正如于坚所宣称的："民间一直是当代诗歌的活力所在，一个诗人，他的作品只有得到民间的承认，他才是有效的。"(《当代诗歌自九十年代以来向民间转移》)再次，以一颗质朴的心在诗道匍匐。诗歌创作总有各种潮流风行，然而千帆过尽，大浪淘沙之下，留下的还是那些最质朴最纯真的诗歌。因此，新诗创作或可尝试洗尽铅华，保留本真。最后，应当包容。在开放的现代社会环境中，闭门造车势必导致失败。诗歌在漫长的发展过程中，历经古体诗、新体诗的变革，本土的诗、外国的诗都参与了新诗的创作，其他学科如音乐、绘画、心理学等，都在诗歌中闪现身影。诗歌写作的表现手法应更加多样、境界更加拓宽，各方面的表达也应更加深入。总之，诗歌创作也需要宽阔的胸襟，有海纳百川的气度。

托·艾略特《荒原》重读

南 野

1

我有这样一种看法，那就是艾略特等现代主义诗人陈述他们话语的时代比之眼下后工业时期的欧美，或许更切近我们当前生存的社会语境。诗人这样的知识精英群体在上层权力固化与低层大众平庸的双向挤压中持久喘息，现代诗歌（包括其他现代艺术）唯有在一个相对狭小的空间发声与传递，由此对整个现实世界的失望亦源自于现实本身的冷漠，没有回声。并且我们的存在可能更加繁杂与滞重，它有更多几个旧时代的传统堆积，以及有更加华丽的为大众所习惯的言语包装。因此现代主义诗歌对这般荒谬现实的经典指认与宣判，即便其意象如此极端，对一个世界结束的表达如此生动亦如此令人沮丧，仍然必定引起我们的某种共鸣且获得阅读的高度快感。

世界就是这样告终
…………

不是嘭的一响，而是嘘的一声

（托·艾略特：《四个四重奏》，裘小龙译，漓江出版社，1985年版，第104页。本文所引用艾略特诗歌均出自该书）

这里所引诗句出自艾略特1925年所作《空心人》的最后一节。此诗开头两句："我们是空心人／我们是稻草人"，就好像提前印证了后结构主义哲学家拉康对人之主体的空无性及他在性的揭示。拉康认为人只能由现实的语言构成，如稻草人由外部的材料捆扎而成，是所谓符号主体，而作为本源性的实在主体却因此被标注出是一种缺失与匮乏。当无意识的实在本我期待表达与证实自己，如诗中接着所述："当我们一起耳语时／我们干涩的声音／毫无起伏，毫无意义。"由于"我们必须将无意识中的主体置在这个外在之中"（雅克·拉康：《拉康选集》，褚孝泉译，上海三联书店，2001年版），即我们发出的只能是他者之语，我们已经被搁置于他在中，因而不能与内在的动机呼应。所以是"瘫痪了的力量，无动机的姿势"。

诗歌中提到"那些已经越过界线／……到了死亡另一个王国的人"，注意是越过现实之界才到达的那个死亡的王国，可见并非仍指现实所在。越过界线才显现出"作为迷失的狂暴的灵魂"，这已然是想象所在与所现。而未能越界的仍然驻足于"干燥地窖"区域的，得记住你仅是空心（主体缺失）人或稻草（他在的）人。

实际上，以拉康思想不倦地解读当下繁复生活的齐泽克仍强调指出本我实在界，或曰灵魂"与日常社会现实南辕北辙"。当然在齐泽克这里已没有现代主义那种保留了本体性理想的"灵魂"这类词语，他提出赤裸无遮的肉体似乎最靠近实在界的领域，犹如战争中的对面厮杀以及性爱的场景，称之为"主体与主体之间的本真遭遇"（斯拉沃热·齐泽克：《欢迎来到实在界这个大荒漠》,季广茂译,译林出版社,2015年版)。因为相比人们执迷于消费主义或某类意识形态的规则而言,直面身体确实突破了现实中的诸多话语禁忌。

《空心人》的第二节写到"在死亡的梦的王国里",这是现代主义热衷的幻想之域设定。可以参照诗人的另一首巨制《荒原》,其第一节命名为"死者葬仪",全诗即由死亡开始想象之旅。无论死亡的意象还是相关的神话阐释,死亡如回归(本源之地)又似去往(梦境)。在拉康的范畴,死亡就被指出是抗拒他在性的可能被误解的途径,而且需要辨别是"哪一种死亡,是生命带着的死亡还是带着生命的死亡"(雅克·拉康:《拉康选集》,褚孝泉译,上海三联书店,2001年版)。我曾经解释这句话:前者是生存者的印记,后者才是那个可奔逃过去的境地。某种意义上,作为缺失的实在主体只有在其符号主人死亡的那个时刻才可预期自身的复活,这就是现代主义死亡冲动的由来。在现代主义艺术构建中与在结构主义精神分析学中一样,死亡不仅是一个生物学的问题;死亡并且不只是隐喻,它指向人存在的结构即主体的空无与其填补的想象话语。

梦是无意识想象或曰本我缺失的填补性所在,诗歌中"死亡"与"梦"两个词语在此涵义上得以叠合。喻之"死亡的梦的王国",那里"我不敢在梦里见到的眼睛"是"阳光",而嗓音能够"遥远"、"严峻",表明了诗人所执着幻想的性质:它在日常性的话语之外,内心的黑暗被消除却依然沉重。现代性与浪漫主义的幻境区分就在这里,后者会努力将之楔入事实的语境,以充满希望的气氛结局。

永远不要期待现代主义诗歌会对现实作出妥协姿态,更不要指望欣赏到它们握手言和的情景。在艾略特的诗歌中,对于现实生存的质疑与评判就带有绝望的意味,"这是死去的土地"。这犹如是"荒原"的另一个指称,更加率直也更加单调,因为想象也几乎停顿了。接下来在短促的诗句中出现的是如此寂寥的意象，只有石像与死人的手的哀求，没有眼睛，甚至"我们躲避言语"。我们就是被世界的空虚的材料构成为稻草人，空洞话语的空心人，如果还能够追寻、能够体会到那迷失的狂暴的本我，还渴望那眼睛，唯有让这世界告终。齐泽克谈到当下"实在界的激情"，称人们在将他者理想化并一意构造虚拟现实，从而剥离实在界之于他在的"坚硬的抵抗之核"（斯拉沃热·齐泽克：《欢迎来到实在界这个大荒漠》，季广茂译，译林出版社，2015年版，第8页）。《空心人》作为一首现代诗歌，恰恰固守于本我之域直至诗的结尾，图构的是现实崩塌的不堪之景（富有理论性意味的是，就在这首诗发表的差不多时间，苏联极权与纳粹及其他强权体制先后在世界的某些范围建立，人类的一种无意识或意识形态妄想在现实空间以极度扭曲与正大光明的姿势呈示，构成为几乎强大的象征规则体系。这几乎与诗人的想象形成对立性的复杂互证）。

2

诗歌《荒原》在表述现代世界精神荒芜的层面下，亦可看作对存在之他在性的指认，物质符号的丰溢泛滥与人类感官的沉湎成为世界颓败的写照。根据作者原注，这首诗的规划及其象征使用受到《从祭仪到神话》这本有关圣杯传说的书启发，注释中还提到另一本人类学著作《金枝》，特别指出其中涉及繁殖的礼节。显然圣杯的意象与女性生殖器官有着关联，其象征提供的乃无意识欲望的原初能指。

艾略特在一篇谈论诗歌写作的文章中提到，"在一首既不是训导也不是叙事，又没有受到任何别的社会目的激发而写成的诗中，诗人所关注的可能只是用诗来表达"，其后的动因他称之"这一朦胧的冲动"(《艾略特诗学文集》，王恩衷编译，国际文化出版公司，1989年版)。这契合了其诗歌的想象运行与主体缺失的原动力意义的关联，人的存在被芜杂的事物言语充填困束，实在之域却呈现出空旷。《荒原》的总题目下作者引用了古希腊神话的一节，为阿波罗所爱的西比尔获得了永生，却因长久的生存衰老成为空躯而求死不得：

孩子们问她，"西比尔，你要什么？"她回答说："我要死。"

存在之他在性的焦虑如此强烈，永生犹如是荒原状态的永恒延续，死亡成为可能的自由与生命的另一种丰盈。于是诗歌从死亡启动想象，且标题为"死者葬仪"。在这一章的第二节有这样的诗句描述着死亡，"我就会显示给你一种东西，既不同于/你的早晨的影子，它在你身后迈着大步"，表明从生开始，死亡紧随着生命而行；紧接的诗句是，"又不同于你的黄昏的影子，它站起来迎接你"，描画出死亡不只是随行之影。在这样一种生存终结的某处，它或将展现另一个所在。

回到本章开端的著名诗句："四月是最残忍的月份，哺育着/丁香，在死去的土地里，混合着/记忆和欲望"，存在与死亡都在时间中显示或显示为时间，四月最能够体现二者的联结。这个月份是生存全面苏醒的时刻，生命进一步繁殖的花朵已被哺育，然而这种华美将现的情状岂不正好标记出这之前的所有死亡的堆积。记忆和欲望是曾经生者难以磨灭的印记，也是未来生者的养分源泉。在死亡的基础上重现生命，并且已逝者的话语将被汲取，以"残忍"作为修辞恰如其分。这一节诗歌的后半部分，作者有意以具体生存者的口吻陈述"孩提时"，表明这就是一个人封存的那种记忆和欲望。

实际上记忆和欲望会一次次被重新构筑为想象的境界，在对死亡的妄念或对于生存的思考中，使原本空无的所在显现事物或对原来芜杂的现场有所把握。但前者的场景依然是严峻的，"因为你仅仅知道／一堆支离破碎的意象，那儿阳光直晒，／枯枝不会给你遮荫，蟋蟀之声毫无安慰。"在后者中（关于风信子花园的段落）则给予虚幻的揭示，"注视着光明的中心，一片寂静"，此处记忆仿佛情人消失（参考原注，《特利斯坦和绮索尔德》一剧描述特利斯坦在家等待绮索尔德，他的仆人为他在海边瞭望绮索尔德的归帆不见踪迹，回答他："凄凉而空虚是那大海。"）原本欲望的海洋唯有空虚与凄凉。

诗人接着写到女巫与纸牌，触及对命运的探讨，描绘一群人试图在对命运的解释中获得救援。这段描述谨慎但不无嘲弄，荒原所指的人类精神空虚的局面开始显露，而荒原所指现代社会与大都市的形态亦在下一节全面演示。

飘渺的城，
在冬天早晨的棕色雾下
一群人流过伦敦桥，这么多人
我没想到死亡毁了这么多人。

对照之下，这里的死亡是另一种死亡。如以荒原指称现代城市的繁华与物质性的迷茫堕落，死亡亦指向平庸而贪婪的生。虽然诗句的来源原注已表明出自但丁《神曲》地狱篇对地狱边境上灵魂的描写："这样长的一队人，／我从未想到／死亡毁了这么多人。"借用了但丁的诗句，便将当下的生者及其工业化居地像电影镜头般切入地狱的景象。"每一个人的目光都盯在自己足前"，包括信仰的方式已经沦为呆板的符号，如写教堂"它死气沉沉的声音／在九点的最后一下，指着时间"，将之与时间关联，在于这种存在现实占据着时间。

当地狱等同现实,那里的受罚、被剥夺了自主性的灵魂就可用以对照现实人群,在诗歌的描述中行动着的人也是虽生犹死者,所谓"死者葬仪",已经是为我们自己举行着。此时(也是这一节的结尾)诗人有一段生动的书写:"那里我见到一个我曾相识的,我叫住他:'史丹逊!/你,曾和我同在迈里那儿船上!/去年你种在你花园里的尸体/抽芽了吗?……'"种下尸体,一方面是埋葬,另一方面预示哺育出新的生命状态。这里诗歌的意象与开头有关四月的设想有着词语能指的类聚联结:死去的土地与花园,尸体与记忆和欲望,抽芽与丁香。诗人把自己放到这样一个位置,他是人群中的一员,又是另外的。他感受到事实的死亡已经在生存之间漫延,同时他意识到死亡(这个词语)所意味着的存在的另一种可能,他从两个层面交错地去描述。这一节是开始,死者葬仪与种下尸体具有双重的作用与涵义。他还要予以警示,"呵,将这狗赶远些,他是人的朋友,/不然它会用它的爪子重新掘出它!"这种无知朋友行为的结果才会是最终的悲剧与毁灭。

3

艾略特应当认为诗歌中的陈述与喻示并不冲突,他在评述德莱顿的诗歌时写道:"暗示性的欠缺由于陈述的完美而得到了补偿。"(《艾略特诗学文集》,王恩衷编译,国际文化出版公司,1989年版)。其实如果整首诗就是一个大的隐喻,如但丁《神曲》(艾略特说:"但丁的整首诗,我们不妨说就是一个庞大的隐喻,因此在他的诗中也就没有必要使用太多的隐喻了。"见《艾略特诗学文集》,王恩衷编译,国际文化出版公司,1989年版),那么其中具体、直接的陈述都会加强其整体性的意指。必须注意《荒原》中的陈述段落,其第二章"弈棋"首节开始以二十多行诗句,几乎详尽地对一个上层社会女子所拥有的贵重物品加以陈列:

> 她坐的椅子,像擦亮的御座
> 在大理石上闪耀,那里的镜子
> 由雕满着葡萄藤的架子框着
> 其中一个金色的小爱神探头往外偷看
> …………
> 在象牙瓶,在五彩杯,
> 开了塞子,潜伏着她奇特的合成香水
> 油脂,粉霜或者玉液,搅乱了,混杂了

包含了细节的如同写实般画面反而构成了指向现世的荒原象征的有效图案,堆砌的事物喻示了堆砌的生存与欲望的规则及其符号。形成对应的是此章末节同样不厌其烦地记述了莉儿的平凡生活境遇,只是穿插了有意味的对话。

上述首节写实的诗句在第 22 行突然转向比喻,"仿佛一扇窗正对着林中景象"。据原注,"林中景象"出自弥尔顿《失乐园》,其诗中撒旦用此语指称伊甸园中夏娃受到引诱的意象。之前诗句陈列的一个女人的珍贵物品,于是与欲望、贪婪以及诱惑关联起来,现实的物质享乐图象亦被引向人类不能够经受住他被世界诱导的话语原型。这也暗示出荒原的漫长历史感和其一直的延续与重复形态。

诗歌紧接着使用的"翡绿眉拉的变形"这一典故,出自奥维德《变形记》第六卷。一个国王强奸妻妹,并割去她的舌尖,其妻知情忿怒杀死儿子,国王由此杀两姐妹,姐姐泊劳克纳变为夜莺，妹妹翡绿眉拉变为燕子。这个故事透露出的几个关键词语是不可控制的强权、欲望、暴力、仇恨与报复等，揭示的是由前面诗句所述华美物象所遮饰的更深层次的荒原图景。它显示出人性失控的现实或者被现实丑陋规则所镌刻出的恶的状态，这一段诗的叙述注入了诗人激烈的想象："然而那里夜莺／曾使沙漠回荡着不可亵渎的声音，／她依然叫着，这世界现在依然追逐着。"翡绿眉拉的变形代表着对权力强暴的持续抗争，化为夜莺的啼叫表示出声音与原本存在疆域的联系，这个声音继续就意味着对生命纯净与本源追寻的不息。

诗歌或者就是这样的声音，它"'吱嘎，吱嘎'给肮脏的耳朵听"。这个声音在这首诗的第三章第 204 行再次出现：

吱吱吱
唧唧唧唧唧
这样粗暴地逼迫。
铁罗。

（铁罗就是那位强暴国王之名。注释表明又与英国剧作家约翰·李尔的《开姆帕斯泼》中诗句有关："噢那是遭到奸污的夜莺／唧唧唧唧，铁罗，她叫道……。"）

艾略特接着使用了更多的形象，说明这种追寻的各种状态和追寻者的某种处境。"其他的时间的枯树根／也都在墙上留下印记；瞪着眼睛的形象／伸出着，依靠着，使这紧闭的房间一片寂静。""她的头发／在火星似的小点子中散开／亮成话语，然后是残忍的沉默。"仿佛是对一个时代的映射，固执着追逐像禁锢在墙中的树根，或者偶尔的话语如火星闪烁而灭，世界的房门紧闭，一片沉寂。

> 我想我们在老鼠的小径里,
> 那里死人甚至失去了他们的残骸。

接近绝望的隐喻烙有现代主义对现实存在终极拷打的印痕,需要注意诗人在第三章延续了这一象征性的描述。回到这一句诗的上下文本,诗人连续在表达着对那种声音的期待:"'跟我说话。为什么你从不说话。说啊。'"、"'什么声音?'/门下的风。/'现在又是什么声音?风在干什么?'/没什么,还是没什么。"失去了那种声音犹如失去希望,甚至于"'我从不知道你在想什么。想吧'"。停止思想,连沉默都只是空壳,诗歌所表达出的已是令人窒息的渴望。

接下去的诗句率直向陷于无知、黑暗与遗忘中的人发出质问,"'是否/你什么也不知道?什么也看不见?什么也/记不住?'"这就是构成存在之荒芜的人,"'你是活,还是死?你的头脑里空无一物?'"非常有趣的是诗歌在这一句之后的一个转折:

> 但
> 噢噢噢噢那莎士比亚式的破烂——
> 它是如此优雅
> 如此聪明
> …………
> 我们来玩一盘棋,
> 按着没有眼皮的眼睛,等待那一下敲门声音。

莎士比亚式的破烂被解释为爵士音乐,这种现代音乐透现出优雅的不安。我们来玩一盘棋,则表明接受现实生存挑战的立场。弈棋喻示着某种预谋与计划及其执行,这不是某个人的谋划与计算,是他在世界的一场谋略,推延至人类文明的开端(诗歌中伊甸园的能指),欲念与智力同时被激活的时刻。这就是所谓历史,人一开始就被这样设计了,一直为欲望而耗费智能。但人的另一面也一直在抗拒,在追寻某种自由与精神上的自主,这是与这个世界弈棋的另一方,从这个地方开始弈棋真正成为对弈。

这是思想与认知之战,自我与他在之战,需要谋划、智慧、取胜的愿望与决绝的姿态。

第一步就从等待那个声音开始;而它不在他处,它必定据于本我实在之境,在荒原的现实之外。"没有眼皮的眼睛"指失去睡眠,因此也失却梦思的生存境况,"按着"即获取梦境之意。此章尾节在记述某个人的具体生活环节中间,一再插入"请快一点时间到了"的警句,表示所有现实中的人都不应该再延误,起码要重新延续那个追寻。同时,诗歌在此加快了节奏。

"火的布道"开头两句是这样的:"河的帐篷支离破碎,最后的手指般的树叶/紧握,伸进潮湿的河岸",这表明了在时间中去感受。时间的持续性或指向生命难以改观的轮回,因而需要象征毁灭与中止的火的出现。但河流又另有所指,它时而是想象所在,"河流没有带来空瓶子,三明治纸,/丝手帕,硬板盒,烟蒂头/或者夏夜的其他痕迹",如此纯净。在此逗留的是流放者的形象,"在莱门河畔我坐下哭泣……"据注释诗句出自颂诗中大卫王描述流放中的希伯莱人于巴比伦河畔坐下哭泣的场景,而其渴望回归的家园已成梦境。流放者是被放逐者,他将如何歌吟?

被流放也是人类生存的写照,人一开始就成为他者,所谓人生活在他乡。以拉康的方式来表述,主体总是"通过把自己引渡到并非自身之所的其他场所,才开始看到它的诞生"(福原泰平:《拉康——镜像阶段》,河北教育出版社,2002年版)。引渡与流放的形态如此接近与相似，它导致了拉康哲学中本我无尽的回望之旅，亦构成了现代主义原本家园的设置。在《荒原》中，流放的境遇因此也是事实的他在之境，"但在我的背后，一阵冷风中我听到/骨头咯咯作响，并咧着嘴大笑。/一只老鼠无声地爬过草地/在河岸上拖着它黏湿的肚皮。"所以接下来的描述更加靠近一个真实诗人的图像：

我正在这条沉闷的运河里钓鱼，
深思着国王我兄弟的沉船
深思着在他以前的国王，我父亲的死亡。

这段诗句引用了莎士比亚《暴风雨》中的场景，指在乏味的时光流逝中期望思考的收获。关于生存与历史，取代欲望的总是死亡的意象，每一代的存在都是如此，或者说时间所提供的就是这些。

紧接着诗歌再次使用了典故，波特夫人和她女儿的洗脚仪式或许是徒劳的，重要的是"这些孩子们的声音，在教堂尖顶下歌唱"，它与前面曾经叙述到的夜莺的叫声联结。

接下去的诗中，铁瑞西斯形象的呈示值得关注。原注指出铁瑞西斯是个旁观者，是诗歌中通贯全篇的一个存在。他"虽然失明"，这可以联系到古希腊神话里俄狄浦斯通过惩罚让自己盲目，从而得以目击原初的景象，回归或消失于不在之在的圣地。针对充溢视觉诱惑与不堪景象的现实世界，让自己无所见才能有真见。接着，他将两性融于一体，消除了欲望的外向性，只需要回望自身。所谓"铁瑞西斯看见的，实际上是这首诗的本体"，应当说是诗所追寻的颠覆现实图像的现代主义的存在本真。

"当人肉发动机等待着，/就像一辆出租汽车微微颤动地等待着时"，艾略特写道。他几乎直接切入了结构精神分析学关于欲望的性驱力的表达范畴，而且这样生动。这时候"我，铁瑞西斯"介入诗歌意象的构造，这个"有着皱纹的女性乳房的老男人，可以看到/在暮色暗蓝中，人们努力回家的/黄昏时刻，水手从海上带回家的时刻"。聚集于性的欲望驱动下的原动力就不再是迷惑于外部对象的一种骚乱，而是返回本我的发现，黄昏时刻，回家的时刻，具有了根本的涵义。

有趣味的是，诗人在下面展开的对一个打字员回家状态的叙述，几乎是写实的，并且有一个具体的过程。当然我们仍然必须将之看作是一种象征性质的书写。实际上艾略特诗歌中的确时而出现对日常生活图景的陈述，一方面，用以凸现生存现实的浮华与荒谬，直至突出背离的急迫性。如齐泽克所言，"在我们的日常生存中，我们沉浸于'现实'之中（'现实'是由幻象构造与支撑的）……我们心灵的另一个层面，也是被压抑的层面，正在抵制我们，使我们无法沉浸于'现实'。"齐泽克所以指出现实本身（某种程度）是由幻象构造，说明沉湎于现实可能正是沉于自己对现实的幻觉中，并会由此感受不到现实的他在性与压制等。尤其在消费时代，"我们的日常生活已经虚拟化。"（斯拉沃热·齐泽克：《欢迎来到实在界这个大荒漠》，季广茂译，译林出版社，2015年版）。

另一方面，在于书写物象的普遍性，它们确实是诗歌所乐于去描绘的复杂能指。如诗人在场面描述中插入写道，"看到了这一幕，预言了其余的——"诗中那个打字员女人在一番欲望的尝试后：

她的大脑听任一个刚成一半的思想通过：
"好吧，这件事是干了，我高兴它算完了。"
接着，
她以机械的手抚平她的头发，

又在留声机上放上一张唱片。

"这音乐在水面上爬过我的身"。

就在具体的叙述中,诗歌完成了巨大的涵义上的转折;而在同时,一个具体人物的生活经历与知觉的重构就是全部人的。其实艾略特诗歌在这方面的手法应该是自觉的,他曾引用但丁《地狱篇》的诗句"当我们人生之旅的中途,/我迷失在幽暗的树林里,/再也找不到笔直的道路",来说明诗歌处理的具体材料会具有普遍的人性(《艾略特诗学文集》,王恩衷编译,国际文化出版公司,1989年版)。

这样就可以去做更广阔的审视与体会了,这一段诗句突然变得短促,但呈现的场景十分辽阔。其物象有石油、驳船、红帆、漂流的巨木、波浪、钟声、白塔,还有电车、尘土满身的树、海滩、肮脏的手和折断的指甲等,构成了诸种事物、包括爱念与仇恨等的时间或历史的图像。终于诗人不无快意地写出:"la la/然后我到迦太基来了//燃烧,燃烧,燃烧,燃烧。"可以说,《荒原》这首诗到此已完成对存在认知的全面建构,接下去就是对于这个世界的进一步考虑了。值得注意的是诗人在这个位置附加进圣·奥古斯丁《忏悔录》中的句子,"啊,主,你拔我出来",原句之前还有"因为这些外在的美扰乱了我的步伐"。诗歌中现实生存之荒原景象的图构当然不是唯美的,然而展现的存在到底仍然生动与壮观,仍然必须指出其荒废与死亡的实质。必须燃烧,而后有全新的铺展,这就是现代主义的无意识幻象与其建造的原则。

4

《荒原》充满联想，诸多神话与经典言语的引用及其想象铺展构成了艾略特式复杂的诗歌语系。这种联想方法犹若结构主义文本组织中的共时性建造，并且波及的不只是零散的词语，而是人类记忆体系中那些尤其值得注目的话语片断。对于联想中喻象的使用，艾略特指出这"不是对比喻内容单纯的阐释，而是思想快速联想的发展"，其关联"并非含蓄在第一个形象里，而是由诗人强加于此形象"（《艾略特诗学文集》，王恩衷编译，国际文化出版公司，1989年版）。这里突出了诗人在诗歌联想关系建构中的主观能动，亦指明联想隐喻最终应当构成一种思想。

"水里的死亡"即是如此，这是短促的一章，共十行诗，描述了"弗莱巴斯，那个腓尼基人"在海洋上死亡的状态以及对这个死亡的虚无主义评判。所谓虚无主义指诗句在此表现出对于生存与时间的一种虚幻态度，当诗人描绘了一个死者，然后对依然活着的人们说"想一想弗莱巴斯，他当年曾和你一样漂亮高大"，可能的确嘲弄了生命过程的意义。然而我们必须把这一章置于全诗中来理解，考虑到现代主义的诗歌想象永远具有充分的对现实的质疑，以及对存在虚幻的指证，此处对生存的虚无所指就与对现实的批判立场不可分割。

我比较同意原注释中，那种"可能性较大的论点"，"即弗莱巴斯代表着主要说话人想遗忘一切的冲动"：

>……死了两个星期
>忘记了海鸥的啼叫，汪洋的巨浪
>和一切利害得失。

海底的一股潮流
在悄声剔净他的尸骨……

而将死者放置于海面，指向了生存与死亡与水亦即与时间的关联。海洋仍然是水，是时间，但不再是朝一个方向流动的形态，因此死亡仍然并没有失去时间，它只是摆脱了那种具体的有边际的方式。死亡只是拒绝了那些具体的话语，指出其曾经经历事物在流动时间中的虚幻性质，有助于挣脱那种繁琐的困束。

第五章题为"雷霆所说的"，或许表明这一章是纯粹的表述，对存在与世界的摹写至此结束。第四章关于死亡与海洋的展示仿佛对此作出预告，或者犹如置身于繁杂俗世与精神莽原的一场跋涉至于终极，现在需要转过身来宣示。诗歌原注中将"雷霆之声"与佛教关联，喻示天国的声音，这仍然是将存在的真与完善及其话语的源头设置在不可能的终极处。其中有诗句写道："于是雷霆说了话"，就表明是在转述。雷霆亦与某种无比强大的力量相关，其声音巨大光线耀眼，对处于迷茫的世人具有震醒之意。

所以此章开始就引出了神的形象，也直接暗示了雷霆的话语与信仰或者精神觉悟的关系。但这种精神觉悟未必印证于传统宗教，"上帝死了"已是现代主义经历过的话语："他曾是活的现在已死。"现在更确切的问题是"我们曾是活的现在已死"，我们面临的是生命存在意义上的荒芜："这里没水只有岩石。"水是滋润或者直接就是构成生命实在的那样一种存在的象征，它容纳于现代主义的思索范畴，因此诗歌中这样表达：

如果有水我们会停下畅饮
在岩石中人们不能停下或者思想

后者正是诗人所担忧，并在此前着力描摹又在此处给出警示的状态。诗歌中接下来写道："山中甚至没有宁静／只是没雨的，干枯的雷霆／山中甚至没有孤寂／只是阴沉通红的脸庞在嘲笑与嚎叫"，我们在阅读中体会到了这样内心枯竭的，以及由外部事实世界导致的明确的愤怒。有意味的是诗人试着给出相反的情况，"如果有水／……／那里蜂鸟族的画眉在松树里歌唱／……可是没有水"，当然问题不是这样简单解决的。

现代主义对终极层面的追寻当然不是传统信仰意义上的顿悟，它并不需要建立起一个让人盲目崇拜的宗教，准确的含义上讲它是知识阶层深入思考的一种形态。它仍然带有启蒙的色彩，但更植根于个人独立的认知与思索。"那老走在你旁边的第三个人是谁？／当我数时，只有你我二人在一起／但当我远眺前面那条白色的路／总有另外一个人在你身旁"，这一段诗句有两个层面的解释。从直接的意指看，仿佛荒原的跋涉导致疲累而出现了幻觉；原注说明是一群探险家在筋疲力尽时产生多一个队员的错觉。隐喻性的指向自然是思考所获得的指引，从而被图解为指引者。

对于更多数的人群来说，现代主义的思想者（包括诗人）们也就是指引者。即使人们走上了追寻之路，整体的状况只能是这样的："天空中什么声音高高回响／……／那些戴着头巾，在／无际的平原上蜂拥，在裂开的／只有扁平的地平线环绕的土地上跌撞的人群。"人们似乎已闻声而动，而未及充入思想的人群是无目的的群体；他们在失去过往的记忆，也不知道前行会有什么。"耶路撒冷雅典亚历山大／维也纳伦敦"，表明整个世界尽皆如此。而对于思想者，这群可以理解为寻求圣杯的武士，此刻如进入"危险之堂"（此意根据诗歌翻译的注释解读，参阅托·艾略特著《四个四重奏》，裘小龙译，漓江出版社，1985年版），针对原初欲望的古老诱惑之声仍清晰可闻："一个女人拉紧她长长的乌发，/在这些弦上拨着她低低的音乐。"不过这似乎是能够陷探求者于绝境的最后引诱，并且已失去往日的效用，其缘由在于雷霆的语声已然高昂。

"唯有一只公鸡站在屋脊上/……/刷地一道闪电。然后一阵潮湿的风/带来了雨//……于是雷霆说了话。"我们须得领略，现代主义号角的影响不仅是宣告某个黎明与抨击黑夜（暗），重要的是它蕴含着思想，提供给人们一整套全新的话语。相应的就是整个世界的期待与等候，"等待着雨，黑色的云/远远地聚集在喜马方特山上/丛林蹲着，在寂静中弓着背。"诗句让我们体会到由自然的描述所勾勒出的精神的紧张程度，我尤其喜欢这种视觉性的寓意丰厚的描绘。这使我不由想到波德莱尔《信天翁》里的描绘，"这些笨拙而羞怯的碧空之王，/就把又大又白的翅膀，多么可怜，/像双桨一样垂在它们的身旁。"（波德莱尔：《恶之花选》，钱春绮译，人民文学出版社，1987年版）。因为诗歌不过是由语言给予的想象世界，全部的效果就在幻象中累积与收藏。

思想意味着生命重启或得以开启，对于每个人的存在，它是开启的器具。而真实的含义是，重启可能意指生命的重构，因为并没有实指性的那座监狱及其脱离，自由的获得其实是存在者性质的转换。钥匙的象征性浓郁，监狱是这一联想的延伸。"我听到那把钥匙/在门锁里转了一下，仅仅转了一下"，诗人在原注中说明用典出自《地狱》第33节46行："我听到下面那可怕的塔门/正在锁上"，它喻指锁住生命的锁。然而重点在那把钥匙，"我们想着这钥匙，牢房里的每个人/想着这钥匙，每人守着一座监狱。"钥匙是开启的力量以及开启本身，第二层含义原注中亦有提示，即每一个人都是独特的与个人的，每个人的监狱是这个人原来的自我。这里钥匙转了一下应该是开启的声音，随后的诗句表示着突破封闭的门锁，犹若影像中场景切换，存在已是另一番境地：大海的景象。所谓"海是平静的，你的心也会愉快地/作出反应"。

> 我坐在岸上
> 钓鱼，背后一片荒芜的平原
> 我是否至少将我的田地收拾好？

　　这是诗歌最后一节的开头，我注意到诗人沉静出场的景物关联和语言节奏。荒原已置于身后，居于海岸的诗人本身是沉思者，面对的是无尽的海水，或者自由思维的境界。此刻前景似已明朗，但这才是开始，而非结束，所以才有誓死追寻的意象翡绿眉拉的燕子重现。经历了荒原收获的思想之境，是新一轮航行的界域，对于新思想的主体，相当于又一次疯狂，但也会有出人意外的平安（全诗的结尾句是"Shantih Shantih Shantih"，诗人原注这是某一优波尼沙士经文的结语，应当译为"出人意外的平安"）。

　　艾略特曾一再提到诗歌中的丰富性，他举出但丁、莎士比亚、歌德等的创作，认为其语言世界的宏博，无论描述、想象与批判均涉及神学、政治、道德诸范畴，我想《荒原》正是这样一首丰富而且复杂的诗作。我还认为《荒原》中的哲学认识或哲学性想象尤其需要加以关注，甚至就是这一点确立了它其他诗作无法比肩的诗歌价值。它表明了诗歌与思想与智慧的关联，而且确实这一"智慧是在比逻辑陈叙更深的层次上传递的"[①]，哲学的智慧完全转化为诗歌的语言机能，是基于无可扼止的广阔又繁复的想象能指的精心组构与集合流淌。

---

　　① 见《艾略特诗学文集》，王恩衷编译，国际文化出版公司，1989年版，第281页。

以歌为诗
——民谣与鲍勃·迪伦的诗歌写作

屈伶莹

美国民谣和摇滚歌手、作曲家、文化先驱、社会活动家等等，都是大众加之于鲍勃·迪伦的种种身份。然而，在拥有如此多的名号之前，迪伦只是将自己定义为——"诗人"。2016年，诺贝尔文学奖评奖委员会认为迪伦为美国流行文化注入了一种诗意的表达，授予他诺贝尔文学奖，将迪伦本有的诗人的身份，又推向了一个更高的、新的殿堂。现在看来，诗人所代表的不仅仅是某一个时代的声音，诗意的表达跨越了时间的界限，在当下的世界依然具有强烈的生命活力。人们一说到"反战歌曲"，一定会想到迪伦的《在风中飘荡》，甚至他在1960年代创作的反战名作《暴雨将至》，现在还被人们经常用于对生态平衡的一种诉求。他的诗歌总是用口语化的语言，其叙事性的表达和无法定义的种种出奇意象，已经感动了无数代读者，将诗意留在了一直在快速变迁的流行文化之中，并且一定会经历时间的检验，成为这个世界文学与文化上的永恒经典。

常常说时代造就了真正的英雄，然而传奇的出现不仅仅是因为传奇本身的天才，时代对他们产生了深刻的影响，也在他们身上留下了深深的烙印。鲍勃·迪伦所创造的传奇，也和他所生活的时代,息息相关。儿时的迪伦特别喜欢音乐、喜欢诗歌,但他在艺术的道路上首先尝试的,并不是后来让他名声大噪的民谣,而是风靡一时的摇滚。迪伦的诗歌创作为什么会出现从摇滚到民谣的最初转向?他所创作的民谣歌曲,为何能在六十年代成了美国殿堂级的代表?这也许首先要从迪伦的并不起眼的人生讲起。

1

1940年代,迪伦出生于美国明尼苏达州的一个矿业小镇。那个时候,美国依然经历着金融危机的严重影响,他与他的家庭总是处在经济危机的余波中,工业与商业相当凋敝,生活贫穷且单调。小镇的人每到冬天无法取暖,无衣避寒,迪伦的生活,也同样是如此。矿产业的兴起,让小镇的环境遭到了严重的破坏,光秃的山丘和工业留下的污染,是迪伦对小镇最为深刻的记忆。迪伦后来的作品中,常常带有那个年代所没有的反对强权的隐喻,跟他从小生活的环境有很大的关系。幼时迪伦的唯一乐趣,便是家里的那台收音机,通过收音机他可以听到这个世界的歌声,爵士、民谣、摇滚、古典,各种类型的歌曲都经由这台机器,来到了他的身边。孤独和寂寥可能会带来绝望,然而歌声却能成就一个音乐的天才。这个时候,有一位高士走进了迪伦的世界,那就是伍迪·格斯里(Woody Guthrie)——20世纪前半段美国最具影响力的民谣歌手。他的出现,让迪伦不再追寻一味发泄的摇滚,反而开始注重音乐中的语言,和音乐所要表达的内在思想。正如他后来在回忆中所说:"伍迪·格斯里的声音很特别,除了特别的嗓音,他还会说一些口白,很特别的听觉经验","他是个天才,他的歌曲有惊人的观点"。"这片国土是你的土地,/这片国土是我的土地/从加利福尼亚到纽约岛,/从墨西哥湾流到红杉林；/这片国土是为你和我而建立。//当我漫步在蜿蜒如带的公路，/仰头看见高架公路伸向无边的天际；/在我下方是金色的溪谷；/这片国土是为你和我而建立。"（伍迪·格斯里：《这片国土是你的土地》）格斯里的歌曲总是来自于大众，吟诵着普通民众的生活，描述着最日常的景象，表达底层人民的渴望。他总是喜欢用音乐来唤醒大众，用音乐向当权者表达政治诉求。他将生活写入歌曲，这种带有生命力的音乐，深深地感染了迪伦。当迪伦听到他的歌之后，终于发现了自己想要唱的歌。和伍迪一样，迪伦的歌曲中也总是充满着对于弱者的同情心，对公众事物的关注，以及对强权的讽刺。《说唱熊山野餐惨案蓝调》这首早期的歌，反映了纽约市北部熊山州立公园，因为有人贩卖假票导致乘客太多，船只因为超载而沉没，造成了多人死亡的重大惨案。"那艘老船沉入水里，/六千人好像试图自相残杀，/狗在狂吠，猫在咪咪叫，/女人尖叫，拳头飞，婴儿哭号。"（鲍勃·迪伦：《说唱熊山野餐惨案蓝调》）创作于古巴导弹危机时的《战争大师》，则是迪伦对艾森豪威尔在卸任总统时提出的军工复合体的反对。迪伦用直白的语言和辛辣的讽刺，对贪婪的当权者做出了直接的嘲弄与挑战。迪伦将时事融入他的歌曲之中，用独特的意象来表达自己对人本身的关心。"你们一事无成，/除了建造毁灭性的事物，/你们玩弄我的世界，/仿佛那是你小小的玩具，/你们把枪放在我的手里，/然后躲到我的视线之外，/转身离去越跑越远，/在快速子弹飞来之时。"（鲍勃·迪伦：《战争大师》）伍迪被称为"troubadour"（行吟歌手），为了能更大程度地接近大众，伍迪开启了巡演的表演方式，不断实践着"在路上"的状态。他试图以巡演的方式，去感染更多的人。民谣最初就是以吟唱的方式进行传播的。美国本土民谣通常都来源于特定的群体，在特定的时间、特定的地点，以特定的故事来进行演唱（Arthur L. Rich, American Folk Music, Oxford

Journals University Press, Vol. 19, No. 4, 1938）。即使在创造者离开之后，不同的表演者依然会以自己的方式进行演唱，因此，不同的表演者，会有不同的表演方式、不同的舞台，那么不同的时期民谣都会表现出新的生命。伍迪用巡演的方式传达着底层人民的心声，又通过大众的解读不断给歌曲以新的生命。在迪伦音乐生涯中，巡演也是至关重要的一部分。从上世纪八十年代开始，迪伦就开始了他名为"永不停歇"的全球巡演，而每一次巡演都会用新的方式去演绎他的歌曲。对于迪伦来说，歌曲的"感觉"尤为重要。迪伦总是会在演唱时不断改变口语式的唱腔，根据情感改变歌曲的节奏，任性地改变词语的发音，用漫不经心但却一针见血的语言，轻轻抓住观众的情绪。对于民谣而言，歌词和表演缺一不可，在光影声形的结合下，民谣才能释放出其最大的能量。迪伦总有一种能力，通过他独特的语言和故事，将人和围绕着人所发生的故事，转变成诗歌和音乐的完美结合。

> 有那么个时候，你曾经衣着光鲜
> 你那么优越，给那些要饭的扔钢镚儿玩儿，有那么回事儿吧？
> 人家跟你说，"嘿，玩偶，你早晚会栽跟头的"
> 你以为他们都是跟你开玩笑
> 对那些在街上无所事事的人
> 你一贯一笑置之
> 现在呢，现在你说话不那么大声了吧？
> 现在你不再那么傲慢了吧
> 当你需要费力讨生活时
> 没家的滋味
> 你觉得怎么样？

一无牵挂，也没人认识
像个流浪汉。
（鲍勃·迪伦：《像滚石一样》）

这是迪伦从民谣音乐转向摇滚音乐的划时代作品，如果抛开音乐的类型，歌词本身依然具有民谣的特点，从叙事性、反复、意象来看，都是如此。与其说迪伦背叛了民谣走向摇滚，不如说他将民谣中的叙事性因素，带入了摇滚的世界。《像滚石一样》描述了一个时代女性起起伏伏的一生，曾经的她衣着光鲜，过着贵族的生活，后来却尝到了人生的苦痛。在副歌部分，迪伦不断重复他的质问"你觉得怎么样，/没了回家的方向，/孤身一人，也没人认识，/像一块滚石一样"。"滚石"到底是什么意思呢？可能是那个女性开始了自甘堕落的生活，也可能是她终于如娜拉一般，如小鸟一样地得到了自由。"滚石"的真正含义，迪伦并未给出解答，每一个听过迪伦歌曲的听众，会有不一样的想法。迪伦的歌曲中这些意味不明的意象，加上他不断改变的唱腔，总会给听众不同的体验。对比迪伦《像滚石一样》，1965年第一次发行的单曲，和他2001年在麦迪逊广场花园所唱时传达的情感，完全不同。在1965年的版本中，对社会的质疑，对权贵的讽刺，年轻时的不忿，通过那种如布道般喃喃自语的演唱方式，深切地传达了出来。而2001年，在9·11事件发生后，时隔多年，迪伦再次出现在大众的视线中，那时他已年过花甲，对于生命，对于社会和人本身，都有了许多不同的理解。他通过更加温柔和绵长的唱腔，唱出了不同于年轻时的味道，给刚刚遭受重大创伤的人们，带来了心灵上的慰藉。

伍迪还有一个少见的习惯，也影响到了迪伦的诗歌传达。伍迪总是在电台，不断进行同样的直播表演。迪伦通过伍迪的表演，知道了重复放送所带来的不同的意义，对同一首歌曲的多次的聆听,会在聆听者心中留下不同的印象,带来不同的情感,产生新的理解。因此,在迪伦的创作中,重复成了一个非常重要的特点。口语化的诗歌,不断重复的章节,平易近人的歌词,浅显的故事,具有象征意义的意象,后来都成了迪伦诗歌创作的重要特点。

在风中飘荡

一个人要走过多少路
你才会称他是人?
是啊,一只白鸽要飞过多少海洋
它才能安眠于沙滩?
是的,加农炮弹要飞多少回
才会永远被禁止?
答案啊,朋友,在风中飘荡
答案在风中飘荡

一座山能存在多少年
在被冲刷入海之前?
是啊,一些人能存活多少年,
在获准自由之前?
是啊,一个人能掉头多少回,
假装什么都没有看见?
答案啊,朋友,在风中飘荡。

一个人要抬头多少回,
才看得到天际?
是啊,一个人要有几只耳朵
才听得到人们哭泣?

是啊，要多少人丧命，他才知道，
已有太多人死去？
答案啊，朋友，在风中飘荡
答案在风中飘荡。

（鲍勃·迪伦：《在风中飘荡》）

这首诗歌无数次重复一问一答的形式，灵魂便在不断的重复中显现。可能每一个听到这首诗歌的人，脑海中都有一个答案，一个模糊的、飘荡于风中的答案。这不是一个是与否的回答，而是全人类的诉求——和平。这一诉求，拥有着超越时代的意义，因此即使在现在，依然是反战歌曲最为精华的代表。诗中的第一节，就引用了众人熟知的意象，代表和平的白鸽，代表战争的炮弹，就表达了对于停止战争、渴望和平的态度。"什么是人"，则是这首诗的精华。何为人？人应该拥有"自由"，应该"看见"身边的天灾人祸，应该"听得到"他人的苦难，应该对"死亡"抱有恐惧和反思。迪伦在这里提出了问题，也给出了答案，虽然这个答案显而易见，却往往又被"人"所忽视。这里的"人"，并不是指为了自由而奋斗的大众，为了和平走上街头的勇士，而是那些在《战争大师》中躲藏在炮弹之后的刽子手们。这首诗正是迪伦对他们的质问，对他们的批判。这首诗写于1962年，次年在《自由不羁的鲍勃·迪伦》这张专辑中发表。正是这张专辑让初出茅庐的鲍勃·迪伦名声大噪，开启了他的"民谣宗师"之路，让他成为了当时反叛文化的代表，"时代的良心"。

2

  1962年鲍勃·迪伦辍学，来到了纽约的格林威治村，那里是全世界最"Avant-garde"①（先锋）的地方，是美国反主流文化的大本营，同样也见证了"嬉皮士"②的黄金年代。那时美国正经历巨大的变革，1930年代金融危机所带来的影响还未消弭，越南战争的阴霾重创了军人至上的传统信念，民权运动愈演愈烈，对于现有权力制度的反抗，让美国社会处在动荡不安之中。无数年轻人开始走上街头，他们或是为了争取权利，或是为了一种不同于主流的反叛态度。他们中间有为了争取黑人平等权利的平权运动者；有反对战争、渴望和平的反战人士；有逃避世俗、想要过上吉卜赛式生活的嬉皮士们；有摇滚歌手，有桂冠诗人，有马丁·路德·金，也有艾伦·金斯堡。而在格林威治村，鲍勃·迪伦进入了这个时代的中心，进入了这一系列群体的中心。他看到了人们的渴望，也渐渐开始凝视自我。正在这时，一个著名的女性苏西进入了迪伦的世界。苏西出生于一个左派家庭，是一个坚定的民权运动者。她的政治倾向、反战思想和对民权运动的狂热，影响了迪伦接下来的创作。在后来迪伦的回忆中，苏西被

---

  ① Avant-garde：法语先锋、先锋派的意思。在上世纪六十年代经常被用于民权运动、反叛运动的先锋人士，是上世纪六十年代的流行词汇。
  ② 嬉皮士（英语Hippie或Hippy的音译）本来被用来描述西方国家1960年代和1970年代反抗习俗和当时政治的年轻人。嬉皮士这个名称是通过《旧金山纪事》的记者赫柏·凯恩普及的。嬉皮士不是一个统一的文化运动，它没有宣言或领导人物。嬉皮士用公社式的和流浪的生活方式来反映出他们对民族主义和越南战争的反对，他们提倡非传统的宗教文化，批评西方国家中层阶级的价值观。

他描述为是一股新鲜的血液，一个不一样的世界和一个灵魂伴侣。

鲍勃·迪伦在纽约开启事业的过程中，曾经寄住在一个满是书籍的家庭里，这种环境对迪伦产生了极大的影响。书柜直通天花板，有各种各样的类型，从《神曲》到《疾病的形成与治疗》，从《变形记》到美国众议员的自传，从《圣安东尼的诱惑》到卢梭的《契约论》，从神话故事到当代的民权运动者自传，各种类型的书籍，点亮了迪伦的思维，让他的思想进入了一个新的层面。迪伦读得最多的是诗集，他甚至背下了爱伦·坡的《钟》，并为此谱了曲。如果说在迪伦之前，歌手是为了歌唱而写下了无足轻重的歌词，那么迪伦则是为了将诗歌更好地传达而作了曲，开始了歌唱。他在自传中说："这些书让整个房间都有力地震动了起来，让人眩晕。"（Bob Dylan, Chronicles Volume One, Simon & Schuster Paperbacks, 2004）他还引用了意大利诗人莱奥帕尔迪在《孤独的生活》中的话来进行描述："好像是从某棵树的树干里蹦出来的，有种无望的，但也压不垮的伤感情绪。"（Bob Dylan, Chronicles Volume One, Simon & Schuster Paperbacks, 2004）迪伦自己说自己好像普希金，一个是用诗歌来逃避沙皇，一个是用创作来躲避债主。迪伦的人文意识开始觉醒，他钦佩那些民权运动者，钦佩那些为弱势群体奋战的人们，他的歌曲中也常常带有人性的光辉。对于迪伦来说，民谣除了是他的梦想，更多的是他感受生活的方式。他把对生活的感受写成诗，谱成曲。他这样回忆道："那些日子里发生的事情，所有的那些文化上的胡言乱语，都令我的灵魂备受困扰——让我觉得恶心——民权和政治领袖被枪杀，街上垒起重重的障碍，政府进行镇压，学生激进分子和游行示威者与警察和军队发生冲突——爆炸的街道，燃烧的怒火——反对派公社——撒谎扯淡，吵吵嚷嚷——无拘无束的性爱，反金钱制度的运动——这就是全部。"

（Bob Dylan, Chronicles Volume One, Simon & Schuster Paperbacks, 2004）这当然是对那段时光的一种美好的回忆。大量的文学积累，身边的人所带来的新的血液，周围的环境对迪伦思想的涤荡，让迪伦写出了他的传世名曲《暴雨将至》。

暴雨将至

噢，我蓝眼睛的儿子，你上哪儿去了？
噢，我钟爱的少年郎，你上哪儿去了？
我曾跋涉过十二座雾蒙蒙的高山，
我曾连走带爬经六条蜿蜒的公路，
我曾踏进七座阴郁森林的中央，
我曾站在十二座死亡之海的面前，
我曾深入离墓穴入口一万英里深的地底，
一场暴雨，暴雨，暴雨，暴雨，
一场暴雨将至。

噢，我蓝眼睛的儿子，你看到了什么？
噢，我钟爱的少年郎，你看到了什么？
我看到一个新生儿被狼群包围，
我看到一条钻石公路空无一人，
我看到一根黑树枝不断滴落血水，
我看到一个房间满是手持淌血榔头的男人，
我看到一道白色梯子被水淹没，
我看到一万名空谈者舌头断裂，
我看到枪支和利剑在孩童的手里，
一场暴雨，暴雨，暴雨，暴雨，
一场暴雨将至。

我蓝眼睛的儿子,你听见了什么?
我钟爱的少年郎,你听见了什么?
我听见隆隆雷鸣吼出一个警告,
听见足以溺毙整个世界的海浪在怒号,
听见一百个双手发火的鼓手,
听见一万声低语却无人聆听,
听见一个人饿死,听见许多人大笑,
听见一个死于贫民窟的诗人的歌声,
听见一个小丑在小巷里的哭声,
一场暴雨,暴雨,暴雨,暴雨,
一场暴雨将至。

噢,我蓝眼睛的儿子,你遇见了谁?
我钟爱的少年郎,你遇见了谁?
我遇见一个孩童陪在一匹死去的小马身边,
我遇见一个白人遛着一条黑狗,
我遇见一个年轻妇人,身体被火焚烧,
我遇见一个年轻女孩,她给我一道彩虹,
我遇见一个男子,因爱而受伤,
我遇见另一个男子,因恨而受伤,
一场暴雨,暴雨,暴雨,暴雨,
一场暴雨将至

噢,我蓝眼睛的儿子,你现在打算做什么?
噢,我钟爱的少年郎,你现在打算做什么?
我打算在开始下雨之前走人,
我将走进最深的黑森林的深处,
那儿有很多人,他们两手空空,

那儿他们的河水里满是毒丸，
那儿山谷中的家园与潮湿肮脏的监狱为邻，
那儿刽子手的脸总是深藏不露，
那儿饥饿是丑陋的，那儿灵魂遭人遗忘，
那儿黑是唯一的颜色，那儿无是唯一的数字，
我将诉说它，思索它，谈论它，呼吸它，
自山岭映照出它的影像，让所有的灵魂都能看见，
然后我将站在海上，直到我开始下沉，
但在我开口唱歌之前，我很清楚自己要唱的歌曲，
一场暴雨，暴雨，暴雨，暴雨，
一场暴雨将至。

(鲍勃·迪伦：《暴雨将至》)

这首诗，作于古巴导弹危机的前夕。他曾经这样说："里面每一行其实都是一首全新歌曲的开头。但当我写时，我觉得来不及在有生之年写下所有那些歌曲，所以我尽可能都放进这首里头了。"因此，这首诗也可以说是迪伦民谣的集大成之作。"当我听到《暴雨将至》时，我想，并且开始哭泣，因为火炬似乎已经传到了下一代人手中。"（艾伦·金斯堡，见《无家可归》，马丁·斯科塞斯导演，2005）

整首诗歌都是在阴郁、压抑、黑暗、恐惧的氛围下行进，而在这阴郁之中，却有着少许鲜明的色彩——"蓝眼睛的孩子"、"少女的彩虹"。终于，在诗歌的结尾诗人以"殉道者"的姿态，用即将到来的暴雨，结束了这段暗无天日的旅程。这首诗的结构同传统民谣如英国民谣《兰达尔勋爵》相似，采取一问一答的形式。诗中有两个人物，提出问题的"我"和"蓝眼睛的儿子/少年郎"，诗歌中压抑的景象，便是蓝眼睛的儿子所看到的场景。少年郎的眼睛是最单纯、最干净的蓝色，而与此相对比，他

所看到的生活却如人间地狱一般的凄惨。诗人在诗中用了大量的意象，来表达这种给人以压抑的黑暗色彩："雾蒙蒙高山"、"蜿蜒的公路"、"阴郁的森林"、"死亡之海"、"墓穴"等。第一节中的五个意象，表现了少年行走之路的曲折与前途晦暗，第二节则在这晦暗之中，又增加了恐怖的气氛，"鲜血"、"狼群"、"断裂的舌头"，这种诡谲的哥特式意象，在对比之下，更显恐怖。"新生儿"和"狼群"对比，凸显"弱者"之弱，"强者"之强；在本该天真的"孩童"手中，却拿起了"枪支"和"利剑"。生动的意象和对比，将一幅人间地狱的景象，活生生地展示在读者眼前，将我们引入到一种充满黑暗与鲜血的场景之中。在第三节中，诗人再次用意象和对比加深黑暗压抑的气氛，面对"饿死"的人，人群在"大笑"，象牙塔中的"诗人"在贫民窟死去，本该快乐的小丑却在放声"哭泣"。然而在这种压抑之中，又有了生的气息，"雷鸣"给予警告，死去的诗人唱出了歌，"一场暴雨将至"。第四节持续着黑暗压抑的氛围，却出现了诗中第一抹不同的色彩。白人遛着黑狗，不禁让人想到六十年代如火如荼的黑人平权运动，在平权之前，黑人始终处在被压迫被欺辱的境地，白人至上主义的思想在美国肆虐。少年看见了一个女孩，给了他能够冲破黑暗的彩虹，男人见到了"恨"，但也见到了"爱"。诗人再次重复"一场暴雨，暴雨，暴雨，暴雨，/一场暴雨将至"，仿佛压抑了许久的晦暗天空，开始有了风，有了雨的迹象。在最后一节中，"我"不再询问"蓝眼睛的孩子"看到了什么，而是问他"你现在打算做什么？""我将走进最深的黑森林的深处"，少年郎将独自面对黑暗，挑战黑暗，最终他会用自己的歌声，唤醒一场洗涤一切黑暗的暴雨。在最后一节中，"河水里满是毒丸"、"潮湿肮脏的监狱"等意象，更是让我们将这首诗和环境保护问题，联系到了一起。迪伦少年时代的生活环境十分特别，那种地下煤矿的黑暗与恶劣环境，与诗中所描写场景甚为相似。正是迪伦诗歌中的这种超越时代的意象，让他的诗歌在任何时代都能唤醒读者心中的情感。"明天我将离去虽然今天也可以／某一天某条路上走下去／我想做的最后一件事是／说我也曾走过艰苦旅途。"（鲍勃·迪伦：《献给伍迪的歌》）正是因此，这首诗歌才成为了他一生中少有的代表作，让世界各地的人们传唱不已。

3

　　正如迪伦在《献给伍迪的歌》中所写到的一样，他一直在诗歌的道路上行走着。对于迪伦而言，诗歌是他写下所有想写的东西，生活中的碎片，这个世界发生的故事，和关于人类的一切。他记录下一个个突发的奇想，用语言和音乐共同编织成一首意义不甚明晰的作品，在每一个读过的人心中，留下不同的情思。迪伦不断地用诗歌去寻找自己和自己所处的世界，寻找一个意义不明的答案，寻找人类最终的归宿。他的诗歌从来都不是停留在一种文字之中，甚至不是停留在固定的唱片之中。

　　然而，他的诗与他的歌，总是一种一体化的存在。首先他是一位诗人，然后才是一位歌手。由于他在人生的道路中遇见了给他以极大帮助的人，特别是伍迪、苏西与格林威治村的先锋派艺术家，那样的环境与艺术信念，对他的艺术道路发生了巨大的影响，从而让他倾向于以歌唱的形式进行表达，并且以巡演的方式生存并发展。这就是环境对于人生的改变，也是一个诗人的创作与他所处环境之间关系密切的重要证明。如果我们以文学地理学的批评理论，来解释他的诗歌创作，就会发现他所有的诗歌作品，都与特定的地理环境相关。首先，他出生地与成长地的矿山环境，让他体会到人生的不易与民众的痛苦，决定了他选择以诗的方式来与世界进行对话。正如他所说的，他在一生中总是要有所表达，表达他所要表达的东西。第二，如果在他的人生中没有伍迪这位歌唱家的出现，也许他就还是一位诗人，而不会是一位歌手，更不会是与大众生活息息相关的歌手。人与人之间的关系，也是环境的重要方面。第三，如果他不到格林威治村生活与创作，与那一群时代的先锋思想家与艺术家没有关系，他也不会改变自己的创作路向，以"大众歌手"的形象出现在世界的面前，并且以更加有力的方式代表一个时代的文化，并且是一种主流文化与时代思潮。正是因此，从人生的中期开始，他就不断地用巡演的方式，向他的听众和读者传达不断地转变着的自我，不断变化着的时代与社会。以歌为诗，鲍勃·迪伦在民谣的道路上，从未远离。正是在这些方面，他以及他的诗歌作品，他的民谣倾向，他的艺术道路，可以给当代中国诗歌以诸多重要的启示。其一，诗人只有通过自我而创作，才可以表现时代、表现社会与世界。如果一个诗人只注重外在的东西，没有通过自我之内化道路，不会写出什么重要的作品。其二，诗人要关注时代的动荡与人民的生活，并且把自我当成人民中的一员，成为时代生活的晴雨表，这样才会有诗人真正的自我情感与形象。其三，任何时代的民间生活与民间形式，都是至为宝贵的创作之源，平民化的语言、质朴的词语、反复的形式、机智的故事、具体的叙事等，都是诗人必须借用与重视的艺术传统。鲍勃·迪伦的成功，一再地证明了他的正确选择。